WALTER SITI è il curatore delle opere complete di Pier Paolo Pasolini e, da febbraio 2013, dirige la rivista «Granta Italia» pubblicata da Rizzoli. Tra i suoi libri ricordiamo *Troppi paradisi*, *Il contagio* e, disponibile nel catalogo BUR e Rizzoli, *Il canto del diavolo*. *Con Resistere non serve a niente* ha vinto il Premio Strega 2013.

....

Tommaso è un ex ragazzo obeso, matematico mancato e giocoliere della finanza dalle frequentazioni inconfessabili. Vive in un mondo dominato dal potere del denaro, dalla grettezza dei furbetti di quartiere, dei politici corrotti e delle starlette della televisione. Un mondo dove la stessa distinzione tra bene e male appare incerta e velleitaria. Con il suo stile mimetico e complice Walter Siti conduce un'eccezionale indagine narrativa.

Rizzoli VINTAGE

Dello stesso autore presso Rizzoli e BUR

Il canto del diavolo

Walter Siti

Resistere non serve a niente

Rizzoli

ISBN 978-88-17-07233-5

Prima edizione Rizzoli: maggio 2012
Prima edizione Rizzoli Vintage: gennaio 2014

www.rizzoli.eu

Resistere non serve a niente

a Stefano, che ora saprà

La narrativa è più sicura: tanti editori avrebbero paura a pubblicare saggi su questi temi.

Graham Greene

Prima e dopo, per sempre

Dalla strada di bonifica che incrocia la Pontina, un sentiero bianco e perpendicolare conduce allo slargo dove un'unica quercia ospita sotto la sua ombra cinque-sei auto di grossa cilindrata e un camioncino Iveco. I partecipanti alla riunione sono già tutti nel caseificio, tranne due nervosissimi che sbattono la portiera e corrono dentro bestemmiando. Dentro c'è il silenzio delle grandi occasioni, i commercianti raccolti a gruppi parlottano piano; il condannato è già seduto su una sedia da stalla, la schiena rigida contro la spalliera. Ma la compostezza del rito è interrotta da un «famme cacà» – il condannato ha bisogno di andare al gabinetto e uno dei due manigoldi che gli stavano ai lati (entrambi vestiti di scuro, con due cravatte Gattinoni che significano "io sono qui straniero e di passaggio") l'accompagna in fondo dietro un tramezzo, al cesso delle operaie. Approfittando del siparietto uno dei più buffoni sale sulla seggiola e declama, mimando un microfono, «io vi perdòno, ma voi dovete mettervi in ginócchio, tutti, in ginócchio...» – fa la voce da castrato o da donna, parodiando l'accento siciliano; poi finge di svenire tra le braccia e le risate degli altri.

Il leader alza un braccio e i presenti ammutoliscono perché il condannato sta rientrando a riprendere il suo posto; da lontano si sente il vagire di un bufaletto appena nato, coi brandelli di placenta ancora tra le zampe. Viene avanti il volontario, l'esecutore che deve riscattarsi; sputa due volte per terra e calpesta i propri sputi. Quando è alle spalle del condannato estrae dalla tasca la corda cerata, una di quelle con cui si appendono i caciocavalli; subito gli si propone un problema tecnico, se avvolgerla sopra o sotto il pomo d'Adamo; prova e riprova, tra i commenti soffocati. Poi, mentre i due compari tengono il condannato per le braccia guardando altrove, stringe – per un tempo incalcolabile teme di non avere abbastanza forza, le nocche gli si fanno bianche ed escono contemporaneamente due urli che sfidano i secoli: «dài» cominciato dalla vittima e prolungato («daa-aààiii») dal carnefice. Un rivolo sottile di sangue esce dall'orecchio sinistro del garrotato; con fretta forse eccessiva si affollano in parecchi a controllare. Temendo che il cadavere si irrigidisca, o più probabilmente per sfregio, gli tolgono pantaloni e mutande mentre ancora sta seduto; nessuno ride più, si guardano per confermarsi l'un l'altro di essere nel giusto.

Uscendo alla spicciolata ricominciano a distrarsi, la gerarchia dei fatti si aggroviglia; infamia ed espiazione si accavallano per dare somma zero – qualcuno butta l'occhio alla glassa rossastra spalmata tra gli eucalipti verso mare: «a Rafé je fusse piaciuto 'stu tramonto». L'aria è fresca, lunghi sfilacci di nuvole striano il cielo, rivangano il futuro. Uccidere è una fede.

La prostituzione percepita

1.

Le scimmie cappuccine sono quelle con la faccia nuda, il manto color frate e il cappuccio bianco; Keith Chen, docente di Economia a Yale, ne ha addestrate sette (quattro femmine e tre maschi) all'uso del denaro. Ha cominciato distribuendo nelle gabbie dei piccoli dischi di metallo con un foro in mezzo: le scimmie li annusavano, li addentavano e poi li buttavano via. Ma pian piano si sono accorte che fin che avevano i dischi tra le dita venivano rifornite di frutta dai ricercatori, mentre la frutta spariva appena li gettavano. Così hanno imparato a tenerseli in mano fin che non ricevevano la frutta, anzi a *scambiarla* coi dischi (che da quel momento per loro erano diventati denaro a tutti gli effetti). Chen, allora, ha provato a differenziare i prezzi delle banane e delle mele: tre dischi per una banana, uno solo per una mela – anche i comportamenti si sono differenziati in conseguenza: chi appena avuto un disco lo scambiava subito con una mela, chi amando le banane preferiva aspettare e accumularne tre. Due diverse categorie di consumatori. Dopo parecchi altri esperimenti altrettanto istruttivi (tipo provocare un improvviso rialzo dei prezzi e poi un inspiegabile ribasso), Chen ha voluto vedere come reagissero le scimmie a una ricchezza inaspettata e ha immesso nella gabbia, di colpo, tantissime monete: tutte le cappuccine si sono affrettate ad arraffare più monete che potevano per fare incetta di frutta. Tutte tranne una, un giovane maschio – che invece, dopo aver ammassato un bel gruzzolo, si è avvicinato a una femmina e traendola in disparte gliel'ha deposto ai piedi. La femmina s'è accoppiata subito col donatore, poi ha raccolto il gruzzoletto e si è avviata anche lei a comprare la frutta. Primo caso sperimentale, tra gli animali, di sesso offerto in cambio di denaro.

Questa parabola etologica, estranea com'è a troppo frettolosi e ingombranti parametri morali, può dimostrarsi un buon punto di partenza; soprattutto perché il comportamento ha avuto luogo in un contesto di abbondanza e non di privazione (la giovane femmina avrebbe potuto procurarsi i dischi di metallo da sola, e comunque nessuno stava soffrendo la fame). Da qualche tempo, assecondando un'indignata spinta a "chiamare le cose col loro nome", molti hanno insistito che le cosiddette escort non sono altro che prostitute (o troie, o mignotte); le parole hanno un peso, in genere quando una parola nuova si afferma è segno che è accaduto qualcosa di nuovo nella realtà. Come i pendolari stipati sui treni locali sembrano ormai incomparabili per natura ai manager che interrogano i loro iPad sul Frecciarossa, così le prostitute di strada e i loro clienti hanno l'aria di appartenere a una diversa umanità rispetto al variegato e sfumatissimo panorama delle (e degli) escort: a mondi separati, parole separate. Le riflessioni che seguono si riferiranno soltanto al mondo ricco o comunque benestante, perché la miseria e il bisogno (oltre a pretendere pietà e rispetto) introducono troppo rumore di fondo nella già complicata faccenda del corpo e del desiderio.

Nell'universo delle escort, e nella zona di alta gamma della Rete, è davvero il corpo quello che si vende? Molti pensano che sia piuttosto l'immagine, tant'è vero che il medesimo corpo, quando è valorizzato da foto o passerelle o tivù, aumenta di prezzo; e le donne (o gli uomini) che si vendono lo sanno talmente bene che affollano le palestre per migliorare la loro immagine assai più che le loro prestazioni sessuali. Il valore d'uso della merce (l'atto sessuale) è largamente superato dal suo valore di scambio, come icona del lusso e status symbol. E dunque si paga il lavoro che è stato necessario per produrre la merce, compreso il trasporto (vedi il successo di molte escort esotiche, che portano con sé il brivido di lingue e Paesi lontani).

Con la pansessualizzazione degli ultimi trent'anni, anche il sesso è diventato un mediatore universale esattamente come il denaro; entrambi si impregnano di un riflesso d'assoluto – il denaro per l'infinità di cose in cui riesce a trasformarsi ("divinità che congiunge gli impossibili e li costringe a baciarsi" lo definisce Shakespeare nel *Timone d'Atene*); il sesso perché, sganciato dall'amore, ne ha conservato tuttavia un profumo d'infinito. Molti imprenditori, lo sappiamo, pagano i politici direttamente in russe, o lituane; più che una merce, il corpo diventa moneta – e se diventa esso stesso, come il denaro, l'equivalente generale di molti specifici beni, allora non deve avere caratteristiche troppo individuanti; di qui l'omologazione estetica, ottenuta con la chirurgia o con mezzi più soft come l'abbigliamento e il trucco. Se il corpo diventa moneta, che cosa compra esattamente il cliente quando cerca la compagnia di una escort? Con tot euro, o dollari, compra un altro tipo di moneta che può eventualmente scambiare per ottenere più ambiziosi e immateriali favori. La prostituzione, in questo caso, somiglia a un commercio di valuta.

2.

Il gioco di specchi delle proiezioni si allea con la tecnologia nel dilatare lo spazio tra prostituzione reale e prostituzione percepita; se l'immagine è più importante del corpo, la ragazzina che si fotografa seminuda e vende i propri scatti col telefonino ai compagni di scuola, lo capisce o no che sta prostituendosi? E se si riprende con una webcam? Se guadagnare denaro ballando la lap dance è socialmente e moralmente lecito, lasciarsi sfiorare da un cliente durante una sessione a porte chiuse di table dance si configurerà come prostituzione o no? Guardare e non toccare? O solo carezze intime, senza penetrazione? Distinzioni bizantine o gesuitiche: vendere la propria immagine significa svendere l'ideale di sé o realizzare pulsioni segrete? O magari secondo il pensiero selvaggio significa davvero vendere l'anima, forse più di chi si limita a concedere il proprio corpo figurandosi altrove? Accettare soldi da un giornale per incastrare un calciatore facendoci l'amore gratis, è un ruolo da attrice o da prostituta? Una pratica che comincia a diffondersi nelle discoteche, di versare una cifra alla ragazza per "velocizzare il corteggiamento", senza obbligo di consenso finale, a che punto sta della scala? Pigrizia, orrore della fatica inutile; e se l'immagine di un prodotto di lusso è più glamour dell'immagine di sé, essere parificata a quel prodotto non sarà invece una promozione?

Se davvero ciò che il cliente compra è una sensazione (non si osa dire un sentimento) immateriale, allora non sarà più concreta (e quindi più prostitutiva) la vendita della propria forza-lavoro? Il padrone mercifica il tuo corpo e talvolta lo fa ammalare, mentre come escort sei tu che scientemente ti modifichi e puoi perfino illuderti di esercitare un potere su chi ti paga. Praga o Venezia si prostituiscono nel momento che si imbellettano per compiacere i turisti, tradiscono il loro cuore segreto per agghindarsi di falsi ori e di luci pacchiane. Il corpo come paesaggio o come opera d'arte kitsch; chi lo vende può pensare di stare eventualmente peccando contro il buon gusto, non certo contro la morale. Molte ragazze scherzano autoironiche su come si vestono quando si recano negli hotel per un "cena e dopocena" – nella vita di tutti i giorni, quella che conta, stanno in jeans e maglietta. Sono madri affettuose, figlie che hanno un buon dialogo coi genitori. L'idea non è più quella del marchio infamante che dura una vita, la lettera scarlatta o la Traviata dell'opera lirica: anche la prostituzione è precaria, come tutto. I ricchi e potenti non ti comprano, al massimo ti prendono in leasing finché il rapporto qualità-prezzo gli converrà, e finché il loro desiderio non si rivolgerà altrove. Ma anche le ragazze (o i ragazzi) pensano di vendersi fin che gli conviene: anche il loro non è un vendersi ma un affittarsi ("rent girls" o "boys" è la dizione americana), in una fluidità di mercato che equipara il corpo a una cedola, a una promessa di valore che se sei abbastanza brava puoi anche moltiplicare senza che qualcuno effettivamente la riscuota. Non più merce e forse nemmeno denaro ma piuttosto un derivato, un *future*.

"Tu non sei una merce, sei un regalo": questa la frase consolatoria di molti mediatori; ma alle più intelligenti e risolute la dinamica del dono appare più umiliante del franco ed esplicito contratto commerciale. Nel rimpallo confuso di piaceri sempre più arzigogolati, ce n'è almeno uno che non distingue tra prostituta e cliente ed è la possibilità di esimersi dalle relazioni troppo coinvolgenti – il risparmio di energia emotiva è già un piacere in sé. Il cliente sa che la ragazza se ne andrà via prima di diventare noiosa o importuna, e la ragazza (se è disincantata e un po' cinica, come succede spesso) troverà una triste pace nel veder confermata ogni volta la sua opinione sulla piccineria e aridità dei maschi. La vera merce che l'escort acquista coi soldi del proprio compenso è in questo caso l'indifferenza; merce preziosa in certi ambienti, utilissima a sopravvivere. Il denaro è un necessario passaggio intermedio per una transazione psicologica più essenziale ed eticamente neutra: "io ti faccio sentire padrone, tu mi fai sentire libera".

3.

La libertà è l'ambiguo concetto su cui tutto si gioca: ci può essere libertà in un rapporto che recita la schiavitù? "Il corpo è mio e io sono libera di farne quello che voglio": questo rivendicano molte ragazze, prendendo a prestito uno slogan delle loro nonne. Prescindendo dalla religione, per cui il corpo è un tempio che deve essere riconsegnato al creatore a tempo debito, la residua dignità dell'involucro carnale consiste nel suo essere il punto d'incontro tra il biologico e lo psichico, anzi la faccia più visibile di un unico congegno psicosomatico. Ogni atto sessuale è anche un atto emozionale e conoscitivo, ma è proprio su questo piano che le cose sono cambiate di più. Sempre più si conosce in estensione invece che in profondità, e la psiche è sempre meno gerarchica: concetti come il segreto e l'intimità davano al corpo una prospettiva, distinguevano tra fondamentale e accessorio. C'era il sospetto che, sottoposto a carezze mercenarie, il corpo si chiudesse e non fosse più in grado di accogliere le carezze spontanee e gratuite. Questi concetti cominciano a saltare, nulla ormai è meno intimo del sesso, la nudità è pubblica e la spontaneità è equiparata a una posa.

L'aspetto che non ho ancora sottolineato, a proposito dell'esperimento di Chen sulle scimmie cappuccine, è che comunque si svolgeva dentro un gabbia: non sappiamo se le scimmie si sarebbero comportate allo stesso modo nel loro habitat naturale, dove avrebbero avuto molte altre cose da fare e non si sarebbero tediate come presumibilmente si tediavano a Yale. La libertà a cui le ragazze alludono citando il famoso slogan femminista è quella del libero mercato: libertà di movimento e di azione all'interno di regole rigidamente, impersonalmente fissate e ormai indiscutibili. Le escort gestiscono il loro capitale con la stessa flessibilità con cui la finanza gestisce gli azzardi e le insicurezze, e non si percepiscono come prostitute esattamente come i maghi della finanza non si percepiscono come truffatori pur evitando i controlli e mettendo in circolazione prodotti dal contenuto non limpido. Non è un caso se alcune (e alcuni) escort, parlando del proprio corpo, dicono "lui": quel che è cambiato, dall'epoca del femminismo storico, è che il corpo non è più un bene nascosto da difendere contro repressioni ed espropri patriarcali ma un prodotto ad alto valore estetico da scambiare prima che deperisca, e di cui è incerta la relazione con l'io. L'unica opzione non moralistica pare quella di rispondere al libero mercato della finanza col libero mercato delle idee – sfruttando l'occasione globale di poter confrontare simultaneamente molte tradizioni che nel tempo hanno dato del corpo, e della prostituzione stessa, versioni diverse: dalle etere dell'antica Grecia alla prostituzione sacra nei templi indiani, dalle "cortigiane oneste" della Venezia cinquecentesca alle geishe.

Avviso di sfratto

1.

Mi scuso per l'inizio balbettante, prima il corsivo poi il tahoma; ma non era questo il romanzo che avevo in testa. La condanna di Antonio Franchini (l'editor della Mondadori) a proposito del mio ultimo era stata esplicita, lapidaria nella sua rozzezza: «sei tornato a scrivere un libro per froci». Così m'ero proposto di non deludere più nessuno, avrei espulso l'erotismo omosessuale dal mio orizzonte letterario; a Villa Literno avevo conosciuto Lamin. Un trentaduenne che di anni sembra averne cinquanta per tutto quello che ha vissuto, occhi furbi e sorriso larghissimo ma assolutamente non desiderabile dal punto di vista fisico; famiglia divisa in due, metà dei fratelli ancora col padre ad allevare bestiame, metà con un deposito di sementi al mercato di Porto Novo in Benin. Di etnia yoruba ma parla anche peul e arabo, oltre che francese italiano e portoghese. Yoruba però musulmano, ha avvicinato qui delle povere ragazze nigeriane che si fanno spaventare dagli spiriti – ci sono dei film prodotti a Nollywood pieni di pratiche magiche che le mandano al manicomio. Lamin ha avuto qualche scontro con chi importa quei film e degli italiani evidentemente interessati al business l'hanno picchiato di brutto una sera; non è andato alla polizia perché là si ricordano ancora dei suoi trascorsi di spacciatore, quando appena arrivato in Italia era l'unico lavoro che il suo referente a Roma gli avesse offerto. Si sarebbe già rifugiato dagli amici di Brescia, se non fosse che ormai il flusso migratorio si è invertito: con la chiusura delle fabbriche al Nord i giovani africani stanno riscendendo verso il Sud, dove almeno è più facile arrangiarsi.

Parlavamo nella cucina di un centro sociale benedetto da Dio; l'atletico responsabile che avevo scambiato per un prete ci aveva servito dei buonissimi maccheroni nei piatti di plastica ed era corso a comprare per noi delle mozzarelle croccanti, con un latticello saporito; una storia casta e benintenzionata stava lentamente prendendo forma ma mi tratteneva la vergogna di sentirmi indegno. Non si scrive quello che si vuole, si scrive solo quello che si può. L'amico che mi era servito da tramite aveva dovuto farsi prestare l'auto dal cognato perché la sua un bel giorno l'ha mollato per strada e lui non ha i soldi per portarla a riparare – incarico all'università ma due bambine più una moglie architetto momentaneamente disoccupata. Sereno, timido, pulito. Quando m'ha visto al grill dell'autostrada che gettavo gran parte del panino e avvolgevo il prosciutto intorno alla mollica restante, m'ha guardato come se stessi profanando l'ostia consacrata. Quanto cammino devo ancora affrontare, mi ripetevo in treno e fantasticavo su come avrei potuto integrarmi tra quei ragazzi, a chiacchierare di cosa. Africani, cingalesi, rumeni; albanesi che ridevano per una sitcom sgangherata trasmessa da Babel nella loro lingua. Non hanno bisogno di un voyeur che gli rubi la vita per farsi bello con le loro piume.

Mi apprestavo dunque a inventarmi escamotage, giustificazioni pelose e cerebrali; volevo convertirmi, resistere alla cattiva china; magari trasferendomi per qualche mese nel casertano, nella cosiddetta "terra dei Mazzoni". Ma la letteratura è un guardiano che non si lascia corrompere.

«Insomma ci vuoi venire domenica? La *** compie gli anni, la festa si tiene a casa del fidanzato della Gabry che sta in un appartamento stupendo dietro il Collegio Romano.»

Ci divertiremo, ha aggiunto Sergio; tutti gli anni assicura che di lavorare in televisione non ne può più ma poi le imperatrici del video lo affascinano troppo. «Ci vengo, però il regalo da me se lo sogna»: non sapevo che da lì sarebbe cominciato tutto.

2.

Intimidito e invidioso, come sempre quando mi trovo ospite dei ricchi.

«Al banchiere gli è partito l'ormone...»

«Distratto ma impeccabile... anche se il sartù era più bello che squisito.»

«Da quando in qua il cibo serve per nutrirsi?»

Non oso avvicinarmi, ogni conversazione è una fortezza da cui sarebbe troppo facile respingermi con un'occhiata di sconcertato stupore, non serve nemmeno il disprezzo. Mi siedo accanto a una trentenne tagliente come un ferro da stiro, che gentile si presenta con due o tre cognomi tra cui colgo Caracciolo – ma ho dimenticato la forchetta e quando torno dal buffet c'è già seduto, al posto che m'ero conquistato, un vecchio con una rosa alla bottoniera. Fa per alzarsi ma biascico «non importa, non si preoccupi» e scappo come un vampiro al sorgere dell'alba. Nemmeno soli si può stare, che subito una signora di buon cuore viene a chiederti se hai mangiato, se va tutto bene.

«Grazie, sì... il motore ha ancora un bel po' d'autonomia.»

Lei tace, io taccio: dopo cinque lunghissimi minuti si alza e torna nel suo gruppo, paga del dovere compiuto ma probabilmente gonfia della mia maleducazione che sfogherà raccontandola.

Meglio uscire sul terrazzo che è poi un lungo ponte sospeso, o giardino pensile, tra moli cinquecentesche incombenti come montagne sacre (i retri di palazzi storici e un'abside, con l'ombra viola di qualche cardinale); fiaccole sul parapetto, baluginare d'oleandri.

«Con tuo marito abbiamo parlato di te.»

«Come te ne ha parlato?»

«Molto bene, anzi direi in termini entusiastici.»

«Allora avete avuto una conversazione mondana...»

L'intelligenza non manca, spruzzata come un profumo che non deve mai essere troppo sfacciato, sempre in bilico tra la sciocchezza recitata e il conformismo controcorrente.

«Dovremmo clonarci per vederci più spesso.»

Ridono della loro sbadataggine, si sono date appuntamento in via Cavour ma una a Milano e l'altra a Roma: «io sono qui al bar d'angolo... no, al bar d'angolo ci sono io e non ti vedo... ma all'angolo con cosa, scusa? con via del Colosseo... quale Colosseo? oddio, ma in che città stai?».

Quand'erano ragazze hanno giocato a calcio in una

squadra femminile («almeno i ragazzi ci consideravano... io una volta ho anche segnato un gol ma non me ne sono accorta»); le uniche due che sono diventate calciatrici professioniste erano due lesbiche che ora vivono a Londra, dove hanno generato un figlio ciascuna dallo stesso maschio in affitto.

«Nella loro casetta di Wimbledon, il piccolo dice al grande "I love Matthew", che è il suo compagnuccio della primary... e il grande, nove anni, gli risponde "do you want to sleep with him?"; "yes, I do"; "but you can't have children"; "we will adopt them"... non sarebbe bello se anche in Italia ci fosse questa naturalezza?»

Non mi stanco di guardare i Cagnacci e i De Mura appesi alle pareti, un disegno di Tiepolo poggiato con nonchalance a una credenza, un tappeto indiano a fiori enormi steso come un arazzo. La scultrice che chiamano Orsina (una sua opera sta all'ingresso del Blue Frog di Mumbai) intercetta il mio sguardo concupiscente:

«Belli, vero?»

«Darei un occhio per avere una casa così.»

«Non si fidi, avere non risolve niente... l'importante è ammirare e comprendere.»

«Ah lo so, in verità non mi interessa possedere gli oggetti... mi interessa possedere le persone.»

«Finalmente il livello del bavardage si sta elevando...»

L'ultima battuta è di un quarantenne con l'aria da manager che ci ha ascoltati mangiando un cannolo; ho guadagnato dei punti, facendo funzionare la sintassi posso distinguermi da Sergio e dagli altri amici televisionari che m'hanno trascinato fin qui.

Studiando e passando da un gruppo all'altro col piatto in mano, ho ipotizzato che la serata sia il miscuglio imperfetto di due tribù piuttosto separate, talmente estranee che non provano nemmeno il gusto di incrociare le malignità. La tribù dei televisivi è imperniata sulla ***, la conduttrice dei contenitori pomeridiani potentissima, lacrima perenne sul viso e risata contagiosa. S'è appena comprata un attico e superattico in zona Fleming perché non ne poteva più dei residence, adesso poi che sfoggia un nuovo fidanzato molto più giovane di lei (i figli, pare, se ne vergognano: mi hanno ammonito comunque di non accennare nemmeno per scherzo alla faccenda, dietro c'è una tragedia autentica). Il suo potere sulla Gabry è assoluto, per giochi di scuderia legati a un preserale in cui la Gabry, ex modella, potrebbe avere il suo lancio definitivo; fatto sta che quando la ***, incurante di non stare a casa sua, le ha imposto «spegni quella stronzata» il grande schermo a parete s'è oscurato all'istante (in effetti era fastidioso, la voce ilare di Carlo Conti che diceva di una valletta negra «è più scura di me»). Discutono di "essenze ambient", cioè di fragranze che potrebbero essere diffuse nei supermercati o sui treni dei pendolari, tipo limone la mattina per trasmettere un senso di freschezza e cannella la sera per conciliare il relax; un'esperta di tendenze, figlia di un famoso scarparo fiorentino, racconta di aver preso contatti con un "naso" americano, uno di quelli che i profumi se li inventano, e col sottosegretario ai Trasporti; mancano solo i finanziamenti europei.

L'altra tribù è legata alla passione del padrone di casa per la pittura, antica e contemporanea: sono giornaliste d'arte precarie, giovani combattive galleriste, stagionati collezionisti svedesi e austriaci. Si litiga sulla curatela di Sgarbi alla Biennale, qualcuno la definisce «uno schiaffo alla competenza» – siccome odia chi è specialista davvero, allora ha invitato salumieri e imbianchini per dimostrare che è tutta una merda. Qualcun altro lo difende citando Mao e la confusione sotto il cielo. A proposito di Hirschhorn al padiglione svizzero, ancora nel 2011 siamo qui a credere che rappresentare il brutto sia una denuncia sociale? Macché cristalli come forma pura nelle pance sventrate dei manichini, il centenario delle *Demoiselles d'Avignon* s'è celebrato da un pezzo.

Il quarantenne con l'aria da manager (lo chiamano "il metalmeccanico" perché ha una fabbrica di macchine per lavare le strade) sta chiacchierando con Tommaso, il padrone di casa fidanzato della Gabry; con lui sembra sciolto e a proprio agio mentre prima girava smarrito poco meno di me, rimbalzando da un gruppo all'altro come una pallina da flipper e comunicando a tutti che l'Italia è bollita, tant'è vero che lui, quando deve spedire le sue macchine in Egitto, le fa transitare per Rotterdam risparmiando il quaranta per cento. Guardano dalla mia parte, il metalmeccanico mi indica e Tommaso si dirige verso di me sorridendo; che faccio, mi butto a parlare del tempo, questo maggio eccezionalmente piovoso, o mi esibisco nel numero dello scrittore sfacciatamente sincero e un po' maldestro, che però aggiunge il tocco intellettuale? Mi toglie d'imbarazzo perché attacca lui:

«Allora sei tu che sabato mi hai regalato un quarto d'ora di puro godimento?»

«È la prima volta che faccio godere un uomo senza accorgermene...»

(Peccato che si tratti di te, caro: Tommaso è alto e bolso, la giacca elegante gli fa un bozzo sulla schiena;

nei movimenti ha la goffaggine di un'adolescenza infelice protratta troppo a lungo o di un'infanzia complicata e traumatica; un sellerone mal cresciuto, un formichiere allevato in una tana di furetti; la mascella rettangolare e le labbra sottili, tutto quello che odio in un uomo.)

«Mi riferiscono che sei tu l'autore del pezzo sulle ragazze immagine che è uscito sul "Foglio"...»

«La prostituzione percepita, sì.»

«Ma è vera la ricerca sulle scimmie o te la sei inventata?»

«Vera, vera... si analizzano le cose quando non si frequentano più... caduto il sesso per ragioni d'età, ora è il denaro quello che mi ossessiona.»

«Mica sei vecchio, ancora.»

«Tu per esempio, come hai fatto a diventare così ricco?»

«Ebbene lo confesso, sono un feroce bankster...»

«Non c'entra niente la famiglia? visto che ti chiami Aricò, pensavo...»

«Hi hi, a ricco', no, non è un diminutivo per "riccone"... credo che il cognome sia siciliano, ma ce ne sono anche a Venezia e mio padre s'è trasferito a Roma da Jesolo.»

«Dunque è tutta farina del tuo sacco?»

«Me la cavo benino, non posso lamentarmi... gestisco un hedge fund che ha una sede a Milano e una a Roma... non so se ci hai sentito nominare, il fondo "Persona"... alla fine dell'anno puoi guadagnare molto se ti trovi dalla parte giusta della scommessa.»

«Non ho idea, il denaro l'ho sempre solo fantasmato... ho sempre pensato datemi tanti soldi e alla mia felicità ci penso io.»

«Stupendo... è un'idea da poveri... anche la Gabry

dice così... in realtà il bello dei soldi è non usarli... o considerarli come quelli del monopoli.»

«Non dirmi che non ti sei mai tolto una soddisfazione.»

«Ti sta rompendo los cojones con la storia della sceneggiatura? dài bradipòzzo, dove hai messo il punto interrogativo che in frigorifero non c'è?»

Gabriella è una di quelle donne che fanno vibrare l'aria intorno a sé: capelli rossi come una fiamma, poco seno (le modelle sue rivali l'avevano soprannominata "filetto di platessa") ma gambe e glutei memorabili, punto vita come un giunco e pelle bianchissima. Strapazza Tommaso perché sta trascurando la mattatrice festeggiata: è ora di spegnere le candeline sulla torta e ovviamente al posto della cifra degli anni si son divertiti a metterci un punto interrogativo.

La *** col trucco giusto (anche dal vivo, non solo in tivù dove una particolare angolatura tra faretti e telecamera le garantisce sempre una goccia di luce nella pupilla) sembra ancora una pischella, sarà che si sciroppa due ore di palestra tutti i giorni; o forse nemmeno la vecchiaia osa avvicinarlesi troppo, sapendo quanto la sua emotività possa essere micidiale.

La *** ha pianto, dopo aver riso spavalda "alla faccia di chi non c'è" mentre spegneva le candeline; gli anni sono quarantanove, ci ha tenuto a precisarlo brandendo in alto il punto interrogativo.

«Se la domanda è: menopausa? purtroppo ancora no, la sto aspettando come una liberazione... secondo il mio toyboy, stasera dovevo essere a una pallosissima cena diplomatica, figuriamoci se mi lascio impressionare dai ricattini d'un poppante.»

Ma il mascara le ha rigato le guance quando il micro-mago le ha fatto trovare, sotto uno dei bicchierini colorati, un autentico smeraldo di Van Cleef: «adesso sarà al verde per i prossimi due mesi, cucciolotto... però è stato carino, non gliel'avevo neanche detto che mi piaceva».

Poi si è persa in una lunghissima telefonata ai figli e non ha degnato d'uno sguardo il resto dello spettacolo; il micro-mago era bravissimo, esotico (mamma vietnamita) e con le mani da chirurgo. Ti presentava un foglio bianco che improvvisamente, se lui ci soffiava sopra, portava scritto "auguri"; il due di cuori, rosso sul dorso come il resto del mazzo, diventava grigio sotto i tuoi occhi. Come diavolo fa, a cinquanta centimetri da te e senza attrezzi; buca con una biro una banconota da cinquanta euro, vedi proprio la punta che passa dall'altra parte, poi ritira la penna e la banconota è intatta.

«È niente, rispetto ai giochi di prestigio che facciamo noi.»

Tommaso e il metalmeccanico si scambiano smorfie d'intesa; io mi covo la disperazione di non saper scoprire l'inganno – che cosa m'illudo di investigare i segreti della società, se basta un abile illusionista a farmi fesso.

La conversazione s'è spostata sul matrimonio, a Cortina, del ras delle navi da crociera con la figlia della catena di ristorazione Rossopomodoro: «in quattrocento invitati facevano il reddito di tutto il Molise». Barbara col suo calciatore, Geronimo La Russa e strane sorprese al guardaroba.

«Ne ha fatte più che Napoleone in Francia.»
«Carlo.»
«Carlo chi?»
«Si dice più che Carlo, in Francia...»

«Io se non mi sono mai drogata devo dire grazie ai miei genitori, avevo così paura che tremavo quando mio padre mi annusava in bocca.»

«Magari fossero stati spinelli, giravano le bomboniere con la cocaina... Sasà giura che pure la glassa della torta era un po' amara...»

«Sasà di Torre Annunziata?»

«Torre del Greco, l'armatore che arma un calibro venticinque.»

«Non tocchiamo questo tasto, per favore...»

(La Gabry, tunica bianca di seta con spacco vertiginoso, è seduta sulle ginocchia di Tommaso e con la frangetta rossa gli vellica un orecchio.)

«... è stata la causa del nostro ultimo litigio.»

«No vabbe', io le avevo preparato una cenetta a lume di candela...»

«Racconto io che tu non sai raccontare... ho incontrato degli amici, che gli dovevo dire, smammate? li ho invitati al nostro tavolo... a lui gli rodeva perché gli avevo confessato che con Sasà ci sono stata un paio di volte...»

«Tre.»

«Tre, quattro... apprezza la sincerità, no?»

«Ah, pure quattro, mo'?»

«Guarda che con Sasà un giretto ce l'abbiamo fatto tutte eh, giusto per verificare l'articolo, ma è noioso... due scopate il primo weekend, una il secondo e poi non ti va più.»

«Ma Tommy poverino voleva stare da solo con lei, ha ragione...»

«Ce l'avevo un po' sul cazzo, sì... uno che ti chiede come si arriva alle Tòfane, io non capivo...»

«Capivi benissimo, volevi solo metterlo in imbarazzo.»

«Ah le Tofàne, allora dilla tutta... poi s'era messo a

mordere una troietta sul culo, lì davanti a tutti, ma dài, la mordeva a sangue...»

«Spero che il vostro wedding party sarà più morigerato.»

«Stavo giusto pensando di invitare Sasà per il mio addio al celibato, invece dei soliti tronisti...»

Tommaso la stringe alla gola, lei gli spinge un ginocchio contro lo stomaco; il matrimonio è fissato per il trenta di novembre e vorrebbero che la *** facesse da testimone alle nozze.

«Basta che mi mettete due transenne, se no non si riesce a sopravvivere.»

Teme la calca dei fan e poi la trasmissione nuova comincia dopo Natale, a novembre l'aspetta l'Argentina.

«Sperimenterò il trekking sui ghiacciai, in compagnia di qualcuno che m'attizza il fuoco dentro.»

«Per questo l'abbiamo fissato alla fine del mese, dài, non puoi lasciarmi sola... sono o non sono la tua figlioccia?»

«La mia sorellina, tesoro... dì un'altra cosa così e ti ritrovi a fare la piccola fiammiferaia all'angolo delle strade.»

«Ti lamenti sempre di Mediaset, ti lasciano anche il tempo per il turismo di lusso...»

«Sì, col bracciale elettronico, come una detenuta... non più di tre settimane... io vorrei poter progettare viaggi veri... nell'animo non sono una turista, sono un'esploratrice.»

Virano sui palinsesti dell'anno prossimo, Piersilvio e il contratto della Toffanin, superpagata anche durante la maternità; discutono se sia meglio spendere i soldi in viaggi o per far contenta la mamma, lei non l'ha vissuto il matrimonio da favola e sogna almeno che me lo vivo io.

«Inviti anche la Balivo?»

«Come sei spiritosa... guarda però che l'ho già perdonata, ci siamo incontrate a piazza di Siena e non le ho nemmeno strappato le extension.»

«Potevi morderle le caviglie, visto che ce l'ha belle grosse...»

«Io sono una ragazza molto tollerante, mi arrabbio pochissimo... devi proprio farmi un torto di quelli... per esempio nessuno deve toccare le mie agende... o mi si odia o mi si ama.»

È passata da poco mezzanotte ma facciamo tutti finta che sia tardissimo perché ci siamo rotti. Mentalmente chiedo scusa alla Giuditta di Cagnacci, sensuale e severa nei suoi panneggi. Giù per lo scalone monumentale mi sento un virus innocuo – due sirene rabbiose, d'ambulanza o di polizia, intignano verso il Senato; nell'atrio ci fermiamo per gli ultimi saluti:

«Duecento invitati, i tenori in chiesa, a Sabbioneta... credo che farò i casting per una controfigura.»

«Però è stronza, lui è innamoratissimo e lei lo tratta come uno straccio.»

«Va' là che si è fatta i suoi conti, i suoi due neuroncini stavolta li ha saputi usare... sei mesi di fedeltà e si sistema per tutta la vita.»

«Bisogna vedere se ci riesce... parla tre lingue ma in nessuna sa dire di no.»

Allontanandomi isolo la faccia di Tommaso, che mentre mi fissava dritto negli occhi mi è parso estraneo al proprio stesso ambiente; non tanto per la storia della sceneggiatura («mi piacerebbe rivalutare il nostro mestiere tanto calunniato»), quanto per la concentrazione preoccupata con cui m'ha proposto «rivediamoci, per favore, in un luogo meno invaso da unbearable noise...

chiama tu senza problemi perché io sto incasinatissimo».

3.

Che fare? Ricercare Lamin o arrendersi al caso, che
rima con Tommaso? La mia solitudine (risultato di scelte che qui non vale la pena di rievocare) non è tanto
atroce per la mancanza di interlocutori quanto per la
minaccia di insensatezza che fa gravare su tutto; ospite
indesiderato dovunque perché a chiunque rispondo
con fastidio. Adrenalina cercasi, ho bisogno di rischiare.
Ma si ritorna al bivio: quale delle due strade riserverà
più sorprese, o più anfratti, alla scrittura? In quale trama potrò coinvolgermi di più, per continuare la mia ricerca speleologica? Se leggo il dilemma come un'alternativa tra povertà e ricchezza, tra responsabilità ed
euforia del possesso, tra impegno sociale ed esaltazione
dell'arbitrio, insomma tra bene e male – be' mi conosco
abbastanza per sapere che qualcuno ha già deciso al posto mio.

«L'altra sera a casa, prima che la Gabry ci interrompesse, m'hai chiesto se non mi ero mai tolto una soddisfazione... m'è venuto in mente un episodio.»
«Racconta.»
«Stavo in motorino, col casco, a un semaforo ho urtato lo specchietto di una Bentley che è caduto e s'è rotto... è sceso un tamarro con un orologione da un chilo e
mi fa "devi lavorare tre anni per pagare 'sto specchietto"... io non ho fiatato, ho compilato il CID... ma lo sapevo chi era lui, era l'amministratore delegato di una

società che stava andando male... sicché quando è capitato da noi per chiedere un finanziamento, ci siamo guardati negli occhi...»

«Gliel'avete concesso il prestito?»

«Secondo te?»

I due più giovani sbruffano in una risata compiacente, Tommaso sorride appena perché era sicuro dell'effetto; siamo in quattro al ristorante di Armani, in via Manzoni a Milano – ormai Armani vende di tutto: c'è un Armani-libri, un Armani-mobili, un Armani-fiori e perfino un Armani-dolci. I libri sembrano fiori, i dolci hanno il sapore degli sgabelli e i fiori si potrebbero indossare. Stiamo mangiando tutti vegetariano perché Tommaso sostiene di avere «problemi di digestione con le proteine», io non volevo contraddirlo dato che paga lui (spero), e i due yesmen hanno seguito la corrente. Le mie "lasagne", secondo il raffinatissimo menu, dovrebbero essere un concentrato di cose buone ma in pratica si tratta di fette di barbabietola rossa con una pallida salsina; mangerò un toast appena tornato in albergo.

Se voleva conoscermi più a fondo non capisco perché si è portato dietro i paggetti; che poi uno solo è il suo strategist, l'altro è un architetto neolaureato che lavora per Ligresti. L'ufficio l'ho appena intravisto quando sono passato a prenderlo: un'enorme vetrata aperta sulle guglie del Duomo e una decina di postazioni dotate di sei o nove schermi ciascuna. Ticchettio di tastiere sovrastato di colpo dal «cazzo, cazzo, cazzo!» di un biondino che poi s'è scusato: «abbiamo tutti i nervi a fior di pelle, la Grecia oggi ci sta facendo impazzire».

«Se Pisapia non ubbidisce, siamo pronti a esercitare la put.»

«Cioè?»

Traducono il tecnicismo, una put è il diritto di vendere in una certa data a un prezzo prefissato (nel caso di Ligresti, le sue quote nel consorzio dell'Expo).

«Il nostro mestiere sembra più complicato di quello che è: se un cliente ritiene di avere troppi rischi nel portafoglio e vuole rimediare, noi gli vendiamo un'assicurazione, cioè un'opzione sicura o un credit default swap; ma il rischio il nostro cliente può anche volerselo comprare, se è un investitore audace, e allora gli vendiamo un'obbligazione che in realtà è il famoso prodotto basato sui debiti.»

«Quelli che i media chiamano tossici...»

«Si fonda tutto sul calcolo delle probabilità nella breve e lunga durata, cioè è un processo stocastico.»

Non dirò, e sarebbe facile, "sto-che?", non gli farò da spalla; non ho ancora afferrato se mi sta mostrando un po' del proprio ambiente per esibirlo o per deprecarlo. Lo so che cos'è un processo stocastico, è una variabile aleatoria dipendente dal tempo – e se lo disegno su un grafico assomiglia alle curve che un famoso botanico, Robert Brown, aveva ipotizzato per prevedere i movimenti del polline in un liquido.

«Sarebbe quella faccenda del moto browniano?»

Faccio un figurone: gli ho appena precisato che non sono un giornalista, che sono uno scrittore, ma non sembra apprezzare la differenza. I modelli per la gestione del rischio, si entusiasma, sono gli stessi modelli matematici che illustrano il penetrare degli atomi di calcio nelle ossa. Così come i cicli finanziari, considerati in grande, rispettano l'andamento della spirale di Fibonacci («siamo nel cuore della natura»); la finanza è matematica come la musica, è la musica del desiderio quando il desiderio diventa concreto. Le prime monete, gli archeologi le hanno trovate nei santuari. Non sembra lo stesso uomo che l'altra sera era a disagio in casa sua; questo è uno che si muove nel mondo con sicurezza, ma allora perché ha bisogno di me?

L'assistente sta partendo per Nauru, un'isoletta del Pacifico dove effettuerà dei controlli in due o tre banche; ironizza sulla bella vacanza, sull'albergo di merda con la veranda e i pannelli solari, la spiaggia moscia e piena di sterpaglia; tre palme spelacchiate e un vento che ti porta via.

«In quattro giorni ti sbrighi, basta sapere dove cercare.»

«Sì, come quella povera ragazzetta che l'hanno scoperta dopo due mesi.»

Siamo ormai al caffè, nel bailamme di yuppie che si incrociano; Tommaso chiede al cameriere di portargli un vassoio e tre tazzine vuote; quando arrivano le rovescia, poi le copre col tovagliolo e ci ravana sotto con le mani prima di mostrarcele di nuovo: «facciamo un giochino sulla probabilità...» (*rivolto a me come se fosse un test d'intelligenza, o forse una chiamata in correo*) «... sotto una delle tre tazzine adesso c'è una moneta da un euro... fai finta che sia un milione e indica col dito quella che vuoi».

Eseguo, lui prende la tazzina che ho indicato e lasciandola rovesciata la colloca un poco in disparte; ovviamente, dice indicando le altre, una di queste due dev'essere vuota per forza: quella vuota io la so e la eliminiamo. Ne raddrizza una, che infatti risulta vuota.

«Decidi cosa ti conviene, ti tieni la tua o preferisci cambiarla con l'altra che è rimasta? Ragiona probabilisticamente...»

Calcolo in fretta: se nella coppia di tazzine c'era il sessantasei per cento e nella mia il trentatré, ora che una l'ha (scientemente) eliminata lui nell'ultima si è travasato il sessantasei, col cavolo che sono cinquanta e cinquanta; dunque mi conviene cambiare. Cambio e mi dice male, l'euro stava nella mia; però il ragionamento era corretto.

«In due minuti hai afferrato l'essenza del nostro lavoro, e pure la gastrite connessa.»

Ci alziamo chiacchierando: Tommaso non va nemmeno a pagare, evidentemente ha un conto aperto; solo quando sei impaccato di soldi puoi agire come se i soldi non esistessero. Dibattono sconcertati sulla notizia che Barclays e Citigroup abbiano manipolato il LIBOR (London Interbank Offered Rate, l'indice di riferimento dei tassi considerati privi di rischio); è come, dicono, se la terra mancasse sotto i piedi. L'architetto e l'assistente si accordano per una partita di calciotto all'Idroscalo, scherzano sulla "catapulta infernale" e la "staffilata della tigre"; Tommaso deve correre alla stazione, ha un treno per Torino alle quattro meno un quarto.

«La settimana prossima sono a Roma... assediami di telefonate, non farmi preoccupare che non mi chiami.»

«Sicuro che non disturbo?»

«Per fortuna le storie come quella di Yara mi sconvolgono ancora... adesso perdonami ma devo proprio scappare...» (*abbassa la voce per non farsi sentire dagli altri due*) «in verità non vado a Torino, vado a Reggio Calabria che è un viaggetto un po' più lungo...»

Certe volte, nonostante la mole, sembra un ragazzino – io non so dove posare la mia esigenza di senso, non ho più Oltremondi in cui rifugiarmi; ma c'è qualcosa che non mi convince.

Il Circolo finisce a pochi centimetri dall'acqua, dagli ultimi tavolini potresti quasi sputargli in testa ai canoisti che salutano e vanno ad attraccare un poco più in là; i cucchiaini da dessert scintillano sotto un sole ancora non feroce, su tovaglie candidissime dove rischiano di atterrare, deviate dal vento, le zaffate della macchina che disinfesta le zanzare tigre. Si nascondono nel fango tra le foglie larghe, le maledette, non tutto può essere cementificato e sterilizzato. Il lusso sottrae al mondo, ma non completamente: quanto ce ne vuole per surrogare l'assoluto? Sarebbero altrettanto poetici per la *** i ghiacciai argentini se non si portasse dietro il fidanzato? Il Cerro Torre ("el grito de piedra") l'ho cercato su Internet e mi ci sono costruito un romanzetto a cinque stelle che non vivrò mai. Devo accontentarmi dell'ospitalità provvisoria (imprevista quanto sospetta) di questo banker d'assalto che non m'ha ancora spiegato cosa vuole da me («ci rilassiamo e ce ne freghiamo di tutto», ma perché dovremmo farlo insieme? e se io il diritto di rilassarmi non me lo riconoscessi più?). Ho tutto l'agio per rimuginare, forse è imbarazzo o forse si sono proprio dimenticati che sto qua, presi come sono a confrontarsi su Eurizon («sai quanti affari si concludono mentre si sta col cazzo a sbrindelloni?»).

«Macché tragedia, è facile soffiare sul fuoco... ti metti corto di euro, ti metti lungo di oro e di CDS... poi cominci a gridare che salta tutto...» (*"mettersi corti" significa vendere, e "lunghi" comprare, questo almeno l'ho imparato*) «alle prime luci dell'alba, sfruttando i mercati asiatici chiudi le posizioni, raccogli il bottino e corri qua per l'aperitivo... è un trade come un altro.»

«Be', il cigno nero può sempre alzarsi in volo... me li

vedo nelle notti d'agosto a stampare dracme per tacitare i depositanti in coda...»

«La colpa è della crucca indecisa, ci buttavano cinquanta miliardi tre mesi fa e chiudevano la falla.»

«Forse era già troppo tardi... tanto, assicurarsi contro il crollo della Grecia è come assicurarsi contro la fine del mondo... ti ricordi al tempo di Cuba quando tutti volevano assicurarsi contro la guerra atomica? se Castro spingeva il bottone era l'apocalisse, che cazzo ti serve esserti assicurato?»

«Sono d'accordo, l'oro tra l'altro è arrivato al massimo della curva... da tenere d'occhio è la Libia, appena il pazzo beduino l'abbandonano anche quelli del Sahel conviene alleggerire l'energia e comprare i ciclici...»

«Io mi son già alleggerito.»

«Eh, lo so te come t'alleggerisci...»

«Ora all'auto in America non arrivano ancora le forniture giapponesi, a settembre risale per forza.»

«Son le commodity ormai che non vanno bene, è una bolla che s'è sgonfiata prima di crearsi.»

«Vabbe' lì c'entrano le policy, sbagliate secondo me, meschine, che vogliono scoraggiare gli emergenti.»

«Il problema è che chi è lungo di greggio è lungo anche di Borsa, e se chiudiamo il greggio, oh, per fare cassa dobbiamo chiudere anche la Borsa.»

«Se i repubblicani e i democratici si decidessero, a chi dei due incula l'altro...»

«Ma tutti e due inculano il negro.»

«I politici tendono sempre a litigare fino all'ultimo momento utile.»

«Più si parla di politica, più noi siamo liberi di lavorare.»

«Scusa sai, ma nessuno è un'isola...» (*cambia tono e*

si volge nella mia direzione) «beato te che hai il Tevere negli occhi.»

Gli occhi li sto tenendo chiusi perché mi disturbava la gibigianna di un barcone; Tommaso si pente di avermi trascurato, mi ricorda la promessa di una sfida a ping pong. Mentre ci avviamo verso l'ala training si rassicura che io non sia deluso:

«Così li hai visti, i famosi squali...»

«Non ho abbastanza esperienza, ma quello con la giacca bianca era il più ascoltato.»

«Il suo gruppo s'è comprato il lago d'Averno... quando devono scendere giù almeno sono padroni dell'ingresso.»

«Non vorrei risultare offensivo, ma da dove ti viene questa cultura umanistica... addirittura virgiliana?»

«Non pretendo di sfoggiare, è second hand stuff... io libri non di matematica o di finanza ne ho letti pochi... è il nostro strategist che ama i voli pindarici, s'è laureato in Lettere classiche a Pavia e vedi come s'è ridotto.»

«Guadagnerà dieci volte lo stipendio di un professore... troverai volgare che parlo continuamente di stipendi.»

«No, è un approccio molto americano...»

Le mie antiche risorse di pallettaro non bastano, perdo due set a zero; nessuno a vederci o a tifare, nello spogliatoio c'è solo un socio che si sta rivestendo con abiti di sartoria: spessi occhiali da miope, sorriso tra strafottente e guardingo, tre telefonini («hai fatto il solito step?»; «eh, più stop che step, con l'aria che tira»). Entra un ragazzo inserviente vestito d'arancione, due secchi pesanti uno per mano; li appoggia, poi si issa pericolosamente sul muretto della doccia per sistemare una griglia al soffitto; salta giù molleggiandosi sulle ginocchia senza scivolare, se ne va fischiettando. Azzardo un commento estetico:

«Che magia da giovani, quando non si sa di avere un corpo.»

«Mah, insomma... non saprei... io ho sempre avuto un rapporto gravoso col mio corpo... difficile per non dire tragico... soprattutto da giovane.»

Questo me l'avvicina; ma l'impatto con l'immagine di lui nudo è più di quello che m'aspettavo; non so se ha voluto mettermi alla prova con questa sorpresa. Sorvolo sui piedi piatti e l'infradito, le ginocchia pesanti a ipsilon, le vene nell'incavo popliteo; ma lo sguardo torna calamitato all'enorme cicatrice che lo percorre orizzontalmente da un'anca all'altra – mentre due più corte e marcate scendono dalle ascelle fin quasi alla cintura.

«È una lunga storia, non mi va di raccontartela mo'.»

Sembra un animale di peluche mal ricucito, anzi composto di pezzi diversi e assemblati a casaccio. Distolgo l'attenzione e il dialogo:

«Il nome tatuato sul braccio?»

«È quello di mio padre, Santino.»

«Me lo spieghi, finalmente, perché ci tieni che diventiamo amici?»

Con la maglietta recupera disinvoltura: «perché sei una merce fuori catalogo... l'altro giorno a Milano m'hai colpito con due frecce che hanno lasciato il segno...».

«Cioè?»

«Quando hai detto che amando un lavoro di merda uno finisce per merdificarsi... e poi che molti mestieri ti chiedono solo il corpo invece la televisione esige anche l'anima.»

Qualcosa del genere, sì, mentre andavamo da via Hoepli a via Manzoni.

«Pensavi più a Gabriella che a te.»

«Pensavo esclusivamente a Gabriella... a me il mio lavoro piace, oltre a essere parecchio redditizio.»

«Non stento a credere.»

Capisce che non ho capito; si ferma con la giacca mezza infilata e mi fissa abbassando la voce: «ma parecchio parecchio».

«Tipo?»

«Be', l'anno scorso circa quarantatré milioni... il dividendo era centotrenta e siamo tre soci...»

Quarantatré milioni di cosa? La domanda scema ce l'ho sulla lingua – lui intercetta il mio stupore: «io sono uno che spinge... per fortuna gli altri due sono più prudenti, quello che si dice "plain vanilla"...».

«Lo sai che è la stessa espressione che si adopera per il sadomaso soft?»

«E come no? C'è molta interferenza tra i due campi... certi pali nel deretano... ma adesso i guru raccomandano di evitare gli eccessi.»

«La normalità è un bersaglio a cui mirare con tremore...»

Ci avviamo verso il parcheggio, all'ombra delle magnolie; lui continua con la finzione dell'inferiorità psicologica:

«Se cado in crisi, posso cercarti?»

«Passa da me quando vuoi, senza cerimonie... se non ti fa impressione la casa di un maniaco...»

4.

Un maniaco sdentato e inoffensivo. Mentre premo il pulsante del citofono e ascolto l'ascensore che sale, mi vergogno in anticipo delle foto imbarazzanti, del mio esibizionismo disperato e cheap; ma Tommaso scherza sull'indirizzo, via Vespasiano, hi hi, proprio lui? Non le allusioni sessuali che m'aspettavo ma il ricordo della frase famosa, riferita alla rete di orinatoi che fornivano bei sesterzi all'erario romano: "pecunia non olet". Dribbla i nudi in evidenza e si interessa dei bibelot, dei souvenir comprati (o rubati) in giro, quando i viaggi erano pieni di brio. Il cane guatemalteco e il coniglio finlandese, la croce copta, la sfera turchese dal mercato di Isfahan e le conchiglie della spiaggia di Fujairah; sono gli arredi di una cella funeraria ma per dignità preferisco mettere l'accento su quanto mi fanno compagnia, e su quanto mi dispiacerà lasciare l'appartamento ora che il proprietario mi ha minacciato di sfratto. "Minacciato" non è la parola, il contratto è arrivato a naturale scadenza e i nipoti, che nel frattempo si sono laureati in Legge, intendono aprire qui il loro studio.

«Tra economia e legge non è mai corso buon sangue.»

«Nemmeno tra la legge e me, se è per questo: ho sempre cercato di nascondermi tra le pieghe.»

Non piagnucolo coi miei amici storici e invece con questo assurdo meteorite che m'è piovuto in casa faccio la lagna: m'ero abituato a considerare questa come casa mia dopo venticinque anni, qui ho vissuto i miei giorni felici; anche i mobili sono disegnati a misura, se me ne devo andare allora tanto vale che non abiti più a Roma, in fondo non è la mia città – meglio una cittadina di provincia dove gli affitti siano più bassi, che ne so, Mirandola, Subiaco, Vibo Valentia (o forse perfino Tunisia). In realtà mi sento sfrattato da quella facilità d'esistenza che mi sono permesso per qualche anno e che non era nelle mie possibilità; sfrattato dalla vita, ecco. Un monolocale a Vibo Valentia, non so se lo reggerei.

«Ma allora è vero, quello che dicevi sulla ricchezza e la felicità...»

«Basta con queste geremiadi, perdona lo sfogo... dài, raccontami di quello che hai fatto quando hai guadagnato il tuo primo miliardo.»

«Il primo milione, era appena subentrato l'euro... avevo ventisei anni... se te lo racconto non ci credi.»

«Provaci.»

«Mi sono comprato un'affettatrice per il prosciutto.»

«E basta?»

«Da dodicimila dollari, una Berkel d'antiquariato... con la manovella, perché con quelle elettriche il grasso si scalda e altera il sapore.»

«Non riesco a vedere il simbolo.»

«Mah, non so... forse proprio perché era un oggetto inutile e mi dava il senso che potevo comprarmi qualsiasi cosa... e poi avevo un conto aperto col prosciutto dal tempo della mia dieta ferrea... potevo mangiare solo quello a colazione, al posto del cornetto e della nutella.»

«Sei un ex obeso?»

«Ma come, mi stavo riservando il grande scoop e tu me lo rovini così? con te non c'è gusto...»

«Be', quelle cicatrici...»

«Chirurgia bariatrica, steataferesi e by-pass gastrico combinato: tre ore sotto i ferri a polmoni staccati... ho detto o esco magro o esco morto.»

«Sembri un esemplare interessante... a proposito, non ti ho offerto niente, un caffè, un cognac?»

«Solo un po' d'acqua, grazie.»

A dieci anni pesava ottanta chili, centosessanta a diciotto; un'adolescenza in quelle condizioni dev'essere peggio che in carcere. Rapporti erotici difficili, suppongo, quasi impossibili: e molta voglia di rifarsi dopo.

«Qual era il tuo ideale erotico, quand'eri ragazzo?»

«Le rosse, mai cambiato: le rosse con la pelle candida... quando ho visto Nicole Kidman in *Eyes Wide Shut* me la sono sognata per una settimana... madonna, quando il vestito le cade ai piedi e lei non cià sotto niente, e lì a terra la seta sembra una pozzanghera illuminata dalla luna... e lei la scavalca prima con una gamba poi con l'altra, e intanto piega il collo a calice... a calice, sì, che te ridi? e tu immagini di frugarla nella fregna, una fregna colorata, bagnatissima, odorosa...»

«Colorata?»

«Colorata e sfrigolante... oppure che è inginocchiata davanti a te con tutti i riccioli rossi a cascata sulla fronte, un po' sudata... con gli occhi supplicosi che fanno le donne col cazzo in bocca... e tu la esamini di scorcio che sembra una carpa arcobaleno presa all'amo...»

«Frena, frena, cos'è? un viaggio turistico nei territori dell'eterosessualità?»

Forse compensa inconsapevolmente le fotografie di glutei maschili da cui è circondato, forse è un'altra prova per verificare fin dove posso seguirlo; o forse è stata proprio una digressione spontanea di cui sembra pentirsi, e a me dispiace d'averlo fermato.

«In realtà volevo chiederti consiglio per un'altra cosa, ma già che ci siamo, tu che interpretazione daresti di questa mia ossessione per le rosse?»

«Non saprei, davvero, io tra biondi e mori sono sempre stato molto ecumenico... a me importano i volumi.»

«La Gabry m'intriga perché me l'ha detto quasi subito che stava con me per i soldi, però allo stesso tempo mi fa schifo.»

«Quello che sei e quello che possiedi, credo proprio che per lei siano la stessa cosa, se ho indovinato il tipo.»

«Fare di una come lei il mio capitale stabile va oltre le mie aspettative... forse le penali alla fine sarebbero pesanti...»

«E vuoi valutarle con me?»

«Se ci stai, ti avverto che non sarà una passeggiata... quando mi sono avventurosamente presentato alla Gabry le avevo impapocchiato che facevo lo scrittore.»

«Non ti ha cacato di pezza, suppongo.»

«Infatti, ma poi le amiche l'hanno relazionata...»

L'amicizia è impastata di memoria lunga, di fraternità fossili, di residua disponibilità al mutuo soccorso; di un vaglio che si sedimenta negli anni e non sempre sa dare ragione di sé. Tutte le altre relazioni che si contrabbandano come amicali sono in realtà opportunistiche: o perché si lavora nello stesso luogo, o perché si ha bisogno di reciproche (qualche volta asimmetriche) conferme, o perché ciascuno dei due ricava dall'amico temporaneo qualche vantaggio. Figuriamoci se posso catalogare come "amicizia" l'estro bislacco di questo trentacinquenne che non appartiene né al mio ambiente culturale né al mio livello sociale – e che ogni volta mi sfonda le poltrone con la sua mole indesiderata e maldestra. Eppure lo vorrei un figlio così: uno che (da quanto intuisco) non ha trovato la carriera pronta, che ha messo a repentaglio anche la salute inghiottendo quel che non doveva inghiottire; uno che frequenta manager e starlette ma che ha abbastanza confusione in testa per non vergognarsi di chiedere aiuto. Gli occhi vagamente basedowiani non mi guardano mai, magari ha scelto me perché il suo trapano psichico disprezza gli orifizi istituzionali, quel che il denaro potrebbe procurargli facilmente e che di sicuro avrà, compagni di merende e piaggiatori un tanto al metro. O anche per snobismo d'originalità, per onorare il caso.

«Hai una mente libera, che è raro.»

«Cerco di evitare quelle che Arbasino chiamava le "passamanerie civiche"...»

«Ah fantastico, sì... i fighetti di sinistra, che se gli fai perdere un trade o sbagli un investimento si incazzano come delle bestie, poi dicono "subsahariano" e si sentono subito più buoni...»

"È intelligente": lo pensiamo l'uno dell'altro ed è l'alibi di entrambi.

Lui rinuncia a qualche cena in cui dovrebbe tranquillizzare milionari insicuri, approfitta di quando la Gabry registra o posa fino a tardi; io ho poco a cui rinunciare, d'estate in televisione danno solo repliche. Chiacchieriamo di tutto, io del mio lavoro e lui del suo:

«Lo diceva Kafka ed è vero... la letteratura è il salario per il servizio del diavolo.»

«Non devi per forza possedere una merce per venderla... puoi vendere anche denaro che non c'è, che per ora è solo un buco...»

«Anche voi privilegiate il possibile rispetto al reale... date fiato all'infinito, non siete solo i contatori geiger della volontà di potere.»

«Spesso siamo i fusibili del sistema, i primi destinati a saltare se succede un corto circuito... è un mestiere che non si fa senza vocazione... il reclutamento è estremamente democratico... hai un bel fare l'advisor perché sei un figlio di papà e ti chiami Lupo o Blu... trovi il pakistano bravo in matematica che ti fa un culo così.»

Mi racconta le stranezze che viaggiando ha avuto occasione di vedere: le palestre a Conakry per top escort africani, il tedesco viticoltore in Australia che si porta in giro una bionda con un guinzaglio d'oro, lo sceicco (uno dei tanti figli di uno dei tanti sceicchi) ad Abu Dhabi che nella sua tenda nel deserto faceva mangiare agli insolventi i contratti non onorati. Proprio masticandoli, dopo averli fatti a pezzetti e aiutandosi con l'olio di arachidi. Mi parla della sua bulimia, fin da piccolissimo, io gli dico della mia mania per i culturisti in età altrettanto precoce («ecco perché ti interessa la finanza dopata... le nostre cifre sono piene di steroidi»); commentiamo i pomeriggi tropicali di Roma e lui mi aggiorna sugli weather derivatives («è il tempo il primo mutante»); ogni tanto si interrompe per controllare sull'iPhone le ultime da Fukushima, non mi sottraggo al lusinghiero disagio di credere che stando con me perda migliaia di euro. I computer sono anche troppo veloci, ogni tanto devi disattivare il programma per ragionare con la tua testa. Il nodo è la Gabry, lo capisco; o forse no, forse il rovello è un esame di coscienza più egoistico, affannoso perché in ritardo.

«Quando ho cominciato a guadagnare forte, sono andato alla Caritas e mi sono offerto come volontario... non so che cosa avessi smania di scontare, era piuttosto tough come situazione.»

Il denaro, quando è tanto, ti insegna a semplificare; ma la pace è solo per chi se la può permettere.

5.

Questo però è un tiro mancino: la mossa mi sconcerta, mi perplime, manca poco che mi offenda. C'eravamo rivisti ancora un paio di volte in campo neutro: una in un salottino dell'hotel Boscolo, a Roma, l'altra al bar Zucca in Galleria, a Milano. Tommaso si era spinto un po' più avanti nell'intimità («ho conosciuto molte donne, ma femmine pochissime») e io non l'avevo ricambiato della stessa moneta: non sono più certo nemmeno di avercela, un'intimità. Forse proprio la riservatezza, o quello che lui ha inteso come pudore, l'hanno commosso: l'offerta esorbita dal nostro livello di dimestichezza, va a toccare quelle regioni materiali del vivere di cui sono sempre stato geloso perché hanno costituito, da quando avevo diciott'anni, la trincea della mia indipendenza e della mia misantropia. Col cuore si scherza, col portafoglio no.

Si tratta di questo: Tommaso si dichiara disposto a comprare dai proprietari il mio appartamento e ad affittarmelo alle stesse condizioni di ora (su questo veramente è stato possibilista, «mi dai quello che vuoi», ma io mi sono mostrato inflessibile). "Quello che vuoi", non "quello che puoi", ho apprezzato la delicatezza: i motivi della mia attuale (relativa) indigenza non sono di quelli che fanno onore. Certo liberarmi dall'avviso di sfratto sarebbe un bel sollievo.

«Calcola che investire nell'immobiliare adesso può essere un gol, soprattutto nei centri urbani a vocazione turistica.»

«Fra qualche anno tolgo il disturbo.»

«In che senso? Non dire idiozie, oh... se vuoi concordiamo una nuda proprietà... col tuo talento puoi piazzare ancora tante bombe di nascosto... non ti interessa vedere il grande botto? dài che ci divertiamo.»

La bontà non è fatta così, la bontà aspetta che tu sia pronto; la bontà ti guarda negli occhi, trattando col pa-

drone di casa non ti esclude proponendo cifre ridicol-
mente alte, si inventa una parentela che conservi anche
a te un briciolo di decoro. Sarà che è abituato a non trovare resistenza, quando tratta gli affari diventa una specie di alieno.

«Puntava solo al rimpiazzo... hai visto la faccia quando ho tirato fuori la piantina di via Tacito?»

«Abitando lì da tanto tempo, forse avrei avuto un diritto di prelazione...»

«Non mi deludere, non ti mettere anche te a blaterare di diritti... avrei potuto fregarlo cento volte incastran-
dolo in caroselli finanziari, ma un po' di contanti contro mattone per me è stata una forma di vacanza... mi
sono pagato la commedia e resto pienamente convinto
che ne sia valsa la pena, sono io che devo ringraziarti.»

«Aspetta di vedere i risultati.»

«Così lascerò un segno del mio passaggio, non spa-
rirò nel mucchio.»

«L'eternità non è più di moda...»

Ho accettato perché alla fine tutto si è risolto in un
patto: lui mi fa questo favore e io in cambio scriverò un
libro sulla sua vita («devi dirmelo tu chi sono»). Mi ha
consegnato delle pagine scritte, un tentativo di sceneggiatura e un diario; ho registrato i suoi ricordi d'infanzia, abbiamo passato insieme un weekend sfidando le
ironie incrociate della Gabry e della ***; altri incontri e
altri materiali seguiranno; "la strana coppia", affacciati
a una prospettiva doppiamente scivolosa. Abbiamo fe-
steggiato con una bottiglia di champagne e Tommaso
non s'è risparmiato l'ultimo quiz:

«È un Bollinger dell'ottantotto...»

«Io veramente in casa ci sono entrato nell'ottantasette.»

«Ma l'ottantasette è un'annata che fa schifo... nell'ottantotto chi me l'ha regalato lo pagò mille e cinquecento franchi... quanti soldi ci beviamo stasera?»

«Be', mille e cinquecento franchi quanto fa? duecento e qualcosa euro.»

«Ti ho chiesto quanti soldi ci beviamo oggi, non allora.»

«Ah già, bisogna calcolare l'inflazione a partire dall'ottantotto... anzi no, no no, mi stai confondendo... se io avessi depositato in banca mille e cinquecento franchi nell'ottantotto... bisogna calcolare gli interessi *più* l'inflazione...»

«È giusto se usi il concetto di costo-opportunità... ma così non tieni conto della varianza rispetto agli altri beni... qui l'unica risposta corretta è il costo di sostituzione, cioè quanto pagherei adesso un Bollinger dell'ottantotto uguale... l'ho visto da Peck l'altro giorno, quattrocentosettanta euro.»

«Forse è meglio che non lo beviamo...»

«Mica per quello, maestro, lo beviamo sì... era per dimostrarti che di prezzi non te ne intendi... pensa piuttosto a combinare qualcosa di glamour che renda giustizia alla nostra categoria... sono stufo di quelle robe americane che ci fanno sembrare tutti degli isterici.»

Eccomi qua, con questo progetto di "narratore onnisciente" che m'ha sempre fatto arrossire; onnisciente sarebbe solo Dio, se esistesse. Per proporti come narratore onnisciente, o devi presumere tanto da te stesso o richiedere splendore alla tua epoca. Ma agisco per salvare il mio povero appartamento, di cui vedo pulsare le bolle d'intonaco come se fossero vene – o cicatrici, la mia casa è più viva di me; sarò lo strumento retorico attraverso cui passano i fatti per depurarsi e acquistare senso, deformandosi: un pagliaccio al servizio delle cose.

Stavo a Firenze, in non so quale circolo Arci, e assistevo a uno spettacolo di burattini per adulti; a un certo punto il burattino in scena ha protestato «i maligni insinuano che dietro di me ci sia un tizio che mi fa parlare... sappiate che non è vero, sono io che faccio parlare lui». Il burattinaio infatti s'è presentato alla ribalta col suo faccione e ha ammesso «così mi sento nudo, non so cosa dire». Dunque ora congedatemi come un Prologo di teatro, che si affardellerà di some reali (tipo il denaro, o peggio) per arrivare a una verità ma senza più comparire; in scena ci saranno solo le maschere. Oggi 3 giugno 2011, in questo pomeriggio bollente, faccio quel che dovrebbero fare gli occidentali in Afghanistan: mi ritiro.

Commodore 64

Poppate lentissime, al punto che sua madre s'addormentava allattandolo; questo appartiene alla mitologia, ai racconti di zia e nonna quando non volevano fargli pesare il suo essere "attrippatello". Ma l'infanzia importa poco: è vero che molte cose si decidono in quegli anni, però è anche vero che sono senza rimedio. L'infanzia non è una giustificazione né un luogo a cui voler tornare: come rimpiangere quelle bestioline che eravamo, deboli e parassite? Mamma invece non l'aveva mai preso alla leggera il suo sovrappeso («'sto regazzino nun magna, s'abboffa»), già al tempo degli omogeneizzati e delle prime pappette; ma lei non ha mai preso niente alla leggera, la gravidanza era stata una causa continua di ricatti e lamentele. Con idee superstiziose in testa, era andata anche da una rumena perché quel concepimento le pareva affatturato, partito sotto una cattiva stella – s'era fissata che il bambino fosse stato messo in cantiere proprio quella notte che il marito era tornato ubriaco (fin lì, normale amministrazione) ma bestemmiando e lavandosi via del sangue al lavandino; avevano mezzo ammazzato un frocio che si credeva 'stocazzo, per dargli una lezione. «Ciavevi ancora l'odio addosso, m'hai intossicato la pancia»: sentiva delle fitte che il dottore non sapeva spiegarsi, come se il feto si storcesse e si difendesse dalle ombre. Mamma sudava in quell'estate torrida e si sbrodolava di ghiaccioli, passando da una sedia all'altra nella piazza senza trovare pace; il bambino le arrivava in gola, tant'è vero che alla nascita pesava quattro chili e sette.

Tommaso è nato il 2 agosto 1976 e quando è andato a scuola aveva compiuto sei anni da pochissimo ma era il più alto e il più grosso di tutti: ultimo banco quindi e prima lezione sull'indifferenza, col piede della sedia aveva sfondato la plastica azzurra del battiscopa ma nessuno se n'era accorto. Nella marana dietro la scuola, dove andavano a fumare, si trovava quasi sempre da solo con Nando, un roscio magro come un chiodo; parlavano della bicicletta di Saronni che era vuota dentro e pesava un chilo: «si ce monti te, la sfonni», ma Nando non lo diceva mai con cattiveria. Invece la maestra sì, quella di terza, una volta che giocavano a rubabandiera speciale sulle rampe della scala, l'aveva fatto scendere di due gradini, «se Tommaso salta da quell'altezza ci apre un cratere»; tutti a ridere non tanto di lui ma della parola nuova, però poi per un mese l'avevano soprannominato "cratere".

Una negretta si tirava la gonna sulle ginocchia per non far vedere che era negra dappertutto, «il Signore l'ha lasciata troppo in forno e gli è venuta bruciata»; la maestra li strillava per battute così, però quando il venerdì c'era la compravendita a lei faceva portare sempre le banane. La lezione del venerdì a Tommaso piaceva molto perché lui non sbagliava mai; nel cortile (o nell'atrio quando pioveva) si allineavano sui banchi dei prodotti alimentari, in genere frutta e verdura, per le esercitazioni di aritmetica pratica («s'arimedia er mine-strone auffo, mica scema 'a maestra» diceva mamma); alcuni recitavano i venditori e altri fingevano di comprare. Le moltiplicazioni e le divisioni a Tommaso ormai non lo divertivano più, le risolveva in due secondi anche per Nando che gli regalava in cambio i buondì supplementari per la merenda. Scommetteva sulle variazioni che ci sarebbero state il venerdì successivo: aveva notato che quando la maestra arrivava vestita di scuro in genere i prezzi li alzava, mentre li abbassava quando si presentava tutta dipinta e colorata di chiaro.

Scommettere è peccato, brontolava il prete; una volta il prete era arrivato accompagnato da Zibibbo, che era stato al gabbio e davanti al Partito toccava il sedere alle donne e picchiava i cani ma lì a scuola faceva tutto il gentile; il prete ha detto bambini, pensate che quando gli uomini non sono liberi, e non possono lavorare o rendersi utili, e abitano sempre insieme a gente cattiva, sono quasi costretti a commettere peccato. A Tommaso da quel momento gli era venuta voglia di andarsene via lontano, dove c'erano palazzi luccicanti e non ti potevi sentire in prigione perché gli aerei ti portavano sempre da un'altra parte – ma quando si svegliava la mattina si sentiva deluso che la stanza stava ancora lì.

I suoi veri amici erano il budino Elah e i risotti già pronti; la mamma a mezzogiorno rimaneva in fabbrica (la distanza era troppa per tornare a casa), papà chissà dov'era. Tommaso rientrava da scuola all'una e mezza, trovava il risotto da scaldare ma lui lo preferiva freddo – e i budini tremolanti in frigo. Poi passava da Nando, dove c'era quasi sempre ad aspettarlo una fetta di torta di riso, o un tòrtano salato coi pezzetti di formaggio e prosciutto; lui comunque si augurava il dolce: anche quando rubava qualcosa al supermercato, rubava bomboloni o cremini.

La zia diceva che era perché i cremini glieli davano da neonato per farlo star buono; la madre negava, i cremini erano una mania recente e per non fargliene riempire le tasche gliele cuciva. Gli estranei invece ci cascavano, lo vedevano così grosso a otto-nove anni e gli offrivano del cibo («sai quanto ce ne vòle pe' riempì er sacco») – non capivano che era proprio perché gli davano sempre tanto da mangiare che era diventato così grosso. A Pietralata nell'ottantacinque non c'era uno straccio di medico che diagnosticasse una disfunzione cellulare (un eccesso di assimilazione) o addirittura genetica (il gene Ob che codifica la leptina, cioè l'ormone responsabile di un corretto metabolismo). Ridevano a vedere quel ragazzino mai sazio, che ogni scusa era buona per sgranocchiare qualcosa – che poi "sgranocchiare" non era il verbo, perché a Tommaso piaceva tutto ciò che era morbido e andava giù senza bisogno di masticare. A lui non dispiaceva fare il buffone del quartiere; si agitava apposta saltando sulla bici per farsi ripetere che coi suoi calzoni ci si poteva costruire una mongolfiera.

Tranguggiava e inghiottiva fin che non era pieno da scoppiare, solo quando nello stomaco non ce ne stava proprio più si sentiva autonomo (era un inganno, forse il più perfido alle soglie della vita; in realtà a comandare non era il pieno ma il vuoto: "nessuno mi risponde e dunque mangio"). A due anni, nei racconti della zia, divorava il muschio e i fiori dei giardinetti – panna e gelato dunque erano già una conquista. Non sopportarsi vuoto significava non lasciare mai spazio alla fame, cioè all'attesa; anche di notte si teneva le brioche sotto al cuscino. I dolci erano la sua trincea, il muro divisorio che lo separava dal mondo; lì non arrivavano più le risate, gli scherzi crudeli, lì c'era soltanto un eroe che si fortificava per spingersi oltre ogni limite – quale fosse questo limite non avrebbe saputo spiegarlo, non aveva che nove anni; ma certamente, al di là, si stendevano le terre dell'abbondanza, dell'innocenza, della gloria pubblica e dell'amore senza eccezioni. In chiesa gli avevano insegnato che anche mangiare troppo è peccato, un peccato di avidità e di superbia; i santi dividevano il loro tozzo di pane coi poveri. «Ma anche noi siamo poveri» lo coglionava Nando, e alla fattoria della Caffarella strappavano le uova da sotto il culo alle galline. Quella era vita, vita comune. La cerimonia del rimpinzarsi era un'altra cosa, da celebrare in solitudine; una frittata di sei uova, spalmata di stracchino e di marmellata alle fragole ("seppellisco il peccato dentro di me"). La sua pancia brontola come il cielo, Tommaso è un dio gigantesco all'origine del mondo.

Non che non sappia muoversi con agilità: nonostante la mole corre piuttosto veloce e soprattutto nuota benissimo. Solo una volta che erano in esplorazione al parco di Cecafumo e volevano ispezionare un rudere, Tommaso ha esitato davanti a un cunicolo troppo stretto; non è riuscito a entrarci, però per opporsi a Nando che lo incoraggiava («dài, qui ce passa chiunque») ha saputo trovare una buona replica («a bbello, io mica so' chiunque»). Nando è carico di fiducia come un cannolo, fiducia in se stesso e nelle relazioni umane: non guarda mai le cose come dietro un vetro, se c'è una situazione che lo disturba scatta e attacca a testa bassa per cambiarla; magari perde perché non riflette, però almeno ci prova – il calcolo astratto e la meditazione non fanno per lui; con le bambine in corridoio allunga le mani e viene rudemente respinto. Tommaso invece è il re delle strade contorte: alla più carina della classe, che l'avevano pure messa sulla copertina di «Primavera missionaria», prometteva durante la ricreazione cento lire se lei avesse indovinato sotto quale bicchiere stava la pallina – muoveva le mani da imbranato apposta perché lei sgamasse ("però intanto sento il suo odore"). Alle spose che tornavano affannate con la borsa della spesa spiavano la spaccatura tra i seni, anche a quelle brutte, ma Nando ci faceva sopra una risata e se lo dimenticava subito.

Erano diventati indivisibili e facevano ridere, uno piccolino e secco l'altro tipo balenottero, come Stanlio e Ollio; ma non era igienico ridere troppo perché potevano diventare una discreta macchina da guerra. A Nando gli partiva la ciavatta come niente, ti coglieva impreparato e dovevi stare attento a non cascare – perché una volta a terra quell'altro ti si stendeva sopra e per rialzarsi erano cazzi.

Le memorie d'infanzia sono bucherellate, si ricordano più gli incidenti che la normalità; le liti in famiglia scoppiavano per un'osservazione di troppo, quando la madre diceva «a Sà, ma che me frega der rispetto? me cedono er posto, sì, però poi me guardeno che me scannerebbero» – il padre sbatteva il pugno sul tavolo «Iré, ma che te credi che me piace, a me?». Ogni tanto in casa capitavano personaggi fuori misura, che stonavano come se fosse entrata una giraffa: Tommaso si ricorda del proprietario di mezzo Pigneto che aveva lasciato di sotto il macchinone con l'autista, e di un prete senza tonaca col collarino bianco che parlava fitto fitto col capo degli zingari della Maranella. Dopo queste riunioni il padre restava muto e concentrato, a distrarlo volavano le sberle. «Cuidado che questo nun è a bordo»; a Tommaso era parsa una frase fichissima che avrebbe potuto ripetere al bar di Pancino, ma non aveva capito bene la prima parola: «papà, che vuol dire qui-dado?».

Il padre gli aveva messo in mano due bignè che aveva comprato per il piccolo ricevimento: «tàppate la bocca, va'».

Quando il padre è stato condotto in prigione, Tommaso aveva undici anni e s'era appena iscritto in prima media; mamma Irene non gli aveva fornito molti chiarimenti («la corda prima se tira poi se spezza»), ma a scuola sapevano tutto e Nando glielo aveva riassunto anticipando gli altri: Sante Aricò raccoglieva le offerte dei negozianti per conto di una società segreta, "una specie d'assicurazione" – solo che non era riconosciuta dallo Stato, anzi era proprio vietata. Gli amici di papà, forse perché si sentivano in colpa, mollavano ogni tanto qualche regalo; la casa del capo era piena di marmi decorati e i divani a strisce d'oro erano così alti che mamma Irene quando ci si sedeva poi non riusciva più ad alzarsi – arrossiva afferrando la mano che le porgevano. Per la promozione in seconda gli avevano regalato un computer; lì per lì era stata una delusione perché tutti ormai avevano il Commodore 64 mentre a lui gli avevano rifilato un MSX, uno standard giapponese meno potente, sicché non poteva scambiarsi i giochi coi compagni. Alla lunga però s'era rivelata una fortuna: non potendoci giocare, per lui il divertimento era diventato programmare il pc, "fargli fare delle cose". Per costringerlo a disegnare un cerchio, per esempio, Tommaso doveva scrivere l'equazione della circonferenza; la geometria piana sostituiva il tennis da tavolo e le corse automobilistiche, il che lo conduceva molto al di là delle miserie su cui quella scema della professoressa pretendeva di interrogare.

Ristrettasi di colpo la famiglia, rimasti soli lui e la madre, a Tommaso era sembrato di essersi trasformato in un adulto; le difficoltà economiche gli erano diventate più evidenti, la madre il sabato e la domenica andava a fare le pulizie in un blocco di uffici sulla Togliatti. Uffici di vetro e acciaio con decine di computer, agli ultimi piani da cui si dominava tutta Roma. Mamma tornava che strascicava i piedi («ja'a faremo, ranocchié»), quando stavano verso il venti del mese si arrabattava su calcoli sempre più puntigliosi prima di avventurarsi al mercato, altro che le esercitazioni pratiche delle elementari, la busta paga non arrivava mai («me stanno a spuntà 'e branchie»); ora all'inizio della settimana lasciava a lui un piccolo budget e per il pranzo si arrangiava da solo.

Tommy arrotonda passando qualche compito di matematica ai due ebeti della classe che hanno i padri al ministero, ma la nuova responsabilità aggrava la bulimia: sentendosi libero, evita i cibi sani e si imbottisce di snack, di pizze, di supplì. Mangia perché si annoia (Nando di pomeriggio fa il cameriere in una bisca) e la noia non merita niente di costoso: c'è un indiano in via del Peperino che gli cede a metà prezzo le merendine scadute. Qualche volta arriva all'abiezione di buttare direttamente nel secchio della spazzatura un po' di salsa di pomodoro e qualche foglia mezza marcia raccattata per strada, per far credere alla madre che ha mangiato spaghetti e insalata. Più spesso sparge in giro proprio gli involucri incriminati, le plastiche dei gelati e i cartoni dei soffici, per testare la madre verificando se almeno lo strilla; ma lei è così stanca che non ci fa più caso, ormai s'è abituata a un figlio mostro.

Tommaso invece recalcitra, si pente e fa propositi: "da domani mi cuocio un po' di pesce con le verdure, poi vado a dà du' calci ar campetto". In fondo gradirebbe essere come tutti, non doversi sempre distinguere; urlare insieme le soddisfazioni collettive, con canzoni di rabbia o di vittoria. Ma il cibo sta lì, perché aspettare? Mangia soprattutto dopo che ha mangiato, per inseguire un piacere irraggiungibile; si aggomitola sul letto e si tiene compagnia con le puzze, le cataloga al suono e secondo la durata. Conversa a lungo con le proprie feci, le accusa come se fossero in tribunale, lì impaurite sulla ceramica bianca in attesa dello sciacquone. "Le vittorie sono merda e io in merda le riduco." Finisco il fritto prima che mi sale la nausea, tanto il pallone non me lo passano comunque. Incerto se stare in casa o uscire – il cielo tra gli alberi, nella discesa che porta alla canonica, è un grande calamaro che lo soffoca.

Alle elezioni per il rappresentante di classe è risultato secondo, che è il piazzamento degli stronzi; quel giorno avrebbe voluto picchiare Gesù Cristo, tranquillo ed emaciato sulla sua croce. Ha venduto una giacca che tanto non s'allacciava più e si è finalmente permesso di scialare allo Zio d'America, sprecando e sputacchiando salmone, caviale, pasticcio di fegato d'oca (quello sì che l'ha vomitato perché il sapore era schifoso). "In ogni caso, meglio essere in credito che in debito di calorie; fin che mangio sono in attivo, incorporo energie che si tramutano in fosforo e quindi in intelligenza; la matematica non delude mai." Gli iscritti al club di Topolino ricevono fascicoli con problemi di grado superiore; Tommaso ne risolve alcuni destinati ai sedicenni e li spedisce, spera d'essere invitato a Bressanone dove si svolgerà la gara finale.

Problema dell'ubriaco. Un ubriaco arriva alla porta d'una città a pianta quadrata; superata la porta, situata in uno dei vertici della cinta muraria, si incammina tra gli isolati (indicati da quadratini) procedendo a caso senza mai tornare indietro. A ogni bivio la sua scelta è aleatoria. Quale probabilità ha l'ubriaco di imboccare la via giusta e di giungere al quadratino indicato con la lettera O, che rappresenta casa sua?

Soluzione. Ogni isolato ha una certa probabilità X di essere raggiunto e X è uguale al rapporto tra il numero dei percorsi che conducono a quell'isolato e il numero dei percorsi possibili in ogni riga del triangolo (quello che va dal vertice della porta fino a metà quadrato, dove appunto si trova la casa O). La probabilità di giungere in B, per esempio, è 1/2, quella di giungere in D è 1/4, in H 3/8 eccetera. Se rappresentiamo con istogrammi questa serie di probabilità, otteniamo una scala ascendente e poi discendente; al sommo della scala c'è proprio la casa O, posta a metà dell'ipotenusa, con 6/16 di probabilità.

Sul computer, massimizzando il numero dei bivi e degli isolati, la campana di Gauss si disegnava nettissima; è stato a quel punto, mentre pensava che allora forse il Signore lo voleva il ritorno di papà, che Tommaso è scoppiato a piangere.

2.

Gli specchi sono pozze d'acqua in cui è facile annegare; bisogna essere molto superficiali, o avere molta fiducia nel giudizio altrui, per congelarli e ridurli a semplici servi, o accessori. Tommaso li ha evitati fino ai quattordici anni; anche in palestra, dove ce n'era uno, guardava a terra quando ci passava davanti corricchiando – e quando col professore facevano esercizi al tappeto cercava sempre di mettersi dall'altra parte dello stanzone. Solo qualche volta, di sfuggita, ci buttava l'occhio per spiare una ragazza, procurando comunque di non essere inquadrato. I primi peli di barba l'avevano costretto a osservarsi almeno la faccia, col rasoio elettrico doveva stare attento a sfregare bene tra le pieghe sotto il collo; sollevava il grasso delle guance come se appartenesse a un altro e questo lo aiutava a considerarsi estraneo a se stesso. Cosa volevano quegli occhi neri, quelle labbra a forma di cavolfiore, quella pettinatura precoce e illusa? Provava una tenerezza, e un oscuro rimescolio, immaginando la scena (per lui lontana come la luna) che Nando gli aveva descritto con dovizia di particolari – di Nando medesimo che si faceva le pippe quando era solo in casa, di fronte allo specchio del salone, indossando il reggipetto della sorella.

Nell'estate che seguì l'esame di terza media (dieci in matematica e un insperato otto in italiano) Tommaso ebbe l'offerta di lavorare come garzone dal barbiere di piazza Sempione, era comodo perché ci poteva arrivare in bicicletta. Ma lì non aveva scampo, lo specchio si stendeva su tutta la parete – Tommaso ci nuotava dentro, a figura intera, anche mentre spazzava via i capelli dal pavimento. Sommata agli scherzi soliti sulla sua pancia, che gli impediva di avvicinarsi alla sedia del cliente per annodargli l'asciugamano, la crudeltà cannibale degli specchi lo confermò in un'evidenza irrefutabile: il suo corpo esisteva, non era solo un'idea, ed era anzi il documento decisivo per un lasciapassare nel mondo. Il suo corpo parlava contro di lui e lo confinava in serie B.

Quello che il barbiere chiamava il "capitolo fregna" (e Tommaso gli era comunque grato di insistere su questo invece che su come funzionava il parlatorio a Rebibbia) si segnalava ancora purtroppo per una grave povertà di annotazioni; l'unica fregna dal vivo che Tommaso avesse visto era stata quella di una punkabbestia che si ritirava a dormire nei sotterranei sotto sequestro del cinema Impero. Entravano per una breccia nel muro e uscivano la mattina come scarafaggi, coi piercing e le creste rosse o blu. Verso mezzogiorno la tana era vuota; invece che andare a casa a mangiare da solo, Tommaso scavalcava a fatica il filo spinato e curiosava tra i materassi, ci aveva anche trovato delle macchie di sangue. Un giorno su uno di quei materassi stava ancora dormendo una ragazza; si svegliò d'improvviso e scoprì gli occhi imbambolati di Tommaso fissi su di lei: «la vuoi vedere?».

Qui Tommaso ricevette l'ennesima lezione di indifferenza: non importa quanto batte forte il tuo cuore, gli altri non lo sentono e perseguono i loro obiettivi. Istintivamente estrae dalla saccoccia un paio di banconote da mille: «cazzo fai, mica so' 'na troia».

Infine eccola, la cosa: un poco sfrangiata là dove lei la apriva con le dita, un punto scuro in alto e sbavature rosse alla fine della fessura in basso, dove scivolava verso il culo. Molto pelo soffice dorato e un sottile alone bianco intorno, forse perché lì arrivavano le mutandine.

«Che ciài in quel sacchetto?»

Tommaso ci teneva le golosità per il suo pranzo furtivo: delle paste di cioccolato a cupola, tortili come fiamme, cinque crocchette di patate, due etti di ricotta e un vasetto di crema di castagne. La ragazza fece una smorfia schifata e accettò solo una crocchetta, delusa che la sua fica non meritasse di meglio.

Tommaso c'è tornato altre volte all'ora di pranzo, munito di lasagne prosciutto e cibi più invitanti, ma l'incontro non si è più ripetuto; scherzando il barbiere aveva chiesto «l'hai già assaggiata l'ostrica puzzolente, la lattuga creola?» – lui arditamente aveva risposto di sì, ma perché "creola" non l'aveva capito. Due o tre volte era successo quel che doveva succedere, con le professioniste dietro la metropolitana; ma su quelle non si potevano costruire tante fantasie, ti maneggiavano asettiche – e poi salire e scendere dai montarozzi gli risultava difficile, si sentiva troppo al centro dell'attenzione. Le fantasie le scatenava sulla barista del bar Fuxia, che non faceva mistero di essere lesbica ma armava due bombe da esercitazione; stuzzicava i palestrati in jeans che volevano convertirla, «ormai quei cosetti che ciavete voi, se', manco il solletico, la tecnologia ragazzi fa miracoli». Se andava al tavolo di un avventore sconosciuto si presentava «soldato Simona ai vostri ordini». Tommaso usciva dal bar che gli girava la testa, rintronato tra infanzia e maturità; la sua ombra oscillava sul marciapiede come un carico pronto a rovesciarsi – i rotoli sui fianchi lo ancoravano verso il basso ma la proiezione della mente volava più in alto di tutti i coetanei del quartiere. In cima alla lista dei suoi desideri più intimi c'era di farsi portare la colazione a letto da Mamma Orsa e di vedere nuda la Madonna.

Andarsene è diventata un'ossessione e mangia per zavorrarsi; l'amore (per mamma) lo ingombra e l'odio (per l'ignoranza) lo protegge. La volontà, quel terribile scalpello che Tommaso aveva usato finora soltanto per la scuola e nella decisione ferma di non domandare mai a suo padre perché si trovi in carcere – quella stessa volontà prova adesso a rivolgerla contro se stesso, o meglio contro il proprio corpo nemico, esorbitante e sgradevole. La dieta, quel misterioso animale che tante volte il medico di famiglia gli ha nominato, può trasformarsi in un'alleata per rendersi meno ripugnante allo sguardo femminile. Spesso salta il pasto di mezzogiorno, si intigna con la povera Irene che la sera gli prepari soltanto verdure bollite – ma la notte è un incubo, passeggia per la camera gridando sottovoce ho fame ho fame ho fame; lo stomaco gli brucia, logora con gli acidi le pareti fin che lui non gli dà retta e non lo calma con sei-sette fette biscottate e le barrette al sesamo e il succo di pompelmo che scioglie i grassi ma gli aumenta il bruciore.

Ci sono giorni buoni, in cui riesce a sentire il miglioramento delle cellule che si sgonfiano e in cui trattenendo il respiro arriva ad accarezzarsi l'asperità delle ossa dell'anca; allora prende coraggio e si azzarda in bicicletta fino al parco dell'Appia Antica. Al bar della rotonda, sudato, chiede un tè al limone ma la signora ha appena sfornato i fagottini di spinaci («non pesano niente, è solo foglie e aria»); si accorge in ritardo che dentro ci stanno anche i pezzettini di würstel – il tè al limone coi würstel proprio no, cerca altre monete e si concede una birra; a quel punto, anche un bombolone alla crema; «questa ta'a rigalo, si ja'a fai a magnalla» dice il marito della signora tagliandogli una sleppa generosa di pizza con la salsiccia. Ormai oggi è andata, era uno di quei giorni cattivi, già che ci sono faccio schifo fino in fondo.

Va a letto senza lavarsi e senza svestirsi, grida a Irene lasciami perdere vaffanculo; tenta di vomitare piantandosi in gola lo scopettino del cesso. Una mezza gnocca con la canottiera nera davanti al circolo Mantakas gli ha insegnato che se fai partire la respirazione dalla pancia, circa una spanna sotto l'ombelico («se', a trovasselo, l'ombelico»), annulli gli stimoli della fame. Ma la principessa che Tommaso vorrebbe salvare su un'astronave a gravità negativa gli dice no grazie e prosegue a piedi. Tutta questa lotta lo sfinisce, gli viene una smania di fare chissà cosa di rischioso, di esagerato.

Per sovrastare la sarabanda contraddittoria dei rumori interni, l'unico rimedio è la musica. La musica heavy metal soprattutto, a volume altissimo, e se Irene picchia alla porta che si rompa le ossa contro la sua scemitudine. I Metallica e gli Anthrax, ma anche dei pezzi più melodici e infami come *Hearth of Steel* dei Manowar; e che consolazione danno gli scheletri sulle copertine vestiti da militare, e i cadaveri appesi come in macelleria. Voci di zombie che ti accolgono in una valle serena di bruttezza, come in *Scum* dei Napalm Death – gli zombie non hanno paura di nessuno e quando covano quei loro silenzi è perché stanno preparando qualcosa di terribile; ta ta ta ta centottanta battute al minuto sblèng tòng srrrath i battiti del polso una stagione negli abissi daaaaaàn gli Slayer, ttrrùng; rifiutare tutto e non dipendere dalla legge, wwwooooosh, risaliremo trasformati, non c'è bisogno di una bella faccettina e di addominali piatti per trionfare e dominare nel mondo – ma il cervello no, quello non ha colpa.

È facile dire parto, mollo tutto, a quindici anni chi ti si piglia? Ai concerti, col fumo rosso e verde e la fattèscion generale sembra di essere tutti fratelli, le vecchie tatuate con le coscione e i farlocchi che hanno parcheggiato fuori il BMW; poi i cantanti partono col camion e chissà se ci credono davvero, magari nella vita privata cianno la villa e si vestono con la cravatta. Sia Tommaso che Nando se lo ricordano bene il successo di Ferruccio, che di punto in bianco venne avvicinato in palestra (faceva l'istruttore di aerobica) da un tizio che gli propose vieni domani all'indirizzo Tal dei Tali, ti trasformiamo in un cantante pop. Lui era pure stonato, aveva soltanto una bella presenza; ma detto fatto lo portano in Giappone, gli scattano un sacco di foto e le squinzie giapponesi quando lo vedono si strappano i capelli – Ferruccio non capiva ma gli piaceva essere trattato come un divo. La yakuza aveva lanciato un cantante spagnolo con una voce bellissima che però era un cesso, Ferruccio doveva far finta di essere lo spagnolo in tournée – tu taci sempre, gli avevano raccomandato, sorridi e lascia che parlino gli altri. Cantava in playback, si dimenava sul palco che quello sapeva farlo benissimo; girarono per tutto il Giappone, quando è tornato a Pietralata aveva cinque milioni in tasca e si muoveva come una star intergalattica – i milioni finirono quasi subito, adesso sta a tentare un concorso all'INPS e non si riprende più da quelle tre settimane di paradiso.

Non si può mica finire così: Nando va forte con gli

impicci, col vespino riscuote i crediti dei cravattari proprietari della bisca, un ragazzino è meno sospettabile e se lo pistano vanno nei guai. Una volta sola s'è beccato una lussazione alla spalla che però s'è rivelata una fortuna perché la fidanzata l'ha trovata lì, ha già diciott'anni e fa l'infermiera. Di buona famiglia, la sua Volkswagen la lascia guidare a Nando senza patente.

«A lei je faccio sentì 'a cloche...»

«È caruccia ma cià una tendenza a allargarsi... trombala adesso... fidati che di grasso me n'intendo.»

«Mazza oh, rosichi come 'n castoro in diga... dài, alla fine 'na mentecatta che se mette a frugà in mezzo ai rotoli la trovi pure te...»

Solo Nando può parlargli così, qualunque cosa succeda Tommaso sa che non si separeranno mai.

Invece la separazione era in agguato, sotto forma di un blocco degli sfratti rifiutato dal TAR; mamma Irene ha cercato di nasconderglielo fin che poteva, aveva paura che la notizia lo destabilizzasse ancora di più – e non sarà facile trovare un tugurio qualsiasi dentro Roma, con gli affitti di adesso: "i dindi cantano e la merda tace". Per lui a dir la verità una casa valeva l'altra: non si era mai legato a quell'appartamento in cui era rimasto troppo solo, e il doppio cortile pieno di vecchi rincoglioniti lo detestava – si portavano giù le sedie a sdraio e lo trattavano come se avesse ancora sei anni. Seguendo la musica e i concerti aveva allargato le amicizie oltre il quartiere (solo amicizie maschili, purtroppo); aveva partecipato a qualche comizio con le bandiere della fiamma tricolore, dopo il comizio un gruppo di grandi parlava proprio di case da occupare – sbagliavano nell'organizzazione dei turni e Tommaso gli aveva dato una mano applicando una semplice formula di rotazione. «Vedo che sei un tipo sveglio e preparato» un bassetto con gli occhiali fumé l'aveva invitato a una riunione in centro, «abbiamo bisogno di forze giovani, frullano nell'aria parecchi cambiamenti.» Tommaso ormai l'aveva capito, lui era destinato alle cose serie non a quelle divertenti; per questo s'era rifiutato al piercing sulla lingua quando se l'erano fatto tutti intorno a lui – a parte che gli avrebbe rovinato il sapore del cibo.

Mamma Irene lavorava in una fabbrica di infissi per capannoni industriali, era addetta al taglio dei binari scorrevoli; Tommaso odiava i binari scorrevoli e in generale odiava gli oggetti, non voleva mai sapere come (e da chi) fossero fatti. Il puzzo dell'acciaio Irene se lo portava a casa ed era odore di catene. Solo la teoria è bella, la pratica è umiliante – a cosa serviva se no essere intelligenti?

«Stavolta Momo stamo propio cor popò in terra.»

Quando la madre lo chiamava Momo non era un bel segno, voleva dire che era disperata. Riduzione drastica della manodopera, cassa integrazione al cinquanta per cento dello stipendio; «forse entro un anno se chiude, ce sta 'a crisi edilizia».

«Me metto a lavorà pur'io, nun te preoccupà.»

L'amore è un criminale, per non poter dire di no a mamma finisco per dar ragione a quel deficiente che vegeta a Rebibbia. «Macché liceo, massimo ragioneria e poi trovamo chi te se impiega»; a parte che a ragioneria ci vanno gli sfigati, che diritto ha di decidere della mia vita, da dietro le sbarre come un babbuino?

Il nuovo lavoro di mamma è ad Anzio, portiera in un megacondominio; diritto all'appartamento gratis. Il trasloco come lo facciamo? Ci stanno a aiutare, «per la famiglia quelli so' mejo de noi» – amici del padre, forse meridionali, il condominio ad Anzio è di loro proprietà. Tommaso prova, fortissima, la tentazione di impuntarsi – di non seguire la madre, arrangiandosi a Roma da solo. È già alto uno e settantacinque, il peso non si dice ma di uomini adulti ce ne vengono quasi due; però è minorenne, sempre i numeri che si mettono di traverso. Ci sono dei teoremi infidi, che a una prima occhiata pare che il metodo per risolverli sia diretto – invece la soluzione arriva solo se si imbocca la strada apparentemente più lunga. Senza contare quelli eleganti che si risolvono per assurdo. Mi conviene fare il buono, obbedire ai comandi come una pecorella: poi vedranno di che cosa sono capace. Il fisico è da elefante ma la materia grigia mi salverà. Intanto, con la scusa del dispiacere (che poi non è una scusa, perché con Nando quando ci vedremo?) metto le tende in pasticceria e non mi schiodo più; mangiare per ora è l'unica variabile indipendente che mi sia concessa.

3.

Visto dal mare il palazzo ha l'aspetto di un diamante, coi balconcini a punta; ma dentro è quasi un carcere, sul cortile-pozzo esagonale danno finestre strette e lunghe. La portineria ha una guardiola buia, larga appena per una scrivania e due sedie – Tommaso ci si rigira a stento e l'alloggio al piano terra è triste da morire, impregnato d'umidità e di tabacco. Si è lasciato condurre come un bue al macello o come un pacco postale, non ha quasi partecipato al tramestio dei mobili e ai lavori pesanti, con la scusa del mal di schiena ma senza insisterci troppo altrimenti sua madre ricominciava con la cantilena del dimagrire. Il giorno che han dato l'addio a Roma l'aria era fitta di sirene dei pompieri, stava bruciando l'Ipermondo alla Romanina.

Solo la finestrella del bagno si affaccia sul lato del mare e lì Tommaso si ferma più del dovuto, si concentra sul cielo ritagliato e sogna le spiagge californiane. Stringere nuove amicizie non è facile, cammina per ore nella zona del porto senza cogliere altro che sguardi diffidenti e ironici («chi è quel povero ragazzo che sembra una balena? mi sa che è venuto a stare da poco nel covo dei calabresi di via Baccanini, probabilmente soffre di disfunzioni»). Allora se ne va da solo in pizzo agli scogli tra le bottiglie e i rifiuti di plastica: segue qualche yacht al largo, i ricchi veri, non quelli delle villette residenziali mezzi borghesi pulciari capaci solo di chiudersi dentro. Alle elementari pensava che la felicità fosse degli stupidi, adesso pensa che basta volare in linea retta.

Gli abitanti del condominio sono strani – non tutti calabresi in verità, pure siciliani e di dialetti misti del Sud. Il più simpatico è Adriano, avrà ventisei-ventisette anni ma sta già ai domiciliari; una volta che aveva deciso di tagliare la corda s'era dimenticato di avvisare la madre e quella cretina ha chiesto aiuto ai carabinieri non vedendolo rientrare per la notte. Un altro aveva acceso la brace per il barbecue in cortile quando il figlio si precipita come un dannato, «oh oh che minchia fai?» e spegne con una secchiata d'acqua – nella cassetta per la cenere ci aveva nascosto due rivoltelle e dei bossoli. Il grasso preserva Tommaso dall'eccessiva meraviglia, se il mondo si può dominare anche così perché tirarsi indietro? S'è comprato in un negozio per cani un collare con le borchie e l'ha indossato al braccio; in quel palazzo sono tutti istintivamente egoisti, si calpestano a vicenda; se la madre torna affaticata con due borsoni le sbattono il cancello sul muso senza nemmeno accorgersene. I peggiori sono i due pasticcieri che hanno il laboratorio all'angolo con via dello Sbarco: si infastidiscono subito se ti attardi sulla soglia, non ti vendono un diplomatico o una sfogliata neanche se gliela paghi più che al bar («qua si vende all'ingrosso, 'un si pòle perder tempo coi golosi, fatti 'na girata topino che tu ti sfini»). Tommaso si è autonominato *giustiziere* – ma non immagina una bilancia in cui i pesi stiano miracolosamente in equilibrio, piuttosto una ghigliottina con tante teste da mozzare.

Mamma Irene in tutto quel marasma, tra le liti degli inquilini e le pentole di coccio lanciate di notte dal quinto piano, ha recuperato un residuo di giovinezza; si stanca meno che in fabbrica. Non ha ancora compiuto quarant'anni e la minigonna se la può pure permettere; abituata da sempre a considerare che da lei non dipende nulla, ad adattarsi e a sopportare le sfuriate della vita, la sensualità poco esercitata le è rimasta in corpo come una carica inesplosa; molti maschi del palazzo se ne sono resi conto con l'istinto della fregola e ingaggiano una competizione silenziosa a chi saprà cogliere il momento opportuno. Competizione interrotta d'improvviso quando papà esce dal carcere: non porta più l'anello nuziale perché a Rebibbia gli si sono ingrossate le dita, forse i reumatismi. Sante non ha mai brillato per smancerie, però una cena di pesce allegra se la sono concessa tutti e tre; quella notte Tommaso si è masturbato selvaggiamente ascoltando le bestemmie e gli ordini che arrivavano dalla stanza dei genitori. Adesso che i miei stanno di nuovo insieme, fantastica a fondo perduto, io potrei anche salire su un treno e non tornare più. C'è andato tante volte, sfaccendato, alla stazioncina, tra i barboni rumeni e africani – avere mille vite diverse per ogni posto che vai. Come un robot che gli cambiano i pezzi. Sante nella sua ignoranza deve averlo intuito che il figlio è in pericolo di perdersi, perché una mattina gli toglie la tazza dove ha inzuppato troppe girelle e gli dice «mo' de te me n'occupo io».

Il primo risultato è l'arrivo di un computer decente: un IBM con 32 mb di memoria e un software con cui si possono disegnare i diagrammi cartesiani, calcolare le proprietà delle potenze, far ruotare i solidi. Di ragioneria non si parla più, come se Sante si fosse consultato con qualcuno che gli ha fatto cambiare idea; l'iscrizione al liceo scientifico di Nettuno riempie finalmente le giornate di Tommaso, impegnato in un'arrampicata che lo esalta, comprimere due anni in uno e rimettersi in pari con l'età; non mangia più per noia ma per suddividere le ore di studio, certe volte anche fino a mezzanotte. Impara equazioni nuove, inedite posture mentali (non solamente matematiche) per far fronte ai molti quesiti della propria singolarità; la sua aula sta al terzo piano e non c'è l'ascensore – qualcuno lo scorta e si ferma ai pianerottoli mentre lui sbuffa, qualcuno lo salta ridendo e pochissimi lo guardano negli occhi. Fanno finta che lui sia invisibile quando distribuiscono i volantini per la discoteca del pomeriggio, se c'è una cosa che Tommaso ha sempre odiato è dissolversi nel nulla. Concetti come patria e disciplina sono fatti per essere manipolati, conquistare un uditorio richiede una campagna militare. I vestiti di Pitran che gli compra sua madre lo difendono contro gli spigoli e la nudità, ma sono anche sudari di rassegnazione; però le magliette audaci coi fulmini fluorescenti non bisogna sottolinearle con domande incaute:

«Come mi trovi?»

«Facilmente.»

Dedicarsi alla politica va bene, la politica prescinde dal corpo; dare l'impressione che l'isolamento non è timidezza né arroganza, né supina obbedienza a un diktat fisico, ma sublimazione in qualcosa che va oltre la scuola.

Mancava ancora una rampa, ha pensato ora indico qualcosa lontano così riprendo il respiro, c'era giusto una nuvola che assomigliava a un'anatra – invece è svenuto e il disonore è stato completo, l'ambulanza al faro di Nettuno c'è arrivata con un materassino gonfiabile sulla barella («dato il peso, è meglio per i sobbalzi»). La sirena spiegata in tutto il tragitto, temevano per il cuore. Mamma è rimasta la notte, poi si sono dati il cambio e Sante stava discutendo coi medici per la dimissione – la storia andava per le lunghe, Tommaso non voleva sentire quel che dicevano di lui quindi è uscito dal reparto avviandosi verso la camera iperbarica. Seduta su una sedia, l'ha vista. Pallida tanto da sembrare azzurra, tranquilla nella vestaglia a volants, l'ha guardato fisso negli occhi senza far caso al pigiama taglia settantotto; dimostrava quattordici anni (ma ne aveva sedici) e pareva fosse lì da una vita solo perché lui le parlasse:

«Ti piacciono i vampiri?»

«Mi divertono... mia sorella si spaventa anche quando mi fanno i prelievi.»

«Io la siringa piena non la posso guardare.»

«Dobbiamo parlare di sangue tutto il tempo?»

«Dato che stiamo in ospedale... siamo due mostri, no?»

Lei in realtà sfoggiava solo una cannula che le usciva dal naso e la faceva assomigliare a un'aliena di *Star Trek*, dal pianeta dei trichechi.

«Secondo i dottori, io dovrei essere morta da cinque anni.»

«Forse lo sei...»

«Allora stasera vengo a mangiarti il cuore...»

Prima che papà Sante lo richiamasse di là, lei aveva fatto in tempo a dirgli non avere paura, io qui sono un'habituée posso farti gli onori di casa.

Paura ce l'aveva tornando il pomeriggio successivo, di non trovarla; invece avevano scherzato sulle stelle che illuminano il cammino, lei si chiamava Stella. Tommaso si sentiva scemo e la sensazione non era sgradevole; era la prima volta che una ragazza non pagata gli stringeva la mano. Toccandole un ginocchio non gli veniva in mente niente di pornografico, c'entrava più la compassione che l'infoiamento – la fibrosi cistica impedisce ai polmoni di fare il loro dovere intasandoli di muco. Non aveva detto a nessuno che veniva lì, forse si sarebbe vergognato di spupazzarla in giro, anche senza cannula (lei pensava esattamente lo stesso, fuori mi vergognerei a farmi vedere con uno così). In ogni caso era successo, nel più squallido e tenero dei modi e nel luogo meno romantico; tra le maioliche bianche, frugando e chinandosi, senza un'idea in testa e senza scoprirsi troppo; con reciproco tornaconto e una fisiologia perfettamente sana; regalandosi erezione e tosse, e liquidi fuori bersaglio. Riabbottonandosi e cercando di ricordare quel che aveva appena intravisto,

Tommaso considerava tra sé: ecco, la mia fissa è stata sempre di non toccare le cose degli altri, ma questi dieci minuti sono gli altri che non me li devono toccare.

«Gli occhi belli ce li hanno solo i mendicanti o i condottieri...»

«Ti accontenti di me perché sei malata.»

«Due persone sensate a questo punto non si vedrebbero più...»

«Ma te sei proprio sicura che noi siamo persone? forse siamo piante, o minerali...»

«Salce, salce, salce»: Stella si era messa a gorgheggiare altre parole assurde, «scendean gli augelli a vol dai rami cupi...» – fin che qualcuno da dietro una porta non aveva urlato bestemmiando «ma che cazzo te canti, con quei polmoni de merda».

La voce, Tommaso non aveva mai badato alla seduzione delle voci; un passo dell'*Eneide* gli era rimasto in mente, quando Elena passeggia sotto il cavallo di legno e imita per i guerrieri greci le voci delle mogli e delle amanti di là dal mare. Stella, dimessa dal policlinico, lavora come dimostratrice di profumi da Coin: «vuole provare, signora? è una fragranza nuova, originale ma non aggressiva... nessun obbligo, solo per il piacere del fresco sulla pelle...».

Una voce più grande della sua età, squillante ma con una nota felpata, corrosa da una punta di ruggine; una voce da attrice rassegnata alla commedia. Tommaso si fermava apposta dietro di lei, fingendo di rovistare tra rossetti e smalti, per ascoltarla non visto; quelli erano i momenti top, com'era magico sulle panchine della stazione (dove i lampioni erano stati rotti) giocare a battimuro con quella voce, spararle grosse per farla incavolare.

«Siamo fortunati a morire presto...»

«Non blaterare di cose che non capisci.»

«Non lo farò mai il trapianto di fegato... sono un astuccio troppo grosso per un futuro da fregnone.»

«L'acqua gira intorno alla pietra, ma è solo lei che va via.»

«Allora è vero che mi giri intorno...»

La costringeva ad alzarsi, andavano verso la fontana dove lo zampillo appena brillando si divideva in due; alle spalle della fontana una siepe di buio mandava scintille di lucciole, di solito lì scattava il pompino.

Quando Stella insisteva per conoscere i risultati delle sue analisi, Tommaso non ci credeva che a lei importasse davvero – e se le importava allora era come una sorella ma a lui le parentele gli muovevano la diarrea. "Faccio allenamento per le fregne vere." Divorava tutto il bicchierone di gelato allo yogurt senza accorgersi che lei col cucchiaino aveva fatto il gesto di desiderarne un po'; le mormorava porcherie all'orecchio sordo, che dopo l'ultimo trattamento in camera iperbarica s'era lacerato il timpano per un eccesso di pressione. "Non è più vergine nemmeno da quella parte."

Nando aveva messo incinta una («ero eccitato come un muflone») ma i genitori di lei l'avevano costretta ad abortire e a Nando l'avevano pistato come l'uva. Un sabato era sceso fino ad Anzio a trovarli, sempre senza patente ma con una Mercedes: all'incrocio s'erano sfiorati con un'altra macchina da cui erano usciti due negri. Nando era saltato oltre la portiera mulinando in aria una catena ma dal buio di negri ne erano spuntati altri tre, ci siamo veramente cagati sotto; Stella per la strizza ha cominciato a buttare sangue dal naso, Tommaso ha estratto di tasca il fazzoletto per tamponarla – «no no, pistola, pistola» hanno gridato i negri e sono fuggiti. Loro tre hanno riso come deficienti e brindato con due bottiglie di brachetto fin che Stella non si è sentita male e ha vomitato anche l'anima. Tommaso avrebbe dato la vita per proteggerla e Nando prima di partire gli ha raccomandato «falla guarì, quella è giusta per te».

Sante non ha nemmeno cercato di scappare come aveva fatto Adriano, quando i carabinieri sono venuti a prenderlo; da che era uscito non sembrava più lui, non s'era ancora reinserito (zappettava in un orto alle Pantanelle come se fosse una condanna biblica) e preferiva il bar alla famiglia. Ridacchiava e andava in bagno scuotendo la testa se al telegiornale mostravano musei sventrati e crateri in autostrada; «questi se credono de spostà 'e montagne», poi s'incazzava per una minuzia qualsiasi. Irene gli aveva preparato la valigia e a cena s'era sfogata: «papà l'hanno incastrato lui non era così se no manco lo sposavo» – un tizio in carcere diceva d'essersi pentito e accusava Sante di omicidio; stavolta rischia una pena grossa, altro che due anni.

«Non sono più un regazzino, mo' se mi' padre ha ammazzato ho il diritto di saperlo.»

«Avevi diritto di fare un'altra vita, ranocchié, no che a sedici anni te senti già vecchio.»

«Dimmelo, mà.»

«Che nun lo sai già, nun l'hai visto ch'occhi ciaveva? che te dice er core? nella vita se commette pure quello che uno nun vorrebbe... però nun lo giudicà mai a papà, co' tutto quello che te diranno ricordate de nun lo giudicà mai... alla maniera sua ce vòle bene e spera er mejo pe' noi.»

Tommaso invece il meglio non lo voleva, anche questa storia della maturità scientifica gli pareva una farsa; per andare dove, a insegnare matematica ai pesci palla? Il cibo ormai aveva un solo sapore, sapore di pieno; anche alzarsi dal letto era diventata una fatica e per pisciare doveva trafficare un quarto d'ora là sotto per cercarsi l'elastico delle mutande. Stella era morta, gliel'avevano sottratta alla vista con un gioco di prestigio, una collega da Coin s'era meravigliata che lui non ne fosse a conoscenza. Quindi Nando aveva avuto torto, Stella non era adatta a lui perché lei era morta e lui era vivo – i sentimenti vaffanculo, sono un vapore oleoso che offusca l'orizzonte. Lui sarà destinato alla centrifuga, scontando un eccesso di vitalità che in quel momento non sa neppure di avere; la sua è una generazione in debito di utopia, che si affanna a saturare con l'attivismo l'identità che le manca; su e giù nel pentolone che bolle, ingannandosi con mille pretesti pur di essere il fagiolo che rimane a galla.

Una mezza idea, maturata con un gusto di autoflagellazione, era mollare tutto e riciclarsi come pasticciere («posso sempre calcolare le probabilità che in ogni panettone finisca esattamente lo stesso numero di canditi»); i due toscani antipatici del laboratorio d'angolo avevano cambiato atteggiamento da quando Sante era tornato in galera, ora gli permettevano di guardare e anche di toccare – arrivavano perfino a lasciargli usare l'impastatrice.

Quel giorno gli avevano regalato una bella bavarese di quasi otto etti, al limone, e lui già pregustandola l'aveva portata a casa.

«Aridàjela, nun ce servono i dolci.»

«A mà, cianno fatto 'na gentilezza... assaggia che t'addolcisci pure te.»

Irene era scattosa, spazzava il cortile come se strofinasse la ramazza sul grugno d'un nemico; sfoggiava una scollatura meno invitante, un grembiulaccio da pezzente.

«M'han chiesto se stanotte vado a aiutarli per i cornetti...»

«E domattina chi s'alza, Gesù?»

«Gliel'ho promesso, mà, se li accontento c'è il caso che per quest'estate...»

«E allora ubbidisci, sì, vai vai, leccaje er culo... ubbidisci che farai la fine di tuo padre.»

L'ultima frase è stata un urlo, Irene s'è precipitata in cucina e sbatte gli sportelli senza criterio; Tommaso l'afferra per la cintura, da dietro: «oh, oh, in che senso, che fine ha fatto mi' padre?».

La costringe a girarsi, le preme addosso con una mole che non ha più niente di infantile. Irene racconta, guardando fisso il lavello. È successo durante la seconda settimana di libertà provvisoria; il padre doveva riscattarsi, dimostrare all'organizzazione che lo sgarro non era stato suo – gli avevano imposto una prova. A sangue freddo ha dovuto strangolare un infame con una corda, in un casale verso la Pontina – ubbidire pur sapendo che così firmava la sua condanna. È tornato a casa che tremava ancora, continuava a ripetere dài, dài, daaài, tu quella sera fortunatamente stavi al bowling. «L'ha fatto per salvarci a noi.» Tommaso si sente sollevato a mezz'aria da una mano enorme: è ormai straniero a quel padre di cui di colpo ricorda l'odore (un misto di alcol e debolezza), straniero a quella donnetta che non sa fare altro che recriminare, straniero al proprio stesso odiatissimo involucro di lardo. Via, scuotendosi la polvere dalle suole.

4.

L'adolescenza è finita. Ora bisogna guardare in faccia la realtà, che ti interroga molto più seriamente dei professori; stop perdere tempo per un pugno dato o ricevuto, per una troia della quinta C che scrive un bigliettino e poi ti ignora, per una festa dove si bara a poker. Se mio padre è un assassino, io non ho niente da spartire con 'sti bamocci dalla vita facile e dal futuro già pronto; ho un credito da riscuotere; chi ha rovinato la nostra famiglia sentirà pure degli obblighi, mi devono garantire la possibilità di allontanarmi dalla miseria e dalla media, verso mete dinamiche e nuovi incroci. Io devo stare sopra non sotto. E senza che mia madre ci va di mezzo, le sue minigonne se le metta in naftalina.

Una domenica, nella sala da pranzo con le poltrone logore, sta seduto un vecchio elegante che Tommaso ha sempre chiamato "il signore dei trenini" perché tutte le volte che si presentava in visita gli portava un vagone della Lima o una locomotiva. Già allora era pallido di uno strano pallore, più dovuto ad anemia che a scarsa abbronzatura – ora poi, coi capelli bianchi, fa quasi l'effetto di un cadavere.

«Che ne dici di liberarti di questi chili di troppo?»

«Mica l'ho cercati io, so' stati loro che me se so' ingroppati...»

«Parla pulito, dài...» (*Irene inquieta, sulle spine*) «non pare manco che ti mandiamo a scuola... ti ricordi Stefano com'era educato?»

«Parlo come magno.»

«Lasciamo perdere mio nipote, che ha preferito altre sponde... però tu se magnassi di meno...» (*gli dà un pu-*

gno scherzoso sulla pancia) «qui c'è dell'acciaio che devi tirar fuori.»

«Mica me so' magnato pure i treni...»

«Ti piacevano, li lucidavi col maglione... senti Tommasino, se ti fidi di me conosco un chirurgo bravissimo, saresti in mani d'oro.»

«Io nun vojo dì grazie a nessuno.»

La madre gli posa una mano sulla spalla per moderarlo, ma il vecchio le fa un cenno come per dire no è giusto.

«Vai via, allontanati da quello che non ti piace... la parentela può anche non essere di sangue... noi ti forniremo i mezzi per dimenticare.»

«Mi piace la matematica... quando risolvo i problemi mi sento leggero... mi piace la musica inglese e americana.»

«Lo sai che in America c'è l'usanza dello "sweet eighteen", il regalo della maggiore età anche per i maschietti? Per i diciott'anni gli regaliamo un fisico da figurino, è vero Irene?»

La madre versa il caffè, sollevata della piega che ha preso il discorso:

«Sarà la volta che anch'io vedo un po' di mondo.»

«La clinica dove ti mandiamo sta in Svizzera... è specializzata, è una specie di santuario per quelli che hanno i tuoi problemi... quando tornerai gli amici non ti riconosceranno nemmeno.»

«Tanto, per l'amici che ciò...»

È la prima volta che Tommaso oltrepassa i confini nazionali, nell'estate di intervallo tra la quarta e la quinta liceo (niente Praga alla gita di terza, per le solite difficoltà di seguire il gruppo); mamma Irene alza gli occhi alle montagne incombenti e si sente anche lei una ragazzina in gita. Negli ultimi due mesi Tommaso è sceso (si fa per dire) a centotrentasette chili, nessuno l'ha mai visto così convinto e determinato. Arrivati a Ginevra, subito in taxi alla clinica – sbirciano appena il lago coi cigni e uno spruzzo altissimo al centro, una specie di geyser. Irene farà qualche scappata in città nei giorni successivi e mangerà golosa molta cioccolata senza dirlo al figlio; benché si sentano entrambi impauriti, stanno finalmente facendo qualcosa che ha uno scopo e un orizzonte, sia insieme che separati, ciascuno godendosi a suo modo la missione. Tommaso riflette con più serenità sul destino del padre ("condannato per l'unica colpa che non ha commesso, è il paradosso di chi è nato perdente"); Irene vorrebbe che Sante fosse lì per uno stonato e inattuale viaggio di nozze; per salutare un figlio che non sarà più loro, come se partisse per una guerra interminabile.

«M'hanno sventrato»: il grido di Tommaso al risveglio dall'anestesia specchiandosi fasciato come una mummia, «resterò sfigurato per sempre». L'infermiera strabica, che balbetta un po' d'italiano, rassicura che è la prassi normale; la decepzione di chi si sveglia è scontata, si illudono tutti di vedersi già dimagriti. Invece il grasso asportato non è più di dodici o tredici litri, la parte importante del dimagrimento avverrà nei mesi di convalescenza grazie al by-pass gastrico combinato: circa cinque chili al mese per sei-sette mesi, fino ai novantacinque che sono la cible, l'obiettivo da raggiungere.

Irene ha paura soprattutto dell'embolia polmonare, come le hanno spiegato; quando Tommaso tossisce si lancia in avanti a difenderlo e controlla il pulsante dell'emergenza. Accompagnandolo in bagno col baracchino della flebo, scherzano come non hanno mai scherzato sull'obesità: lui le confessa che l'ultimo pensiero prima di perdere i sensi, in sala operatoria, è stata la battuta perfida di un compagno di classe («si fa il bidè con lo specchietto retrovisore») – lei guarda fuori tra le guglie e i platani (il cielo bianco, equanime) e si gusta felice la stessa intimità di dopo che Santino era entrato a Rebibbia la prima volta. "Ma allora io ero una scimmia che si portava lo scimmiottino sulla schiena, adesso siamo due adulti che si stimano e proprio per questo si stanno dicendo addio."

I chirurghi hanno fatto un buon lavoro: la lunga cicatrice orizzontale si potrà nascondere sotto lo slip e le due più corte alle ascelle risulteranno pressoché invisibili quando ricresceranno i peli. Tommaso sarà eroico (ma che in lui ci fosse la stoffa delle imprese estreme si era capito) a sopportare le pugnalate allo stomaco di ogni singolo boccone e nell'affrontare gli interventi di chirurgia estetica necessari a eliminare i chilometri di pelle superflua ("ciò la panza rugosa come un can carlino") – il diploma di maturità, in quelle condizioni, non è stato che un bonus accessorio.

Accarezzando le cicatrici, perdona il proprio corpo e si riconcilia con lui. Lo sperimenta apparendo come un fantasma in questo o quel gruppo e verificando ogni volta che, ormai smaltita la sorpresa, tendono a non farci più caso; non vedono l'alone del suo vecchio ingombro marcato con l'evidenziatore. La voce gli è cambiata, si è fatta più cauta. Come quando, dopo che un allarme ha suonato a lungo, il silenzio pesa sui timpani e li schiaccia, così il peso dell'attuale leggerezza spesso lo inibisce e lo mette in soggezione.

È con un senso di liberazione che in ottobre si trasferisce a Roma per iscriversi a un'università privata: lì nessuno sa com'era prima, la zona Nomentana (pur trovandosi in linea d'aria a pochi chilometri dalla sua Pietralata d'origine) è terra di agiatezza e discrezione. Né lui, in quattro anni di corso, sentirà mai la tentazione di imboccarlo, quello stradone di curve dietro la ferrovia, per andare a visitare i vecchi amici; sta anche perdendo l'inflessione romanesca. S'è iscritto a Economia invece che a Matematica (compromesso necessario col volere dei suoi sponsor), ma ha scelto l'indirizzo di Finance and Economics dove la matematica ha il posto d'onore: Matematica 1 e 2 il primo anno, Teoria dei giochi, poi al secondo Probabilità e Statistica. Nell'intervallo del pranzo sbocconcella un panino davanti alla fontana settecentesca (un gigante con tanti putti che gli si arrampicano addosso) e si chiede arriverò mai da qualche parte?

È uno studente tenace, non più orripilante ma non certo bello, solitario nel residence con vista sul mausoleo di Santa Costanza; frequenta seminari anche non necessari, Teoria delle opzioni, Problem Solving, Management of Innovation. Con le ragazze non va bene, teme ancora di essere respinto; una tipa di cui non gli fregava niente se l'è scopata a casa di lei ma hanno distrutto un tavolino e lei alla fine ha preteso una borsa di Gucci. Non sono ancora gli anni in cui le gnocche cominceranno a frequentare Economia; e allora perché sbullonarsi di fatica («se devi estrarre un'osservazione da una normale standardizzata devi scrivere, vai, scrivi: INV. NORM. ST. parentesi CASUALE, no, non casuale la parentesi... faccio io lascia») per baciare una scema con la pelle squamata da lucertola? Il mito dei suoi compagni di corso è Nick Leeson, un trader della Barings di Londra che ha fatto fallire la banca con un buco di quasi ottocento milioni di sterline, dopo aver nascosto le perdite per anni in un error account segreto («senza il terremoto di Kobe forse ce la faceva»); quando non ha più potuto negare ha lasciato un biglietto sulla scrivania, "I'm sorry" – un grande.

Anche se nell'anima si sente un matematico puro, i succhi di pomodoro li beve coi più praticoni e rozzi – quelli che hanno il papà commercialista o con la fabbrichetta a Monterotondo. Odia il cì cì cì di quando gli snob completi di fidanzate vogliono portarlo al cinema, hai visto questo hai letto quell'altro, e Moretti e Kaurismäki, il tale sostiene così, tutto un balletto culturale. La matematica non è cultura, il vero matematico non partecipa al ballo ma studia i passi della danza. A lezione da Signorelli, il professore di Statistica, Tommaso ha scoperto che riesce a tridimensionalizzare le matrici, il che gli dà un bel vantaggio nel trovare soluzioni creative; mi sembra di stare a contatto con dei minorati, come fanno a non vedere dove porta la diagonale della funzione tempo? I fattori di smorzamento delle curve e i volatility smile, la catena di Markov, le caratteristiche fixed leg e gli alberi binomiali a due fasi; il professore gli sorrideva anche prima dell'esame, se n'era accorto che non era di quelli che passano la mazzetta per il test d'ingresso o che si allisciano gli assistenti regalandogli gli spinelli.

«Avrei pensato di domandarle la tesi...»

«Io non sono potente a livello accademico, non posso garantirti nessun futuro qui dentro.»

«Se volevo un futuro accademico, la tesi la chiedevo al professor Beltramini.»

Da parte di Tommaso è stato un colpo maestro, la sviolinata perfetta: Beltramini è il peggior nemico di Signorelli, tutti lo sanno in facoltà. La tesi è sui derivati, anzi sull'ultimo grido dei derivati, le collateralized debt obligations (quelle che a partire da un portafoglio di prestiti creano diverse tranche di titoli con progressività di rischio e di rendimento); ma la tesi le considererà in una prospettiva statistica, cioè per quanto riguarda i livelli di confidenza dei valori e le possibilità matematiche che esorbitano dalle normali strategie bancarie; insomma i cigni neri, le cosiddette "code".

Signorelli è un liberale classico, un siciliano conservatore («be', stavolta il Papa si è lasciato andare a una sbrasata un pochettino pesante verso la Sicilia in generale»); quali siano le sue simpatie politiche Tommaso l'ha capito un giorno che il professore l'ha amichevolmente invitato a tesserarsi in un partito di recente formazione, dove si stanno aprendo molti spazi per i giovani intelligenti "che vogliono prendersi il mondo in mano".

«Tu forse non sai trattare con le cose, ma con le persone sì.»

«Ora, solo perché una volta le ho confessato di odiare le corporates e il real estate... intanto mi faccia laureare, professore.»

«Certi cavalli sono più efficaci al trotto, altri al galoppo... comunque se a fine luglio vieni al matrimonio di mia figlia, ti faccio incontrare il Presidente in persona.»

Alla discussione di laurea Tommaso ha ritrovato Nando, che s'è fatto muscoloso e ha già un figlio; con la generosità dei borgatari non ha nemmeno accennato agli anni di silenzio però ha voluto mostrargli (togliendosi giacca e camicia alla toilette) il motto che si è tatuato sulla schiena: "non ho paura di morire ma di reincarnarmi" – fa l'autista per una società di limousine a noleggio e conosce mezzo mondo. Mentre stavano ancora nel corridoio dell'aula magna e Tommaso era appena uscito con la lode, hanno visto passare un costruttore piuttosto noto a Roma che teneva in mano un ramo d'alloro per incoronare scherzosamente il figlio. Tommaso s'è girato verso Irene, emozionata ed elegantissima:

«Quando gliele possiamo mandare le foto, a papà?»

«Chi è nato bene cià tutti i riconoscimenti...»

«Nun se faccia impressionà, sora Irene, quello è 'n òmo de merda... nun cià 'n briciolo d'onore.»

Nando se l'è abbracciata stretta e sembrava sapere molto bene quello che diceva.

Al matrimonio della figlia di Signorelli, in una villa sull'Appia, Tommaso non ha fatto niente per avvicinarsi a chi avrebbe potuto introdurlo in politica[1] – ma il ricevimento è stato ugualmente per lui molto fruttuoso. Due consulenti di Intesa Sanpaolo, in vena di scouting, gli hanno offerto uno stage di sei settimane – era questo, evidentemente, il dono concreto che il professore voleva fargli; il resto era ingenua vanagloria – cioè che due ministri fossero lì a brindare e che il Presidente avesse addirittura acconsentito a essere il testimone d'anello.

Stavano sul gomito della scala, il Presidente scende-

---

[1] N.d.A. – Durante le nostre conversazioni, Tommaso ci ha tenuto a sottolineare la "soluzione di continuità" tra il suo ingresso nell'universo bancario ed eventuali raccomandazioni partitiche.

va rapido e Signorelli scostandosi ha cercato di fermarlo un attimo:

«Se permette, vorrei presentarle un mio promettentissimo allievo...»

«Sì sì, congratulazioni... parliamo dopo... adesso devo scappare perché ho due signore che m'aspettano in bagno.»

Comicità che Tommaso non ha voglia di capire, come non capisce le chiacchiere sul pendolo di Eco e su Woody Allen – gli sembrano tutti un popolo di morti. L'unica cosa che gli importa è mettere più cielo possibile tra il sole del futuro e le proprie radici avvelenate, analfabete.

La sala dei dinosauri

1.

Quando Tommaso riaprì gli occhi, il dinosauro era ancora lì: perfetto padrone di casa, silenzioso ma non indifferente. La testa piccolissima (beato lui) appesa come una nocciolina al lungo treno delle vertebre e allo scheletro maestoso con cui era difficile non identificarsi; l'idea luciferina che bastasse un urto per mandare in frantumi quel paziente lavoro di meccano, fino a ridurre la memoria delle ere geologiche a un fragorosissimo e insensato cumulo d'ossa.

All'interno del museo il calore puzzava un po' di cherosene, ma le strade di neve ancora natalizie invitavano a un grog caldo; erano preoccupati (entusiasticamente preoccupati) dell'eventuale discorso di ringraziamento, se quelli della Long Term Performance avrebbero prevaricato approfittando che giocavano in casa e se i milanesi si fossero portati la claque.

«In fondo siamo tutti brave persone.»

«Tu parla per te.»

Forse la battuta era troppo flaianesca per pretendere che Tullio la cogliesse, e invece la gomitata era arrivata di sorpresa: «ha ha, questa stasera la diciamo...».

Un movimento brusco del braccio e tràc, il disastro: il rum era finito sui revers del tuxedo, magari una volta asciugato non si vedrà – invece l'alone era rimasto, se devo salire sul palco dovrò coprirmi con un dépliant. "Perché siamo sempre così maldestri, mio fratello diplodoco?"

Quest'anno la cerimonia del premio si tiene nel Natural History Museum di South Kensington, non lontano da Hyde Park; tutti gli anni, a gennaio, si assegna l'International Hedge Award, una prestigiosa targa (che si rivelerà in effetti un piatto decorato) a sancire chi, nei dodici mesi precedenti, abbia ottenuto i migliori risultati in termini di rendita finanziaria. Ci sono varie categorie, come per gli Oscar: chi è specializzato in valute e chi in obbligazioni, chi nei futures e chi ha realizzato il miglior trade in una sola giornata. Tommaso e Folco (che però è rimasto a casa) sono candidati per la categoria dei Best Smaller Funds, i fondi d'investimento al di sotto dei centocinquanta milioni di sterline gestite; inutile dire che già apparire nella terna delle nomination ti garantisce una visibilità internazionale (all'apertura della mail per poco Folco non s'era messo a ballare la danza del ventre, strano questo forfait con la scusa della madre); la vittoria significherebbe un aumento di fiducia, e quindi di capitali investiti presso di loro, di almeno il venti per cento ("il famoso salto di qualità").

Molti indiani e molti nerd: con gli occhiali e il vestituccio grigio, niente strafighe al seguito, master prestigiosi e pippe monumentali, impegnati a non deludere la famiglia opprimente in Massachusetts o il loro villaggio nel Kerala. Un settanta per cento di uomini e solo il trenta di donne – in genere mogli, coi gioielli etnici e una pelliccia verde o arancione in guardaroba. La Central Hall è stata trasformata in un ristorante rumoroso, con tavolini da quattro tutt'intorno al recinto del *Diplodocus carnegii*; i premi verranno consegnati in cima alla scalinata con doppia rampa stile Wanda Osiris. Il museo ha l'aria di una chiesa, già l'ingresso sulla Cromwell coi due campanili laterali e l'arco profondo, poi le volte in pietra, dentro, che ricordano gli antri degli alchimisti – da lì viene la musica dell'orchestra pagata dagli sponsor. Ora è buio ma le vetrate sono enormi e la copertura sembra più moderna, di ferro o ghisa. Rossana ha azzardato "neoromanico" ed è arrossita nell'ammettere che Folco le aveva fatto la lezioncina – veramente è arrossita proprio su "lezioncina", come se la parola contenesse un'allusione porno. Con un prosecco in mano Tommaso s'è allontanato per visitare il resto dell'ala dei dinosauri (l'orgoglio del museo), visto che era aperta: s'è distratto come un ragazzino davanti al Triceratopo col suo cucciolo e al Tirannosauro Rex, s'è commosso ammirando il nido del dinosaurino appena nato che si affaccia dal guscio e ha una tuta di pelle tipo alieno. Avrebbe voluto spingersi fino alla balena che s'intravedeva in fondo, nell'ala dei giganti marini, ma c'erano due negre in divisa e comunque l'ora si avvicina, gli inglesi di solito sono molto puntuali.

Manca un quarto alle nove, i lampadari color latte si sono spenti e riaccesi come a teatro; il *pie* di rognone era buono e anche la zuppa di coda di bue, ma Tommaso ha lo stomaco più chiuso del solito – sbriciola i cracker nella ciotola ancora piena; nell'imminenza del giudizio vorrebbe tornare a due ore prima, quando giocavano a scivolare tra le colonnine di marmo dei palazzi e una Rolls nera s'era messa di traverso e due mostriciattole coi nastri facevano le boccacce dal finestrino e Rossana aveva commentato sembra d'essere in un film.

Rossana è a Londra per la prima volta e deve il privilegio alla defezione di Folco; ci sono donne che sembrano nate segretarie, glielo leggi dalla contentezza che provano a occuparsi di stronzate. Si sono laureate con un po' di fatica avendo sposato molto giovani un mascalzone che le ha fatte penare, si sono sempre imposte degli obiettivi di crescita e hanno passato le sere sui libri per i corsi di aggiornamento; ma sempre riparandosi all'ombra delle altezze, capi o istituzioni, sempre solo sentendosi utili quando qualcuno ha bisogno di loro perché sta male – infermiere eterne, disposte a scambiare per gravi malattie anche una fotocopiatrice che fa le bizze o un incastro d'appuntamenti che salta. Allora le vedi energiche che comandano le operazioni di salvataggio, si permettono perfino qualche parola brusca ai superiori; il sottoscala è il loro regno, le manovre dei maschi che tanto ammirano le sorvolano come misteriosi messaggi divini ma anche come innocui divertimenti di ragazzini al parco; indipendentemente dall'età dei loro boss, le segretarie-nate sono madri e cani fedeli contemporaneamente.

Rossana ha passato i trentacinque mentre Folco ne ha ventinove e Tommaso non ha ancora compiuto i ventisette; Tullio, l'analista, è l'unico che ha già una famiglia sua e in ufficio ci capita di rado. Quando i due ragazzi litigano (succede spesso) Rossana lascia sgonfiare la bufera poi cerca di riportare il sereno con un caffè e qualche piccola buona notizia che tiene in serbo apposta: il collegamento via Internet con Lagos è stato ripristinato, su via del Tritone si può di nuovo parcheggiare a sinistra. Tommaso è più riservato, chiude tutto a chiave e non le chiede mai servizi fuori mansionario; con Folco è un continuo prenotargli hotel de charme e cene a lume di candela, qualche volta addirittura gli fa arrivare in ufficio calzini e mutande nuove. Folco è scherzoso e a proprio agio con l'intimità, a Tommaso lei non avrebbe mai confessato l'intenzione di ricorrere alla procreazione assistita – non sa che Tommaso, appresa la notizia da altri, ha provato per lei una sincera preoccupazione (la stessa che prova per chiunque non riesca a ricucire i lembi della propria esistenza), mentre Folco ha sghignazzato che bisogna essere bischeri per credere di risolvere i problemi di coppia con un rimedio così primitivo e controproducente come un parto.

In ogni caso ringrazia tutti e due per questo viaggiovacanza; spera che vincano perché se lo meriterebbero, certe notti lavorano fin dopo le tre se sui mercati asiatici si annunciano perturbazioni. Non c'è molto tempo, si fermeranno solo tre giorni e lei la posta la deve sbrigare anche in trasferta; ma un salto nella zona recente dei moli dove hanno costruito la ruota del Millennio e un giro di shopping in centro non glielo possono negare, Tullio si arrangia e Tommaso la mattina dorme fino a molto tardi.

Il premiatore in papillon azzurro è di quelli che ritengono doveroso alleggerire la tensione: dalla lunga coda del povero diplodoco ha preso spunto per ironizzare sui pericoli delle "fat tails", le code grasse dei diagrammi gaussiani dove si annidano i fenomeni meno prevedibili; aziendale spirito di patata, come l'equivoco tra "buy-back" (il riacquisto di azioni proprie per farne aumentare il valore a breve scadenza) e "bareback" (fa-

re sesso senza preservativo). Parla di "digital bucca-
neers" e di quei noiosi del long only, ripete che la finanza è sexy solo per chi sa osare, secondo un serio studio
della Californian Academy of Sciences gli operatori che
al mattino presentano livelli più elevati di testosterone
hanno più probabilità di fare soldi durante la giornata.

La finanza non è uno sport per signorine; nei recinti
all'origine ci si pestava a sangue e anche ora quando le
cose vanno male le donne hanno molto più bisogno di
parlarne, per questo non sono adatte. La prima volta di
Tommaso a Londra è stata per uno stage di un mese ed
era il periodo che stava cambiando pelle, grazie alla certezza della professione e alla carriera imminente. Mai,
sennò, sarebbe riuscito a rispondere con tanta disinvoltura, e guardandola negli occhi, a una signora elegante
che lo provocava; Scozia-Argentina scorreva su uno
schermo a parete, oltre la vasca dei pesci tropicali tra-
spariva, deformata, la giacca verde del padrone di casa
che stravinceva a minigolf.

«Quanto è grosso il tuo budget?»

«Sono uno e novanta e peso quasi un quintale, il resto è in proporzione...»

Svaghi soltanto il sabato o la domenica: dal lunedì al
venerdì lo trascorrevano come in collegio, a fissare gli
schermi dei simulatori dove erano stati registrati gli an-
damenti più interessanti dei mercati "storici" (videogame con quiz incorporato, "cos'avresti scelto tu in
questa situazione?"). Era l'ottobre del 2001, gli anziani
facevano gli sbruffoni sui due "ferrivecchi" del Trade
Center, che erano ormai obsoleti con quegli ascensori
assurdi e che avrebbero dovuto esser demoliti comunque – festa dei ribassisti, con guadagni favolosi la notte
del dodici. Durante le lezioni scommettevano su tutto,

sulle misure di reggiseno delle poche ragazze frequentanti e su chi riusciva a ricordare i titoli del FTSE 100 senza guardare. Nel pub in St. John's Wood il cellulare non prendeva, Tommaso singhiozzava in silenzio sentendosi solo come un cane, un senso di collera e di stordimento per le troppe cose stipate nella psiche, "se ho sbagliato a organizzarmi la vita ora vorrei solo una parmigiana di melanzane, mamma vienimi a prendere".

Quando aveva salutato per tornare a Roma (nell'appartamento a piazza Bologna che ancora divideva con un collega della Barclays) gli inglesotti gli avevano regalato una T-shirt con la scritta "shark-infested waters".

Mentre indiani, brasiliani e tedeschi si succedono per le categorie maggiori, Tommaso è troppo nervoso e torna a girellare nel museo; stavolta evita i dinosauri e si dirige verso i grandi animali africani, c'è un elefante su un montarozzo e un'intera famiglia di ippopotami: il maschio adulto ha un uccelletto appollaiato tra i denti. "Ecco quello che siamo, rispetto ai colossi della finanza mondiale – ma stiamo crescendo, siamo noi la specie nuova." Come quei minuscoli mammiferi marsupiali coperti di peli che nel Medio Giurassico si nascondevano tra le felci mentre il terreno sussultava alle pedate del Rex; eppure il mondo sarebbe stato loro, anche se al momento non misuravano più di quattro-cinque centimetri. I dinosauri destinati all'estinzione sono le megabanche d'affari che puntano tutto sui fondi-pensione e sul mortgage; per non parlare dei vecchi che ancora diffidano delle cifre baluginanti sugli schermi e pretendono di toccare con mano i bigliettoni fruscianti con la rassicurazione In God We Trust.

«Ti decidi a tornare al tavolo o vuoi essere premiato

in contumacia? guarda che se il discorso lo faccio io racconto tutto eh...»

La scaramantica sollecitudine di Rossana non può allontanare l'inevitabile: Persona, il fondo di Folco e di Tommaso, è riuscito a battere gli inglesi di Arcturus Gem ma il trofeo se l'aggiudicano gli americani di Alpha Lyrae – il che è ingiustissimo perché sono una derivazione furba del gruppo globale Vega, con capitale smisurato, ovvio che per loro sia più facile. La delusione è violenta, tutte le parole preparate per il discorso gli fermentano in gola, Tommaso ha voglia di vomitare. Soprattutto gli dispiace perché stava pregustando il primo applauso della sua vita – il primo personale, visto che quello per la laurea era stato collettivo. È ancora immaturo, si sente ancora troppo immortale per non considerare anche le delusioni come qualcosa di infinito: una scia lunga di malaugurio che sfrigola nella notte londinese. La città fa schifo: i rari passanti non sono altro che se stessi, acciaio e plastica e neon moltiplicano le contusioni; ombre di licantropi, nelle stradette laterali i manifesti strappati si impastano nel ghiaccio sporco. Solo un dittatore feroce potrebbe ridare dignità a quest'Europa cialtrona. Le coccole di Rossana («se vuoi possiamo cambiare stanza, dalla mia la mattina non si sentono i gabbiani») fanno più incazzare che pena, Tullio insiste a rivangare quel che si poteva fare e non s'è fatto («il lavoro di lobbying toccava più a Folco, io le informazioni sulla commissione le avevo prese»). Questo è un mestiere maledetto perché non hai più patria; Nando non sa nemmeno che sto qua, meglio così, chi ha una vita sua se ne frega di queste frivolezze; Roma è un focolare inquinato, un appendiabiti tra un viaggio e l'altro.

L'unica patria è la fregna. La pagnottella sublime, la trota meravigliosa, il buco con la ciccia intorno. Folco ha ragione, non esiste una donna che non ti costa niente; esci con una modellina e già ci vogliono duecento pound per il ristorante, trecento per il club. Poi l'accompagni al residence, «salgo?»; «please forgive me», deve alzarsi prestissimo per lo shooting – allora vaffanculo, la volta prossima tiriamo fuori gli scontrini e facciamo a metà. Tommaso diventa volgare perché gli brucia una carenza più profonda, che la soddisfazione per il suo nuovo status non può colmare: tant'è vero che con le escort si intigna per penetrarle analmente, come se con quel gesto volesse umiliare i soldi con cui le paga. S'è costruito una teoria a proposito del nervo pudendo: se è vero, com'è vero, che attraverso il perineo si collega al nervo dorsale che stimola il clitoride, allora ospitando un cazzo in culo la donna gode e il resto è repressione. Una liftata finta rossa, esperta in blowjob, faceva storie e allora Tommaso le ha preparato una sorpresa: un video su YouPorn dove lei si faceva inculare da un negro ics-ics-elle, l'ha messa di fronte alla scena incriminata e ha ordinato «io, uguale». L'altra patria di Tommaso è il computer, solo i borghesi di antica tradizione o i nobili come Folco possono permettersi di frequentare le principesse vere, che possiedono terre e castelli e combinano le peggio porcate ma con educazione e a casa propria.

Nella suite dell'Ashburn gli torna un po' di fame e si mescola due integratori in un triste beverone; il rally rialzista dell'oro non lo convince, che l'oro sia grandezza invariabile sulla terra non è che ideologia, se ne scava o setaccia sempre di nuovo e alla fine il prezzo calerà per forza, altro che cinquecento dollari l'oncia – tanto vale scommettere sulla parità tra euro e franco svizzero.

Sono le solite schermaglie tra lui e Folco, sembrano il clown bianco e l'augusto che duettano al circo; meglio dormire, dopo il consueto dialogo con le feci e il calcolo sui fogli di carta igienica da strappare perché si possano raggruppare tre a tre. Ma proprio lì, mentre combatte tra astrazione e tanfo, lo folgora un'abbagliante certezza: Folco ha cambiato parere su Londra dopo aver scopato con la figlia ribelle e zoccolona di ***, non tanto ribelle da non poter sapere qualche retroscena tramite il padre o lo zio. Macché lobbying, Folco m'ha lasciato venire qua da solo, a fare la figura del pisquano, perché lo sapeva già che avremmo perso.

2.

La gavetta c'è stata eccome, a partire da quei sei mesi su al Nord, coi tifosi del millennium bug che speravano in una buona scusa per rottamare i loro desk obsoleti.

«Quando non t'abbronzi davanti agli schermi, cosa fai qui a Milano?»

«Mi sto ancora guardando intorno, ogni sera un bersaglio diverso.»

«Non voglio rovinare i tuoi giri, ma se qualche sera sei a secco...»

«Ti ringrazio, non mancherò... ma per adesso preferisco curiosare, questa città è stupefacente.»

«Appunto.»

«Ah, in quel senso... no, mi faccio già di finanza, è meglio che non esagero con gli additivi.»

«Beato te che speri ancora nel grande amore.»

Simpatico Totò, il suo "sales" di riferimento; unico riparo nell'insopportabile nonnismo della banca dove al semplice gusto della sopraffazione («i tirocinanti sono l'infima forma di vita animale») si mescola la vocazione a fornire lezioni di comportamento – non solo ti cazziano se il caffè arriva freddo ma pretendono che tu sappia giocare sul computer tre partite di poker contemporaneamente per dimostrare una perfetta coordinazione mente-mano. Tommaso era nella fase in cui si diventa senza accorgersene: non è vero che il carattere sia fissato dalla prima infanzia, quel che conta è il lento sedimentarsi delle censure, delle preferenze, dei sotterfugi. «A Milano ho imparato che opprimere è un piacere, essere primi un imperativo, e che il possesso è l'unica misura del valore.»

Aveva sognato aperitivi e modelle, invece si trova a condividere una birra con gli operai della Barona; si infastidisce delle loro abulie e si spaccia per un neodirigente in attesa di trasferimento; mente per non precludersi strade future, anche ai propri occhi. Non si alzerà sempre alle sei e mezzo per la metro (il dietologo insiste addirittura per la bicicletta), non ascolterà ancora per molto il brontolio della vittoria senza afferrarla – i reduci da Citigroup favoleggiano di un'adrenalina ruggente, di palestra e doccia direttamente in banca dopo il money meeting, di barrette al miele nel cassettino, o uva, o banane, per continuare a tradare mentre i popoli mediterranei si abbioccano a pranzo. Uno studia l'arabo («credevo di avere le tonsille infiammate poi l'insegnante m'ha spiegato che il mal di gola è fisiologico nelle prime lezioni») ed è così profitable che il direttore gli permette di fumare in sala contrattazioni. Tommaso si plasma su questi esempi e si allena a costruire su intercapedini di vuoto.

Soprattutto si abitua a non immaginare altro che traguardi davanti a sé; rinunciare a quegli indugi conoscitivi che di solito si definiscono "divertimenti" (e si suppongono tipici dei giovani) non gli costa nessuno sforzo: il tempo non dedicato a un obiettivo gli pare tempo perso. Equazione terribile, segno certo di infelicità. Non che sia egoista o troppo self-centered, anzi è sinceramente contento quando qualcuno ottiene un successo: i due ragazzi che gli avevano domandato informazioni su un prestito son poi riusciti ad aprirlo il loro locale ("Il panino perfetto"), non ci si è ancora fermato ma lo vede sempre pieno e gli si allarga il cuore. Il mondo è un meccanismo che scivola senza rumore, purché l'intelligenza non si sgambetti da sola e ognuno faccia al meglio quel che sa fare; Tommaso è nato per valutare le probabilità, anche di ciò che non conosce – lo capisce d'istinto se un titolo scenderà (o meglio, se molti saranno convinti che scenda); si mimetizza per ora nella mandria, impara il gergo ("pushami, shortami, matchare, shiftare gli slot") ma non si considera dei loro. Lui non appartiene a nessuno, lui si sta arrampicando su vette innevate dove arrivano a stento gli echi dei mortali ("se non posso essere alla pari, non mi resta che essere superiore"). Che si tratti del Café Solaire all'Idroscalo o di una gita in Brianza, ci sono tre modi per relazionarsi a un paesaggio: 1) finalizzarlo a un progetto, turistico o edilizio o militare; 2) goderselo visitando ogni angolino; 3) stendersi all'ombra, chiudere gli occhi e farne parte. A Tommaso il primo modo risulta ovvio, per il secondo si sta attrezzando ma dal terzo si terrà sempre lontano come da un pericolo di annullamento.

Intanto il destino spira in suo favore: l'avvocato che ha difeso suo padre gli lascia in uso, per i mesi che restano, un attico a due passi da San Babila («mi fa piacere se qualcuno annaffia le piante»); la sistemazione lussuosa lo fa salire di stima perché può ricambiare gli inviti, se mi convocano in serie A devo meritare la maglia. Frequenta una palestra (dietro la terrazza Martini) che ha all'ingresso il manifesto di un sadhi muscoloso e barbuto accompagnato dallo slogan "per modellarsi con un certo spirito". Tommaso si sta riconciliando con la forma del proprio corpo: il muro di diffidenza che aveva alzato tra sé e la sua prigione mobile comincia a incrinarsi ma si ricompatta quando incontra una ragazza che gli piace, come a un mutilato duole l'arto mancante se sale l'umidità.

«Andare a caccia di stelle non sarebbe un brutto mestiere.»

«Sarebbe meglio diventare una stella.»

Mai abbordato nessuna per strada, anche se non è proprio strada ma il centro della Galleria dov'è in mostra un aereo privato della Piaggio ("il Cacciatore di Stelle", appunto) decorato da Paladino con ghirigori bianchi su fondo blu. Quindici metri di lunghezza, duemilaottocento chilometri di autonomia, fino a Parigi e ritorno. Lei ha ventidue anni ma già una figlia, fa la spola da Alessandria inanellando un casting dopo l'altro, per ora solo figurante speciale e "monetina" in un programma sull'economia che è stato chiuso alla prima puntata.

«Io nell'economia ci lavoro.»

«Dicono tutti così, poi tanta grazia se fanno la security davanti alle banche.»

«Ti sembro uno da security?»

«Grosso sei grosso... ma perché sto a parlare con te? corro a comprare una giraffa di peluche che ho visto da Rizzoli.»

«Che banalità... saltiamo su questo aereo e andiamo a comprare una giraffa viva in Africa.»

«La mia bambina sarebbe felice...»

«Ho sempre sognato di fare il pilota.»

«Io invece sogno di scendere dalla scaletta dell'aereo e concedermi ai flash dei fotografi.»

«Concederti ai flash o concederti in generale?»

A letto hanno finito per parlare della vignarola, un piatto romano su cui lei ha strane idee, pretendendo che al posto della lattuga possono starci i fagiolini; così le ha assicurato un ministro.

«Mi fa male il pancino...»

«Ma se te l'ho messo in culo.»

«È stato lo sforzo che facevo per buttarti fuori.»

Di un'ingenuità da stringerla e innamorarsi davvero («gli uomini si dividono tra quelli che ti spalmano la saliva e quelli che ci sputano»), se le loro strade non fossero così divergenti e la lotteria ancora così all'inizio.

«Memorizzami.»

«Già fatto... stai già sul mio altare, insieme a Shirley MacLaine e a Rita Hayworth.»

«Sul telefonino, mongoloide.»

Non la chiamerà, tanto a Milano è provvisorio e comunque per ora preferisce stuprare le aziende; la notte invece che andare al Nephenta studia i bilanci e a Totò di dritte gliene ha già servite parecchie.

«Fidati, il board lo devono rinnovare... la proprietà è troppo spezzettata, è fragilissima ma c'è un sacco di cassa... tempo due settimane e qualcuno se la piglia.»

Infatti, gli olandesi hanno lanciato l'OPA e il titolo è saltato a due e sessanta – il giorno prima avevano comprato per dieci milioni a due e venti, Totò era così eccitato che il brindisi l'ha fatto in dialetto («a 'o mundo ca nun cangia»).

All'inizio del 2001, bruciando le tappe, Tommaso viene assunto come trader d'assalto nella sede di Roma; con un fisso di diecimila al mese e il tre per cento in stock option («stavo sul seggiolino del sidecar e m'hanno messo in mano un autotreno»). Stipendio giustificato perché i derivati che tratta sono strumenti rischiosi e movimentano alti capitali; Tommaso è l'aspetto rude della banca d'affari («non mi pagano per essere gentile con il cliente»), unicamente programmato all'ottenimento e alla massimizzazione del profitto. Coi clienti forti i rapporti non sono mai facili («tu ragioni cinque minuti su un'operazione che il cliente ha meditato cinque mesi, sicché il cinquanta per cento delle volte ti va in faccia»), per questo preferisce impegnare direttamente i soldi della banca e non dipendere che dagli executive. O al limite, ma se proprio le cose dovessero andar male, dal Consiglio. Il suo compito è chiudere in attivo almeno quattro giorni su cinque – in realtà se in una botta fortunata alza due milioni non li dichiara tutti subito ma li spalma sulla settimana. Gli piace stare in prima linea, l'over the counter consente di dribblare la Borsa e di non doversi accodare a qualunque trend ("io non faccio nulla, è il denaro che agisce attraverso di me").

La creatività del matematico mancato si allea alla sete d'approvazione del ragazzo solitario. Gli addetti alla copertura non hanno mai grandi occasioni di mettersi in luce perché se lavorano bene viene considerato normale (proteggere il capitale è il loro dovere), mentre se sbagliano gli fanno un mazzo tanto; per i cacciatori di profitto come lui vale quasi il contrario: se sbagli be' pazienza è uno scivolone, se azzecchi un contratto sei un dio. Certo, se sbagli troppo sei fottuto ma lì sta l'azzardo, per non dire l'orgasmo. Migliorando il tuo track record ogni anno, non solo percepisci un bonus da paura ma la tua soglia di rischio viene aggiornata verso l'alto; gli star trader diventano intoccabili, sono sempre troppo occupati per rispondere alle domande dei risk manager e possono permettersi tutte le avventure, aziendalmente parlando.

Quando s'è iscritto a Economia il lavoro in banca gli appariva uno spauracchio (lo sportello, le mezze maniche...), invece s'è rivelato un parco giochi: tutta l'euforia trattenuta e covata nell'adolescenza si sta scaricando adesso. Nei rari attimi di relax Tommaso si intrufola come un topo curioso nei trade dei colleghi che stanno per diventare suoi amici: ora sono loro a tormentare i giovani stagisti ordinando panini complicati per farli confondere. Ridono ai raggiri di bassa lega, alle astuzie consumate per pura sfida alle spalle di chi non è ancora pratico – i cinesi per esempio hanno difficoltà col nostro calcolo-giorni: se gli fai un trenta-trecentosessanta, non lo capiscono che tra il 28 febbraio e il 1° marzo si collocano ufficialmente tre giorni, quindi su quello gli interessi glieli puoi fottere. Gli specialisti dei future su valute tremano aspettando i risultati delle elezioni in Sudafrica, dove il National Congress rischia di afflosciarsi per gli scandali di Winnie Mandela; «se il governatore abbassa i tassi facciamo un loss bestiale, speriamo che Winnie l'abbia data anche a lui». Goliardia globalizzata.

Prendi in prestito per due anni dieci milioni di dollari australiani al cinque per cento annuo e ci compri l'equivalente in rand sudafricani che rendono il sette; contemporaneamente entri in un contratto forward per acquistare tra due anni undici milioni e venticinquemila dollari australiani all'attuale prezzo di cambio; scaduto il biennio restituisci i dollari australiani e la differenza tra i due rendimenti è di circa centocinquantamila euro – se sottrai il costo dei future te ne restano centoventicinque. Provare per credere. Quando abbandona l'abito razionale Tommaso è estasiato dal pirotecnico gioco di prestigio, far apparire soldi dal nulla semplicemente spostando dei numeri; siamo davvero i nuovi alchimisti, i soli che si orientano nel pianeta in bollitura. Tutto in diretta, un videogame giocato sulla realtà.

L'autostima sale nella misura in cui Tommaso dimentica, e dimenticare è tanto più facile quanto meno si è identificato finora negli eventi della propria vita; affetti familiari, ansie di ribellione, pianti di rabbia e desideri indiscutibili, tutto è scivolato via come brina su un vetro senza lasciare in cambio l'impronta di un individuo. Chi sia e quanto valga il prodotto-Tommaso è ancora un indice volatile, soggetto alle fluttuazioni.

«Fiiuuu, lo stress test è stato rimandato... meno male, dopodomani scadono le mie stock.»

«Come dopodomani? non mi tornano i conti...»

«Me le sono fatte retrodatare, Tommy, tu no?»

«Ma non è illegale?»

«Non è illegale se non ti beccano.»

3.

«A quell'età le ossa sono di vetro, don Mario... se non succedeva adesso sarebbe successo più in là.»

Via Pergolesi è bordata di oleandri in tutte le sfumature del rosa, dal quasi bianco al rosa antico al pesca fino al corallo e al fucsia; lì abita Irene ed è un regalo di Tommaso, il ritorno in città ma da regina. Dei Parioli aveva patito la leggenda, c'era stata solo una volta a trovare il principale in clinica; è una donna facile alle relazioni, la sua socievolezza deriva dalla speranza che cambiare significhi comunque cambiare in meglio; a cinquant'anni veste ancora come una ragazzina, l'imprevisto statuto di benestante non è riuscito a cancellare la volgarità delle gonne corte leopardate, delle camicette nere con le ruches, dei bracciali d'osso. Vedova bianca o quasi, nel nuovo quartiere (di cui è gelosa come dei nuovi divani e poltrone) si è circondata soprattutto di conoscenze maschili: un avvocato sessantenne che la sta aiutando per le pratiche del futuro negozio, un architetto consigliere del municipio con cui all'inizio ha litigato per una storia di spazzatura, il parroco della chiesa di Sant'Eugenio a cui ha promesso una bella cifra per attrezzare il giardino con le altalene (nella sua vita si è sempre occupata poco di Dio ma ultimamente si è convinta che sia stato Dio a occuparsi di lei). Oggi li ha convocati tutti in questo ricco pranzo della domenica per presentargli il figlio miracoloso – il figlio geniale e gigantone che sta in esilio in terra d'infedeli, dove i soldi scorrono come l'acqua ma dietro ogni cespuglio può nascondersi una trappola. Ha invitato anche, credendo di fare a Tommaso una sorpresa gradita, il nipote del capo, o almeno di uno dei capi che l'hanno aiutato a studiare; abita a due passi in via Aldrovandi e fa il commercialista di alto livello; il che, nell'idea confusa che Irene ha di tutto quel che riguarda il denaro, può essere comunque di giovamento e di sostegno.

«No, lo so, lo so che cadono spesso, è difficile stabilire il momento che bisogna condannarle alla carrozzella, si tende a rimandare... però quel gradino era tanto che doveva essere sostituito con lo scivolo...»

Una vecchietta è caduta in sala mensa, fratturandosi

l'omero e un polso; le barriere architettoniche sono sempre un problema, la Regione ha stanziato ottanta milioni di euro per la messa a norma ma secondo il consigliere (di minoranza) quella somma sarebbe più utile destinarla diversamente:

«Veltroni fa del bricolage, aggiusta di qua tampona di là, ma non andremo da nessuna parte se non si progetta in grande... anche Roma antica, che tutti ammiriamo, all'epoca sua scandalizzava perché buttavano giù senza rimorsi.»

«Grande è bello perché è all'altezza dei tempi... i fondi europei dobbiamo usarli per una cintura attrezzata che attiri altri capitali...»

«La cintura attrezzata je serviva alla nonnina, porella... io nun me n'intendo ma spero di non dover fare quella finaccia.»

«Fra un po' avrai un figlio milionario...»

«Signora Irene, lei è nel fiore degli anni...»

«Se', più nel picche che nel fiore.»

«Spero che questo non significhi una sentenza crudele nei miei confronti...»

Tommaso si agita sulla sedia; l'imbarazzo non è per la civetteria (a cui era preparato e che non rappresenta una novità) ma perché la civetteria fa risaltare, come se ci puntasse un riflettore, i cambiamenti avvenuti nel viso di sua madre: il filler alle labbra, il lifting sotto il collo, gli zigomi rialzati. Il ritocchino è stata la prima cosa che gli ha chiesto e lui non ha avuto il coraggio di rifiutare, con la vita che ha avuto e le fatiche che l'hanno sciupata; ma quella che ora ha di fronte è anche un po' un'estranea e agli estranei si possono dire le cose sgradevoli:

«Be', il fiore che appassiva è stato rinfrescato con le tecniche più moderne...»

«Senti chi parla di chirurgia, da che pulpito viene la predica.»

Cattiva, lei che aveva sempre tutelato il loro segreto; ma Irene si pente subito, spera che nessuno abbia afferrato l'allusione e cerca di recuperare:

«M'hai viziato te, l'anno scorso mi stava a rintronà la capoccia, mica scherzi... mi pareva che spaccavo il mondo, ero un somarello in mezzo alla fiera... volevo fare del bene ma pure esse garantita pe' la vecchiaia... ho chiesto a Giò di indirizzarmi perché non voglio sempre disturbarti in ufficio...» (*Giò è il consigliere municipale, che è evidentemente esperto di risparmi e ha idee originali su come farli fruttare*) «... m'ha prospettato il sette per cento di interessi al mese, voi m'ii davate in un anno...»

«Irene ma che stai a ddì, te sei confusa... chi ha parlato di mesi, io pure te parlavo all'anno, te sei sbajata te...»

«Certamente si può guadagnare aiutando chi è in difficoltà, ma non è il caso di approfondire adesso.»

«Le leggi finanziarie sono un terreno molto scivoloso, a cadere c'è da rompersi altro che la spalla...»

«Oddio, se giochi con le gambe molli ti fai male.»

Tommaso intercetta lo sguardo del giovane commercialista e ha l'impressione di un cenno d'intesa. Poi le chiacchiere divagano verso il calcio, la Lazio, la Cirio, i pomodori e l'amatriciana. Tommaso si rende conto d'essere stato esibito come un capolavoro e abbraccia Irene con tenerezza; ma una sottile pellicola si è formata tra i loro due corpi e non sparirà più. Ha finito col mangiare troppo contravvenendo al diktat sanitario, ora sa che lo stomaco gli presenterà il conto per tutta la notte; quando Stefano il commercialista gli chiede possiamo vederci con calma uno di questi giorni gli risponde okèy martedì se ti va pranziamo insieme, veloce perché già avverte le fitte e non ha in tasca il gastroprotettore.

Stefano è piccoletto e orgoglioso di sé, come se la giacca e il gilè aderente li indossasse dalla nascita; con qualche guizzo trasgressivo, come le scarpe da ginnastica e il braccialettino vudù.

«Innanzitutto una premessa... credo che siamo suppergiù coetanei, quindi non ho nessun titolo per entrarti dentro.»

Tommaso è sulla difensiva, che vuole questo da me? Meglio tenersi sul registro scherzoso, aspettare che sia lui a fare la prima mossa:

«No, che entrare, oh... fermiamoci all'ingresso tutt'e due...»

«Be', se alle donne gli piace tanto magari ci sarà il suo perché... no scusa, non sei nemmeno il mio tipo, volevo parlarti di tuo padre...»

«In che senso?»

«Mio zio ti ha seguito in tutti questi anni, come sai...»

«E lo ringrazierò sempre, ma ora desidererei non sentirmi più sotto tutela, posso anche restituire... consideriamolo un prestito d'onore...»

«Che paroloni fuori luogo, dài, non mi sono spiegato... lui e Santino erano come fratelli.»

«Comunque hanno avuto due destini molto diversi... di mio padre finalmente me ne occupo io, degli avvocati e tutto... tuo zio lo apprezzerà, se ha un cuore.»

«Ne ha due di cuori, come le palle.»

Tommaso è sconcertato, non capisce dove si stia dirigendo la conversazione.

«Sei venuto a dirmi cosa?»

«Non a nome mio, per carità... ti ricordi l'altra sera

quando ho accennato ai rischi che si corrono con la finanza? m'è sembrato che tu avessi afferrato, o meglio che tu sapessi... se è così il discorso sarà più facile.»

«Sapere di cosa, di finanza? insomma me la cavo...»

«Senza tanti giri, lo sai chi era l'uomo che tuo padre ha ucciso?»

«Che ha dovuto uccidere... no.»

«Era un promoter della Sanpaolo Invest di Caserta... aveva fatto acrobazie troppo creative e non ha tenuto conto delle mediazioni che ancora sono necessarie.»

«È una minaccia?»

«Ti irrigidisci per così poco? è una raccomandazione che viene anche da tuo padre... separa la tua vita da lui, mettici più distanza che puoi, non andarlo più a trovare... fai in modo che sul tuo lavoro non ci sia nemmeno un'ombra... serve a noi come serve a te.»

«È una richiesta tosta, se permetti, molto personale... una volta di lui mi vergognavo ma adesso mi ha raccontato tutto, per filo e per segno... è stato più vittima che colpevole.»

(È vero, la scena primaria gli si è precisata durante i colloqui fino ai minimi dettagli: la strada bianca, il capannone, la garrota rustica, il sangue dall'orecchio. Il crimine è diventato un'icona, un mito fondatore incancellabile ma anche una convenzione, una sigla, una tomba che non si visita più.)

«Gli innocenti possono fare più danni dei colpevoli... tuo padre se tutto va bene uscirà nel 2014, forse per allora avrai le spalle abbastanza robuste... ma fin che la tua carriera è in salita non lasciare che venga inquinata dal passato... è solo un consiglio.»

«Non credo ci sarà poi tutta questa ascesa... il posto che occupo è già devastante di stress...»

«L'appetito vien mangiando, te lo certifico per esperienza... anch'io ero partito mirando alla tranquillità... avevo altri sogni oltre il lavoro, e una vita da vivere... poi abbocchi all'amo della tigna, vuoi gareggiare... ho partecipato a un master sull'etica della pubblica amministrazione, be', se leggi la risoluzione di Oslo contro il money laundering ti vien voglia di sommergerli in un mare di documenti preliminari, di promesse di cessione, hai presente il guado del pellerossa? vanno a caccia dei missili stealth col triciclo... se sei così stupido allora devo fotterti, è un principio di ecologia della mente...»

«Ci sono dei clienti nostri che spezzettano in casa e ricongiungono offshore... ma non è il settore di cui mi occupo, io sto bene nella mia matematica.»

«Per Santino le prospettive sono ottime... non possiamo scagionarlo del tutto per non perdere credibilità ma non dovrebbero esserci imprevisti... il magistrato dell'appello è un uomo sicuro.»

«Mio padre si è immolato per me, mi sto impegnando al massimo per non deluderlo.»

«Non fare così il pulcino... con queste manone e piedoni non ti si addice... non puoi sottrarti al futuro luminoso che ti attende.»

Ai saluti Tommaso si sta ancora domandando se l'incontro sia stato amichevole o ostile, se gli convenga azzardare un "rivediamoci" o cancellarlo il prima possibile; Stefano invece non ha difficoltà all'occhiolino e all'abbraccio: «fa un po' male all'inizio, ma poi ci si abitua».[1]

---

[1] Su questo punto Tommaso è stato reticente ma netto: nessuna allusione sessuale nell'ultima battuta di Stefano, solo il riferimento ai trucchi contabili per eludere le tasse e al necessario relativismo etico come legittima difesa.

I catenacci e le perquisizioni a Rebibbia lo scorticano e lo ributtano indietro, tutte le volte è uno strappo che poi gli brucia per giorni; ma Tommaso vuole sentirsele confermare dalla viva voce del padre quelle raccomandazioni pilatesche che all'ottanta per cento gli ripugnano e per il restante venti lo alleggerirebbero. Sante è ingrassato, come qualcuno che smette un vizio e si adagia in una routine; effetto della pena lunga, probabilmente.

«'O sapevo che venivi, m'hai fatto vince 'na scommessa.»

«Come stai?»

«Tanto filo spinato se deve magnà...»

«Lo conosci il nipote di don Gaetano?»

«Cià ragione... è mejo che fai finta che sto in Messico... nun dì che so' morto perché poi dai documenti se vede...»

«Sì, e fra dieci anni resusciti.»

«L'anni so' quasi tredici, mica è detto che nun mòro prima... scherzo nì, chi m'ammazza a me? però ascolta, il regalo più bello che te pò fà papà tuo è de scomparì ner deserto... so' contento de dove sei arivato e della missione che ciài... voi siete quelli nòvi... annate avanti, dovete da cambià tutto.»

«Il mondo che si presenta è un rebus, non si capisce più chi cià in mano il volante... te guarda lo spettacolo da qua e pensa a tenerti in forma.»

«Te posso esternà 'na sciocchezza?»

«N'altra, pà?»

«No, 'na sciocchezza davero, stavolta... l'ora d'aria ce 'a danno de giorno, pe' forza... me'e guardi pe' me, de notte, le nuvole quando c'è la luna? è 'n secolo che nun le vedo.»

Tommaso si avvicina al vetro divisorio, ci appoggia i palmi delle mani e aspetta che Sante ci faccia coincidere le sue, secondo l'immagine romantica – però uscendo riflette che figlio di mignotta papà, da quando sto in banca il cielo non l'ho visto più.

4.

Tommaso non ha mai fatto "vacanze": non è mai andato al mare per più di un weekend, mai settimane bianche, niente viaggi per annusare il mondo. Fino ai diciotto anni glielo impediva l'obesità, con il pudore di spogliarsi e le difficoltà di camminare a lungo; dopo i diciotto, il suo stakanovismo l'ha defilato dai coetanei, Milano e Londra sono stati soprattutto luoghi di lavoro. Maria, che studiava serbo come prima lingua, gli aveva proposto due settimane tra Belgrado e le gole del Danubio ma poi aveva dato buca scomparendo nel nulla; portarsi in Costa Smeralda una qualunque professionista (ora potrebbe) lo fa sentire vecchio prima d'essere stato giovane – l'errore di quelle oneste lavoratrici è di buttarla cinicamente sul commerciale («se vuoi una donna accessoriata, c'è un problema di manutenzione») e su quel piano si capisce subito che non è un buon trade, perché il titolo si svaluterà appena partiti. In Tommaso c'è un'ansia di assoluto di cui non è all'altezza; se al computer non puoi sgarrare di un millesimo, nella vita l'imprecisione dei bilanci aiuta – che si tratti degli occhi azzurri di una commessa («posso esserle utile?») o dell'ammirazione untuosa dell'agente immobiliare che ha fiutato la preda («gli spazi grandi oggi sono i più convenienti e forniscono un biglietto da visita che si valorizza nel tempo»). Tommaso non conosce nemmeno quegli attimi di vacanza interiore che i residenti romani si concedono tra un appuntamento e l'altro anche solo alzando gli occhi, uno scorcio di colonne o un viola liquido; per lui il cielo è una religione senza oggetto. La finanza ha surrogato l'obesità nel funzionare come antidoto al senso di colpa, come intercapedine tra sé e i desideri troppo personali; anche il denaro, come il cibo, non racconta che se stesso: è anonimo e non distingue tra buoni e cattivi.

Quel che gli è comparso davanti in via Marsala, per paradosso, è stato uno squarcio di natura; forse perché le suore si comportano con la grazia sbrigativa delle contadine o forse perché il triangolo dietro la stazione Termini dove si trova l'ostello della Caritas assomiglia a quegli orti suburbani ritagliati tra le autostrade. Tommaso s'è offerto come volontario un mese dopo il trasferimento da Milano, oscuramente cercando una Roma perduta, semplice, che il problema dell'onnipotenza lo risolve inginocchiandosi; ma pure per sottrarsi all'invadenza mondana dei nuovi colleghi, certe noiosissime commedie musicali al Sistina o l'invito ad acquistare le mazze da golf.

Tre sere a settimana, martedì mercoledì e venerdì, spera che la stanchezza muscolare possa guarirlo dal tarlo malato della competizione; i grafici fosforescenti lo perseguitano anche dormendo ma mentre prepara i materassi per i nuovi arrivi o trasporta i vassoini della mensa può scordarsi di quel che ha dichiarato Paulson e delle AT&T che sembravano così invitanti però a New York sono crollate a mezz'ora dalla chiusura. Se lo vedesse il direttore lo prenderebbe per matto, mentre discute con il ghanese che faceva il calzolaio a Bengasi e non chiama casa da tre anni perché si avvilisce a non potergli spedire un assegno; non è un buon motivo per rompere i coglioni coi jeans che non vanno mai bene, o sono troppo stretti o troppo larghi, visto che te li regaliamo vedi d'accontentarti. Se qualcuno ruba bisogna cacciarlo e quello si vendica tirando sassi. Hanno vite misteriose ma terribilmente concrete, tutte bisogni ed estremismi. Perché il kosovaro coi pidocchi sono venuti a prelevarlo con una Mercedes targata Canton Ticino? E perché l'ex bodyguard enorme prima strappa una camicia e poi chiede a suor Chiara di ricucirgliela? Se provi a interagire ti attaccano delle pippe infinite, gonfie di rancori e di dati minuziosissimi che per te non significano niente.

Il turno di notte non lo vuol fare nessuno, per questo ogni tanto gli tocca il servizio nell'ala delle donne, omnia munda mundis. Ha sentito le nigeriane che ridacchiavano e s'è infilato tra i letti a castello per fargli ssst, shut up – ma ridevano di una vecchia barbona che sognando mimava un coito, «sé sé, dài, cócia... a 't piès ciavèr ah?... sé sé, bravo acsé... ecco t'e rivè» – finalmente quieta nell'orgasmo immaginario del partner. Due ore prima, sistemandosi i vestiti puliti nello zaino, canticchiava «non ho l'età, non ho l'etàa per amaaarti». Stare con loro non è tempo perso: siamo la vecchiaia del mondo, tutte le società in declino privilegiano la finanza – vedi la Spagna del secondo Cinquecento, l'Olanda tardo-seicentesca e l'Inghilterra vittoriana.

Senza distinzione di ceto o di classe, la pura esistenza del male e dell'inganno sembra ormai l'ultimo disperato tentativo del mondo per apparire reale. Il chirurgo plastico che anestetizza le pazienti per abusare di loro; lo stalker che per le proprie molestie adopera il computer della banca; la moglie di un pilota delle United Airlines che si vende mentre il marito è in volo ma domenica scorsa le hanno decapitato il cane. L'ingegnera degli accelerator per i clienti di medio portafoglio raccontava (in pausa caffè) di aver assistito a un aperitivo con omicidio: «abbiamo intraudito dei piccoli botti poi c'era uno disteso per terra, non credevo che era morto... si sono alzati per scattare le foto col telefonino... abbiamo pensato che fosse più dignitoso restare sedute... la Titti però s'è fatta cambiare il suo bloody mary che a quel punto sembrava poco adatto». Come se tutti peccando gridassero "ci siamo!". Probabilmente i colleghi sono macinati nell'impasto e non ci fanno più caso, ma Tommaso si reputa di un'altra stoffa: per lui le campane di probabilità sono veicoli spaziali che lo trasportano in un'orbita pneumatica (*Rainbow Children* o Alicia Keys nelle cuffie); a lui che il mondo sussista o no poco importa, la violenza è qualcuno che bussa ma non è detto che io debba aprire.

«Con le tue potenzialità, non vorrai morire in banca...»

«Non sto morendo in banca... adesso qui non mi va di parlarne ma ho altri interessi e gratificazioni.»

«Così non fai che confermare la mia OPA su di te... gli affamati del bonus, i forzati del rendiconto, i soldi veri non li fanno.»

«Cambiare pelle m'è sempre piaciuto...»

"Ma l'animale a sangue freddo sei tu": questo avrebbe voluto aggiungere Tommaso però con Folco non era ancora così in confidenza – il "ricciolino", così l'avevano soprannominato in banca, era noto per la sportività con cui assorbiva i rovesci. Dopo la bolla del Nasdaq il suo hedge, Persona, aveva registrato un saldo negativo a fine anno da spezzare le gambe a molti; invece lui s'era presentato più abbronzato del solito, col più ammaliante dei sorrisi, e aveva raccolto altri capitali. L'offerta di diventare suo socio rappresentava per Tommaso una tentazione a cui già sapeva che non avrebbe resistito, ma tanta generosità continuava ad apparirgli sospetta ("il mio patrimonio personale è ridicolo"); sapeva, con orgoglio, di poter mettere sul piatto il proprio straordinario intuito di ribassista principe, l'istinto che in banca l'aveva reso famoso – lui solo riusciva a convincere gli acquirenti che a vendere gli faceva un piacere, e quando s'accorgevano d'essere rimasti fregati era troppo tardi ("credo che in me lavorano i geni di mio nonno macellaro"). Ma una cosa era osare per conto terzi, con una struttura solida alle spalle, una cosa rischiare (era proprio il caso di dirlo) di *persona*: "io se cado cado e non mi rialzo più".

Folco rese tutto facile, col suo agevole cameratismo e la sua svelta ironia: senese con ottocento anni di storia, talmente toscano da non sembrarlo più, non ti fa pesare la sua laurea a Harvard né il tirocinio al Fuchs Anstalt in Liechtenstein, né l'aneddoto di quella volta che fu invitato da Soros ed ebbe la temerarietà adolescente di chiedergli «mi versi un po' d'acqua per favore?». Col suo fisico snello sembra fatto apposta per il free climbing (quinto ai campionati europei); il progressismo in politica gli pare l'unica posizione esteticamente accettabile, anche se il pugno chiuso lo alza per parodia. Scegliersi un partner che viene dal popolo, e che si è fatto strada per i suoi soli meriti, è un gesto di nobile sprezzatura come stare in cambusa coi marinai quando attraversa l'Adriatico in barca a vela. Tommaso, che quando corricchia in palestra non va oltre il tapis roulant e il cardiofrequenzimetro, percepisce come una nuvola scura il confronto che prima o poi lo schiaccerà; presagisce che l'età dei combattimenti sta cominciando e non sarà una passeggiata di salute, coi poteri tradizionali da una parte e le nuove regole che ti impongono di trascenderti a ogni istante; ma o ci si butta una volta per tutte dal trampolino o la vita resterà un'incompiuta. Se Champions League dev'essere, che almeno non sia giocata controvoglia – che quando esci dal tunnel degli spogliatoi ti accolga un boato.

«Se i novantotto chili me lo permettessero, direi che sono pronto a spiccare il volo.»

«L'agilità sarà la nostra forza... come i motoscafi dei pirati somali contro le navi da crociera.»

Il primo anno benissimo – l'incidente della sconfitta a Londra digerito e ampiamente compensato dall'arrivo di clienti freschi e sorprendenti: un manager del Cogitau, un armatore di petroliere battenti bandiera uzbeka, l'editore italo-spagnolo di «Absolute Marbella». La buona fortuna come un vento che spinge alle spalle e non lascia tempo per riflettere; tutti con mogli sottomesse e amanti aggressive (o viceversa), figli in collegio all'estero e ideali ristretti ma tenaci. Come un faggio che non si accorge di trasformarsi in massello, Tommaso si veste su misura da Eddy Monetti, indossa camicie di Albertelli con le asole in seta e le cifre T.A., il casual solo da Cucinelli in via Borgognona; si fa guidare da Folco ("il mio più acerrimo amico") – le liti li uniscono, si sentono commilitoni in trincea.

«Vendi che perdiamo, porca troia.»

«Risalgono, risalgono... le sento nelle vene che risalgono le mi' cittine... rinforzo la posizione con fattore tre.»

«Folco sei scemo, che rinforzi? vendi e fa' presto, se non ti sbrighi ci caghiamo in mano.»

«Proviamo a resistere ancora mezz'oretta.»

«Resistere per cosa? per affossarci di più? molliamo, dài, daài...»

Sotto il glamour Folco non è poi così sicuro delle proprie decisioni, è sempre il primo a farsi convincere; talvolta, beffardamente, appena hanno venduto la curva si impenna e allora esplode:

«Vaffanculo, te e la tua fretta da proletario di merda.»

«Dovevi tenere duro anche contro di me, perché non l'hai fatto? te lo dico io: perché quando tutti hanno cominciato a risponderti "found better, sorry" il panico t'ha innervosito la manina, t'ho visto.»

«Scoliamoci un armagnac, vai, domani ci concentriamo e recuperiamo alla grande.»

Folco è più portato a comprare («ci mettiamo il quindici, queste fra un mese vanno via come la fica»), Tommaso a vendere giocando al ribasso; prova un piacere che confina con la preghiera a verificare ogni volta che il crollo previsto è inevitabile e che qualunque prezzo superiore a zero realizzerà un profitto – non è nemmeno per i soldi, è che in quei momenti si sente come un profeta vendicativo con la spada sguainata. A vendicare che cosa, non saprebbe dirlo nemmeno lui. La battaglia è entusiasmante: magari vende a uno e settanta opzioni call sulla Cracow Electric, ne vende un botto tutte insieme allo scoperto perché i fondamentali glielo suggeriscono e un attimo prima che anche i modelli gli diano ragione; ma il governatore della Bundesbank tiene un discorso che (per la regola dei vasi comunicanti) fa volare il titolo a due e dieci. Comprare subito per limitare il danno o mangiarsi il fegato convincendosi che devono ridiscendere per forza ("è il rimbalzo del gatto morto") non appena si esaurirà l'effetto mediatico? Stringe i pugni e vince, alla scadenza dell'opzione il titolo chiude addirittura a uno e cinque – dall'inferno al paradiso in due nanosecondi. Lo stomaco stranamente non gli fa male ma si è rotto un dente a forza di digrignarli dormendo; il manicomio del mondo gli è saltato addosso e i poveri disgraziati della Caritas sono svaniti come le stelle all'alba. Suor Chiara non l'ha nemmeno salutata perché il venerdì che è andato a dire addio lei non era di turno.

Le grandi verità possono partire da piccoli simboli. Tommaso ha ceduto alle insistenze e s'è comprato le mazze da golf; s'è iscritto al club di Folco e gli hanno attribuito un handicap trentasei. Ma picchia troppo forte, la pallina finisce sempre fuori percorso, nei bunker di sabbia o tra gli spettatori che si scansano («spiegategli che è un altro sport, non è tiro al piccione»). Ha preso lezioni ma non sopporta che ridano di lui, quando non c'è nessuno sfodera colpi perfetti; Folco naturalmente gioca scratch, con handicap nullo, e quando arrivano in visita i giocatori professionisti è ospite al loro tavolo. È stato durante uno di quei pranzi che Folco gli ha detto, riferendosi a un operatore eternamente sbadato, «licenzialo tu che ci credi» – come sarebbe a dire ci credo? Lui allora no? Avere un antagonista aiuta a definirsi: dall'alto di una collinetta dove si è rifugiato perché non ha più fame, fissando uno specchio d'acqua stagnante Tommaso comprende una volta per sempre che tra lui e Folco non ha senso una tacita né un'esibita amicizia: "tra noi interessi di lavoro, ma nella vita e nell'anima soltanto una lunga, sorda, disperata lotta". Nessun armistizio, mai, con chi è nato già ricco, dominatore – e magro.

Se il padre di Folco non è diventato ambasciatore è stato solo per pigrizia, ma ha abbastanza entrature nella diplomazia e nelle indiscrezioni internazionali per trasmettere al figlio pettegolezzi preziosi («l'informazione è un presidio antiguai»), sugli avvicendamenti ai vertici societari e sulle corna, omo ed etero, dei vari ministri. Tommaso non lo vorrebbe neanche dipinto un padre che si impiccia negli affari, ma gli è grato perché evita al Fondo cantonate clamorose o favorisce colpacci al limite dell'insider («per chiudere un trade onesto basta anche un cretino»); Folco odia suo padre in silenzio ma quando si trovano insieme non fa che scodinzolare. Tommaso, secondo copione, parla solo di sua madre: che è una donna umile, che non era mai stata in aereo e che si confonde al ristorante se ci sono troppe posate.

«C'è proprio bisogno di sottolineare? perché non abbellisci moderatamente come fanno tutte le persone civili?»

«Perché l'impossibile lo realizzerò senza abbassarmi a mentire.»

«Auguri.»

Tommaso non si lamenta quando Folco sparisce per i suoi giretti nell'Egeo con qualche avventuriera da barca, o si assenta perché in un castello bavarese si sposa una sua amica – usanze di un'altra razza, che non lo sconvolgono più di quanto lo sconvolga il cannibalismo nelle foreste del Borneo. Anzi, portare il peso del Fondo lo rinvigorisce, per alcuni giorni si atteggia a comandante unico; vorrebbe solo che Folco tornando non pronunciasse quelle parole che scavano un solco, «t'ho trascurato». Pensa che sono orfano, che la compagnia è solo la sua, che non ho vita senza di lui? Pensa che lo rimpiango, che conto le ore?

È morto Settimio detto il Ciavatta, se non era per Nando non l'avrebbe nemmeno saputo – persi di vista da più di dieci anni ma da ragazzi si erano contesi le prime sigarette; la convivente l'aveva accannato per un pischelletto qualunque, lui ha dato fuori di matto e quella ha chiamato i carabinieri – nella fuga ha cappottato e le vertebre cervicali si sono spezzate come grissini. Probabilmente aveva pippato.

«Nun pare bello in 'ste circostanze però so' contento, altrimenti nun se vedemo più.»

«V'ho invitato a cena tante volte...»

«Mi' moje la sera nun esce, la baby-sitter è 'n miraggio e dentro casa nun te vòle invità, coi regazzini che frigneno.»

«La baby-sitter ve la offro io.»

«Offri te 'sto cazzo... dimmi 'n po', com'è er principe socio?»

«Conte... bah è gente strana, che si può permettere di sprecare i milioni e poi cianno le cadute di stile... non ha pagato venti euro al fattorino che gli aveva portato il vestito perché glieli doveva pagare la sartoria... fà "è una questione di principio".»

«Mazza oh, è 'n signore... nun te 'nvidio, che brutta cosa che m'hai ricontato.»

«Meno male che le radici mie stanno qua, mi tengo in altalena...»

«Nun ce tradì... achtung che te controllamo, eh?»

«Ormai sono inoffensivi... si credono di essere la crema come una volta e sono diventati carcasse da esposizione.»

«Famme vedé i denti der piranha...»

«No, i denti me li sono limati, adesso ce li ho pari.»

«Ah, te sei fatto bello... ma sempre da solo stai?»

«Mica siamo vecchi, sei te che hai avuto furia...»

«M'organizzi 'na batteria co' tre o quattro russe? quelle l'accetto... ahò, mi' moje se ne farà 'na raggione.»

«A parte le russe, mi ci vorrebbe proprio una zingarata... come quando si faceva sega a scuola e andavamo a pescare le ranocchie...»

«Oggi è stata 'na favola... dài, ar prossimo morto se beccamo.»

Sull'asfalto di piazza Sempione vede brillare una moneta da cinquanta centesimi; istintivamente Tommaso si china a raccoglierla e la sente bloccata, non viene via; le incollano i ragazzini per divertirsi spiando dalle finestre, per un attimo teme addirittura che l'abbiano fotografato. Che figura di merda. Sono un pezzente atavico, non perderò l'odore anche se mi compro un grattacielo e mi sposo una duchessa. Una cosa posso giurare (proclama a voce alta e un gabbiano gli risponde starnazzando): sarò sempre fiero di essere un bastardo e l'handicap, non importa con che mezzi, glielo farò ingoiare.

Non ti ci ostinare, su

1.

«Mamma, che animale è il "dorso"?»

«Forse vuoi dire l'orso...»

«No, l'orso lo so, il "dorso".»

«Non c'è un animale che si chiama "dorso", tatù.»

«E allora perché dicono "nuotare a rana", "nuotare a delfino" e poi "nuotare a dorso"?»

Tommaso non è mai stato molto tenero con i bambini, ne ha conosciuti pochi e gli sono sempre sembrati degli abbozzi inconcludenti: ma ora questa logica libera di correre si scava un canale dentro di lui, verso i meandri della nostalgia. Il dorso, animale ritroso che si può vedere solo di schiena. "Io potrei essere un dorso." Saranno i ventinove anni, età critica, ma gli balenano più frequenti i desideri di combinarsi una famiglia, di una brava ragazza da abbagliare nella casa nuova e da addomesticare con la superiore potenza del denaro; una sciampista magari, una borgatara. Irene gli propone semiseria solo partiti ricchi perché lei continua a pensare da povera; eccola lì che impianta una polemica sullo scivolo che è troppo lungo e pericoloso, la giovane mamma la guarda come una chiazza di vomito sul tovagliolo o come una cacca sul prato.

L'Antico Circolo di tiro a volo è stato spostato nei primi del Novecento dal Tevere a qui, in via Vajna – ricostruito uguale con le due torrette rosa perché i padroni si portano il loro involucro con sé come le lumache (che idea meschina del privilegio, come quando ti rubano la valigia e per attenuare lo shock te la ricompri identica). Le socie con la permanente argentata giocano a canasta, Irene beve il tè sotto il bersò che divide il parco giochi dalla piscina.

«Come sta papà, gli è piaciuto il televisore?»

«De papà me n'incarico io, te pensa a stà bene pure pe' lui... quella ragazza coi pantaloni è la fija der costruttore.»

«Lo so, la conosco mà, nun ricominciamo.»

Una di quelle stangone belle dentro che tornano dai master all'estero poliglotte e con la mania di proclamarsi libere, come se qualcuno ci tenesse a occuparle. Folco ha incontrato Scarlett Johansson negli uffici della Lazard Frères a Los Angeles, dove è stato ammesso come civilian nel panel di investitori di una casa di produzione "indie" – l'hanno invitato ad assistere alle riprese. Ognuno ha i passatempi che si merita, divaga Tommaso; le star sono troppo poco masticabili per i miei gusti; per me le stelle sono quelle che guardo la sera nel cielo di Rebibbia ("lui sta sempre là": papà Sante, sua diversità e suo segreto).

A un tavolo, sotto l'ombrellone quadrato di lino bianco, ci sono Catricalà (quello dell'authority), Santo Versace, Marco Minniti e un costruttore romano con cui Persona ha avuto rapporti burrascosi, mica sempre puoi deciderlo tu chi tenere nel portafoglio; parlano del cervello di scimmia servito su foglie di banano al mercato notturno di Giacarta, coi cetrioli glassati, e di allucinazioni provocate dalla malaria, diavoli verdi. Oggi il Circolo ha assegnato un premio ai calabresi illustri. Dopo la stagnazione del 2003-2004 si notano i primi segni di ripresa anche se in Italia, come al solito, tutto marcia al rallentatore. Le famiglie non arrivano alla quarta settimana. Essere cauti in linea di massima sui listini emerging, pure gli strategist di Carmignac mettono in guardia contro una sopravvalutazione della crescita cinese.

Tommaso è tormentato da una doppia vista, dietro ogni immagine non può evitare di leggerne un'altra; allontanandosi verso il campo da golf vede spuntare dalla buca sette un serpentello con gli occhi chiari e i capelli biondi. Ma è solo un inserviente che potrebbe essere polacco e invece è di Chieri – entusiasta di Roma, fiero di essere evaso dalla provincia («qua ti devi fare il mazzo ma sei carico a pallettoni... ciài aperte tutte le possibilità... dormo all'ostello, quando siamo ubriachi facciamo il bagno nel Tevere... sarà inquinato ma chi se ne impipa... aspetto uno svarione nella mia vita, una scossa forte... se mi licenziano da qua piuttosto che tornare in Piemonte m'ammazzo»). Energia dei vent'anni, ti volti indietro e sei vecchio; piegare il collo del mostro non è matematica.

Massacrarsi di lavoro è un'immolazione necessaria, ma ogni anno ne metti cinque: «se mi piglia un infarto ho risolto». La nuova segretaria lesbica scatena le plebee fantasie signorili di Folco («organizziamo una gang bang così capisce quello che si perde»), Rossana è in maternità rischiosa perché forzata e tardiva – s'è risposata in Comune, la testimone era una di quelle rosse ossute che ti fanno la radiografia; continuava a tirarsi giù la minigonna sulle ginocchia e siamo finiti a letto.

«Non vorrai mica una storia?»

«Essere gentili non costa niente...»

«Siete arrivate tutte troppo tardi, mortacci vostri... dove eravate quando un gancetto sotto la stoffa mi faceva impazzire, o il rumore di uno scroscio dal bagno... quando per una scopata avrei ucciso?»

«Io non sono tutte.»

«Dopo che si è concluso un buon trade, c'è sempre qualcuno che ha fatto la parte del fesso e non se n'è accorto.»

«Stasera, figurati, speravo in un discorsetto romantico... era meglio se mi facevo un ditalino da sola.»

Tommaso prova a infarinare di nonchalance le sue scarse conquiste, come allontanandole in un cannocchiale rovesciato – «è tutto cinema, anche questo lusso del Circolo, basta girare la testa di centottanta gradi e scopri le magagne... davanti hai l'affaccio meraviglioso sulla nebbiolina di Roma nord, ma dietro ecco l'intonaco che si scrosta, e i debiti». Eppure dal fondo secco del pozzo esala il ricordo della fiaba: metà del mio regno a chi mi farà battere il cuore.

La casa nuova, anzi il palazzo, era un capital bargain, certo, e anche un luogo di rappresentanza una volta che ci fosse stato qualcosa da rappresentare; tutto un piano nobile nel centralissimo rione Pigna, dietro il Collegio Romano con ingresso su via della Gatta. Tardo cinquecentesco, con muri ciclopici e uno scalone di marmo, senza contare il terrazzo che è un vero e proprio giardino pensile sospeso tra due cortili. Troppa grazia. Ma i quattro milioni di euro li recupero quando voglio, la vecchia principessa aveva l'acqua alla gola. Per arredarlo s'è affidato a un ragazzo onesto, figlio di un ex professore della LUISS, dalla bella faccia aperta e senza ricette snobistiche:

sana mescolanza di antico e moderno, bagno funzionale, letto con comodini in plexiglas. Da un negozio d'antiquario che liquidava in Fontanella Borghese sono venute alcune tele chiare, un Ercole che strozza l'Idra, più cassettoni e armadi che non facessero un effetto museo; Tommaso non crede d'esser stato turlupinato anche se Folco insisteva per affiancargli un "caveat emptor". La casa è soprattutto un ordigno per ingabbiare il futuro, una tagliola per chi non vuole più fuggire.

Folco ha dato il peggio di sé in termini di malignità, credendo per leggerezza che le sue frasi non sarebbero state riferite o forse per arroganza contando proprio sul passaparola; l'appellativo di "paguro" Tommaso ha dovuto farselo spiegare, di quell'animaletto marino che abita nei gusci abbandonati dei gasteropodi e quando cresce si cerca una conchiglia più grande. Più immediatamente icastica e volgare l'allusione a Irene («speriamo che sulla terrazza non ci stenda i panni»), arzigogolata ma spiritosa l'affabulazione a proposito dell'affresco sul soffitto dello studio – che rappresenta il trionfo della Giustizia, con la spada in una mano e l'altro braccio piegato a coprirsi gli occhi; per non guardare in faccia a nessuno nell'intenzione iconografica del pittore settecentesco, per non vedere il kitsch del nuovo proprietario secondo Folco («giuro che quando ci stavano i Caetani il braccio ce l'aveva giù»). Ma quella con Folco ormai è una guerra di posizione, un minuetto di ipocrisie: verrà il giorno che sconterà più di quanto il suo cervello patinato gli permetta di immaginare.

Quando un desiderio inconscio è abbastanza forte trova comunque la via per manifestarsi all'esterno, magari travestito da suo contrario; il desiderio di una brava ragazza ha generato Gabriella. Tommaso era passato dalla Barclays per un salutino e per sistemare le greche del portafoglio («non so se vi rendete conto, ma sono due anni che sfoderiamo uno sharpe superiore a due»); stava parlando con Jimmy, il suo sales preferito, quando ha avuto una visione – accompagnata da un audio terribilmente prosaico.

«Ma chi è?»

«Una modella... piuttosto affermata a giudicare dai suoi saldi... però mi sa che i neuroni non l'assistono, è già venuta tre volte a domandare chiarimenti... ci vorrebbe Piero Angela.»

«Lascia, con la signorina faccio io.»

Da dietro la scrivania Simone l'ha guardato interrogativo, in che senso fai tu? poi un lampo di monellesca solidarietà, sto al gioco, okèi.

«È l'Euro Stoxx 50, no?»

«Sì, stavo appunto spiegandole...»

«Un mio amico sostiene che se rende il trentanove per cento ci dev'essere la fregatura.»

La voce, non importano le parole, la voce sussurra vieni via con me, anzi torna da me, io sono quella che hai sempre cercato, con me dimenticherai quel che c'è da dimenticare.

«Nessun trucco signorina, il trentanove è il tetto massimo, diciamo che il venti-venticinque è più realistico nell'attuale congiuntura...» (*Tommaso prosegue in automatico e intanto fa l'inventario del corpo che ha davanti*) «... è molto perché, i colleghi gliel'avranno già illustrato, ingloba un rischio minimo, ma proprio minimo, di perdita di capitale...» (*la pelle color ghiaccio, gli occhi verdi, le spalle esili ma morbidissime, le tette che stanno in una mano*) «... l'evento barriera è posto al cinquanta per cento, cioè si presume che in tutte le Borse europee ci sia un crollo di metà del valore, e solo in questo caso parte il fattore di partecipazione...» (*il collo come una piuma, un lampo di denti felini quando ride* «*io di borse capisco solo Vuitton*», *e ovviamente i capelli di un fulvo ancestrale, un'onda melodiosa vulcanica*) «... ma il fattore di recupero è del duecento per cento, cioè se le Borse perdono il sessanta, catastrofe pressoché inimmaginabile, lei comunque recupera il quaranta per due, cioè l'ottanta per cento del capitale iniziale.»

Ma è perfetta! come se a ogni mia richiesta il suo corpo rispondesse, punto per punto, presente! Tommaso non ascolta né se stesso né Gabriella che ringrazia e saluta, devo inventare, inventare qualcosa per trattenerla – mantengo il personaggio del bancario con le toppe ai gomiti, non voglio averla per denaro. Ma lei si allontana, si allontana inesorabilmente, con quella grazia che fa del culo a mandolino una nota immateriale – il modo di muoversi di un organismo femminile nelle quattro dimensioni dello spazio (compreso il tempo, ahimè, con la consapevolezza di avere gli occhi degli uomini addosso) è una delle grandi meraviglie dell'evoluzione dal brodo primordiale a oggi.

Da questo momento Tommaso commette uno sbaglio dopo l'altro: prima ancora di entrare nella sua vita la sconosciuta ha il potere di metterlo in agitazione; si espone, chiede in giro, violando e costringendo a violare ogni privacy. Gabriella Aveni, venticinque anni, nata a Mantova; molte sfilate all'estero, modella per Ralph Lauren e Oscar de la Renta. Tommaso sbaglia perché la immagina più o meno come una selvaggia mentre Gabry nasce da una solida famiglia borghese: corsi di danza, una maturità classica strappata di corsa, ormai su e giù dagli aerei. A trent'anni e con le sue entrate Tommaso potrebbe seguire il protocollo delle conoscenze, farsi invitare a un qualunque backstage; ma in lui lavora la sindrome dell'abusivo – tramite gli smanettoni della banca scopre che lei si serve del messenger di Trillian.

Cara Gabriella, forse non dovrei chiamarla così ma il vento che mi ha travolto travolge la discrezione. Quando non mi occupo di aride cifre scrivo, e spero che la scrittura possa diventare un giorno il mio mestiere. Lei ne sarebbe la perfetta ispiratrice. Merito almeno una risposta a questo messaggio? Naturalmente non arriva nessuna risposta, si rimprovera quell'*aride* e quell'*almeno*; perché mascherarsi, perché questa cazzata dello scrittore? Perché una come lei merita che il mondo si ribalti, la realtà non basta. Sbaglia ancora rendendosi ridicolo a una festa ma lì il suo errore lo premia perché una produttrice televisiva presente (mantovana anche lei) schernendolo lo denuncia alla madre di Gabriella, che comunica alla figlia la consistenza economica del buffo spasimante. *Mi scusi, ma lei è caduto con la testa a terra?* Tommaso può finalmente giustificarsi, messaggiandosi passano al "tu": le probabilità erano tutte contro di me, pur di rivederti mi sarei trasformato anche in un ammaestratore di foche, odio l'ambiente in cui vivo e volevo risolvere un teorema per assurdo. Al primo appuntamento lei gli viene incontro aggressiva: «i teoremi non mi piacciono e io non sono la foca di nessuno».

2.

Per aiutarci nel racconto abbiamo solo la versione di Tommaso, ma proviamo a metterci nei panni della Gabry: se venticinque anni sono pochi osservati dall'esterno, per chi li vive possono già essere l'età del rimpianto. A diciannove appena compiuti, in un casamento di piazzale Maciachini (periferia nord di Milano) con tre compagne di camera e il water intasato, si può pure pensare "magari peggio, ma così mai più" – però che voglia di vivere, quanti scivoloni rimediati in silenzio. "Come lasciare un fidanzato in centosessanta caratteri", la miglior difesa è schierarsi dalla parte dell'aggressore, "meglio stronze che anonime" – sentirsi più maschia dei maschi e tiranneggiare il proprio corpo come se fosse una gomma da masticare. Il ribrezzo arriva anche troppo presto, le chimere della danza sono lontane; risolvere puzzle sempre più complicati e indossare una T-shirt sfrontata con scritto "I fuck on the first date" – avere voglia di un cane. Gli uomini sono più lupi che cani, ringhiano pronti allo scatto, si dichiarano vittime di un errore giudiziario; questo timidone col portafoglio gonfio almeno è impreparato: buono per un rifornimento volante o un filler di complimenti.

«Non mi piaccio per niente, uno dei miei incubi ricorrenti è re Giorgio che mi demolisce... urla che i miei capelli non stanno a posto, che le mie braccia sono orrende... Giorgio Armani, voglio dire.»

«Stanotte ti ho sognato io... stavi sulla scaletta di un'astronave... poi ritiravi la scaletta e mi lasciavi a terra.»

«Vuoi dire che sono un'aliena?»

«Lo sai cosa voglio dire... il tuo ombelico convesso è la mia pista di atterraggio... sei la bellezza come non ho mai osato sperare... sei la mia dea in incognito.»

«Mi si stanno cariando i denti.»

«Non è poesia, sono pronto a tradurla in qualcosa di molto concreto...»

«Mmm, perché dovrei crederti? per cenare con te stasera ho cancellato un paio di opzioni...»

«Te le ricompro io tutte le opzioni, in questo sono bravo.»

Quel suo "mmm" lo ossessiona: lei lo ripete spesso, come se soppesasse valutando le convenienze – come gli attimi interminabili al computer quando hai proposto un prezzo in bugia e aspetti di vedere se l'altro abbocca; se tutto è già concordato perché tremi, Tommaso? I soldi su di lei non fanno presa e nemmeno i regali, sembra che non se ne curi; come se accettasse un omaggio dovuto. Sia Rossana che Folco lo ammoniscono «a quella gli basta Damiani, Eleuteri manco lo capisce»; ma Tommaso persevera nell'errore con gioielli sobri e costosissimi. Vuole scavare oltre il corpo di Gabriella, quel corpo che ovviamente hanno avuto in tanti, per raggiungere una castità impossibile: baci lenti, inesperti, di miele – dove lei abiuri a se stessa e doni quel che non sa di donare, una muta preghiera. "Pure se non mi ama chi se ne frega, l'importante è che la amo io"; un trade così disuguale e ingiusto scombussola l'architettura di anni e insieme la accredita.

Gabriella decide "questo è meglio farlo trottare" e si ritrova a nove anni, a saltare a piedi uniti tra i rettangoli della "settimana" disegnata sul selciato con le amiche; o quando saldavano la nonna con la fiamma ossidrica e lei pensava "cos'hanno paura, che esca?". Lo invita alla sfilata di Sarli, tra le principesse con la gobba vestite di paillette, spalle nude e grinzose, e i giovani manager talmente lampadati da risultare quasi invisibili nel buio. Si gode il suo disagio da ippopotamo mentre gli passano accanto Giletti e la Fenech, da dietro le quinte di velluto in quel momento sì che vorrebbe sposarlo. Poi le luci si spengono, attacca la musica – a sfilare non ci vuole nessun talento, è come quando da piccola la domenica si pavoneggiava sui tacchi della mamma. Nell'apoteosi del finale, con gli abbracci e i commenti standard, i vari «sontuoso» e qualche squarcio di verità («ieri ho abortito ma sono stata zitta, se mostri una debolezza in questo ambiente ti squalifichi»), si dimentica completamente di aver promesso a Tommaso di ritrovarsi all'uscita – sale sull'auto dell'ex amante (in camicia traforata) di Egon von Fürstenberg e solo quando stanno già correndo sulla Colombo gli spedisce un sms: "talmente stanca che vado a seppellirmi, besos".

Tommaso l'aveva adorata in passerella, regale: lo stilista le aveva assegnato tutti gli abiti che si incrociavano in vita e avevano uno scollo profondo perché i suoi fianchi si aprissero come la pasta del pane – e l'aveva scelta per chiudere con l'abito da sposa, la fiamma dei capelli allarmante sotto il velo. Le altre scomparivano al suo passaggio, le anoressiche imbronciate che marciavano al passo dell'oca (si nutrono ad alghe e Big Babol, nella borsa Stella McCartney tengono il lipstick idratante, mezzo litro di Evian, due assorbenti interni e un preservativo alla frutta). Non si era troppo sorpreso dell'attesa vana e del messaggio: ti aspetti che sia buona solo perché è bella, ma il silicone che non ha nelle tette può averlo nell'anima. Aveva perfino scherzato con Folco sulla serata, sui lifting della Edwige e il grado residuo della sua trombability; il dolore era venuto dopo, per il nonsense della gelosia ("l'unico imbecille mentre lei passa da una festa all'altra, non si perderebbe manco una prima comunione") e l'ammissione di autolesionismo ("se ha un lavoro che le rende bene e amici nel jet set, che se ne fa di me?"). Non mi riconosco, sto quasi per piangere per una come tante, forse appena un po' più simile al mio ideale; non sono normale, sono automatico come un cyborg; mi dispero perché la stanno chiavando in mia assenza e vedi un po' che mi succede; Tommaso si contempla il bozzo nei boxer e ci fa su una risata.

"Convocato per domani il board di Pegas Nonwovens"; il display lo richiama all'ordine e ha ragione, tra il godere e il soffrire non c'è poi molta differenza. L'adrenalina degli affari ha una grana più autentica, ti porta in casa tonnellate di vita e di contraddizioni altrui, tragedie vere e geografia sanguinosa; la realtà si allarga ma perde spessore. Per il palladio in Burundi ci sono stati scontri: il palladio è un metallo raro che serve come commutatore nei cellulari e nei computer; le azioni delle miniere erano in mano a una vedova inglese che le ha cedute in cambio di una grossa quota nell'oleodotto e adesso viene invitata alle riunioni dell'OPEC. Se giochi al rialzo sulle commodities alimentari per puro azzardo matematico, perché lì ti porta lo studio degli alberi binomiali, i grossisti si convincono che il prezzo del grano salirà e allora tengono chiusi i silos, sicché il prezzo del pane aumenta sul serio – nascono le rivolte, i sassi contro i forni; dopo aver sparato sulla folla i governi calmierano e i commercianti aprono i silos in fretta – il grano ridiscende ma intanto hai esercitato le opzioni e guadagnato quel che volevi guadagnare. Tu non hai fatto niente, hai solo scommesso su delle curve; sono quelli che hanno creduto nella realtà che han fatto morire la gente. "Domani telefono e le ordino la Birkin di Hermès, quella di coccodrillo... così la smette di nominarmela ogni cinque minuti."

Con lei non ci si annoia e non è un videogioco: è tempestosa nel cambiare umore ma afferra le ironie e le rilancia.

«Le fate morgane spariscono all'improvviso... accetto la tua intermittenza però mi chiedo che donna ci sia dietro la fata.»

«Per te come dev'essere una donna?»

«Deve farmi ridere.»

«Allora con me caschi male, io gli uomini li faccio piangere.»

«Effettivamente, a vederti là sopra, mettevi un po' di paura...»

«Non applaudivano mica me, applaudivano gli abiti... noi siamo delle grucce che respirano.»

«Ci ho poi parlato con ***, per ora ci sarebbe solo una serata da presentare, il gemellaggio tra un comune della costiera amalfitana e New York... robetta ma ripresa da Rai Uno.»

Tommaso ha conosciuto *** per dei consigli che gli hanno chiesto, lui e altri dell'Olgiata, a proposito di un broker in odore di truffa. «Una mano lava l'altra, per la tua amichetta mo' vediamo, passo domani dalle tue parti perché devo benedire la tivù di D'Alema, ti suono e ci andiamo a prendere un caffè»; ma Tommaso è sceso prima e l'ha aspettato al portone, non voleva che il campanello svegliasse la Gabry.

«Dunque dunque il mio orsacchiotto è un tesoro davvero... il mio orsacchiotto con le cuciture.»

Arretrati di felicità non goduta, come si dice delle ferie. Tommaso le si è accostato alle spalle, le è sceso con una mano lungo la pancia e l'ha accarezzata attraverso la seta; lei non gli ha levato la mano stavolta, l'ha lasciato frugare con delicatezza. Non è bagnata, brutto segno;

maledetta, riesce a far apparire come una concessione quel che ho ampiamente comprato. Keep calm and carry. L'ha leccata all'interno delle cosce, le ha stretto a lungo il clitoride tra le labbra; piccoli schiaffetti sulle natiche, un dito subito respinto; le ha guidato la mano perché si masturbasse da sola, è uscito ed è rientrato cercando l'angolo di incidenza più favorevole – per lei, voleva a tutti i costi portarla all'orgasmo. Sentiva la vagina contrarsi ma solo d'affetto, mentre lei gli contava le cicatrici; non osava un pompaggio violento, tutto era meraviglioso ma inutile. Nessun possesso è mai definitivo, anche le società coccolate dai rating non superano un livello di confidenza del novantotto per cento; rischiava di distrarsi e perdere l'erezione, stava di nuovo accanendosi sui capezzoli quando all'orecchio, conciliante, gli è planata la voce che distinguerebbe tra mille: «non ti ci ostinare, su... dimmi cosa ti piace e finiamola in fretta».

«In culo oggi no.»
È il verso di una poetessa praghese amica di Hrabal e figlia di quella Milena che a Kafka gli aveva solo aggravato l'angoscia. C'è una cultura da aeroporto che Gabry in genere disprezza ma che usa quando le fa comodo; per esempio per tenere a bada le fregole ambiziose di questo ingenuo scarafaggione, se crede di poter sbrodolare dappertutto perché paga.

Gabry legge poco ma scelto: odia quando le slovacche o le venezuelane si scambiano i libri di Coelho e della Allende insieme alle pringles gusto paprika e al piegaciglia; povere pecorelle da tosare, si lamentano dei driver maleducati e dell'intossicazione da ostriche.

«A Dinard né navràt nimeno con catene, manco se booker si arrabia.»

«I booker sono enfadadi por definissione... es necessario vadear la vita como un rio, dice el tao.»

«El tao fonctiona solo si tu deve esvuotare la mente ne la cabina de los rayos UVA.»

«Obama ha messo una tassa del dieci per cento sulle lampade abbronzanti...»

«I think so, he doesn't have this problem.»

Discorsi da spogliatoio in una babele di lingue approssimative, coi foglietti degli ingaggi incollati sullo specchio; ma non è che i grandi della moda dicano genialate ("hai un viso così empirico"; "questa manica non ha furore"; "mentre sfili devi raccontarmi una storia"). Che vuoi raccontare, si tratta di vendere quattro stracci a delle arabe merdose; in televisione non sarà meglio però almeno non sei intruppata, Emilio m'ha promesso un programmino piccolo ma tutto mio. Io non ho il DNA della belva, non mi sporco nella mischia – fare Rita Hayworth con le lunette e i capezzoli autoadesivi è stato divertente, Carlo Rossella in giuria più che galante e la D'Urso una specie di chioccia, ma l'ex sottosegretario non ha avuto gli stessi riguardi. Tommy è sincero che vuole aiutarmi ma si muove a tentoni, tra palazzinari e direttori di banca, le so io le scorciatoie serie. È generoso nel cuore, povero tatone, anche se si mormora in giro che abbia amicizie sospette, sono sicura che non torcerebbe il capello a una mosca. La D'Urso ha sempre caldo, saranno le caldane della mezza età; non si capacitava «ma come fate a non sentire il bisogno di innamorarvi?» – perché dovremmo? la verità dei sentimenti è un mito della vostra generazione, noi siamo passate dal prendere in giro i genitori a ingannare i compagni di scuola, si innamoravano solo le più imbranate e restavano incinte; i colpi di fulmine scarseggiano se l'elettricità è distribuita uniformemente.

«Sono fragile come un fiore.»
«Sì, carnivoro.»
Gabriella vuole sempre un bicchiere d'acqua ghiacciata sul tavolo di cristallo, lo beve subito *dopo* – in palestra fa esercizi per "tonificare il pavimento pelvico". Nulla da eccepire sulla tecnica, Tommaso resta incantato a quella nuvola di puro immeritato candore che lo avviluppa, adora i piedi d'alabastro e spera ogni volta di assistere a quell'arricciarsi degli alluci di cui affabulano i manuali. Gli ingredienti di un'ottima scopata ci sono tutti: i gemiti, i baci palombari, la varietà inventiva delle posizioni, una fellatio come dio comanda («il pensierino per zio Pasquale», così un giorno Tommaso scherzando poi è entrato nel lessico), la lentezza e l'attenzione all'altro – manca l'innesco perché il fuoco divampi. C'è la confidenza del contesto, la Gabry va in bagno e lascia la porta aperta; ma il salutarsi reciproco e timoroso degli occhi, quello appartiene alle lunghe chiacchiere indolenti una volta sbrigata la pratica del sesso.

«Un pezzo di qua, un pezzo di là... non lo so più neanch'io di quanti pezzi sono fatto.»
«Gli uomini belli non mi sono mai piaciuti, mi assomigliano troppo.»
«Come no, poi appena vedete una tartaruga...»
«Io sono troppo veloce per le tartarughe...»
«Quando ridi ti vengono le piegoline sulla fronte.»
«Posso ancora permettermi di non badarci... da vecchia mi ritoccherò anche le gengive.»
«E qui? non ti ritocchi niente qui? attenta che a forza di usarla anche questa s'allenta...»

«Della verginità mi sono liberata a quattordici anni, giusto perché mia madre me l'aveva proibito...»

Tommaso, in un movimento goffo per abbracciarla, fa cadere il bicchiere: «attento, cazzo... non è che posso sopportare proprio tutto».

«Mi stai odiando, vero? sapessi quanto ti odio io... potrei farti molto male.»

«È vero che nel tuo lavoro sei senza scrupoli? mmm, la cosa mi eccita.»

«Intuisco le cose con un certo anticipo... in banca dicono che il mio consulente è il diavolo.»

«Controlliamo se è vero che intuisci in anticipo... che cosa sto per fare adesso?»

Tommaso assiste in sogno: la fica secondaria a pochi centimetri sopra quella principale, il buco del culo che ormai era diventato un punto d'onore, oscilla come un bocciolo di pesco da afferrare sotto ipnosi; Gabriella mormora qualcosa che sembra un incitamento e invece è un insulto: «sto ricordando tutti i tuoi parenti...».

Questa volta non gli interessa che lei non stia godendo, che anzi digrigni i denti e strizzi gli occhi a ogni botta, furibonda e remissiva come un bravo soldatino. L'amore è l'infinito alla portata dei cani. Saprà ricompensarla in seguito, dopo la sborrata fragorosa e i tremiti spasmodici – gli hanno parlato di un gioiello bizzarro, un anello in omaggio a Duchamp: è in oro a forma di water closet e in fondo, dove dovrebbe esserci la merda, c'è un diamante taglio Asscher da quattro carati.

3.

Comprare insieme oggetti di lusso crea tra uomo e donna un legame forte quanto il sesso: uno schermo televisivo a parete da settanta pollici o un elefante d'avorio appartenuto ai figli di un maharaja. Il bellissimo appartamento di Tommaso perde la sua freddezza di parata, si scalda con ninnoli e stoffe d'affezione per accogliere Gabriella che se ne vanta con gli amici suoi, gioca a fare la castellana e comanda i camerieri filippini; anche un pianoforte a coda ha fatto il suo ingresso ma Tommaso s'è arreso alla terza lezione, le dita parevano anchilosate e comunque ora ho di meglio da fare. Non è proprio che convivano, lei si ferma alcuni giorni poi sparisce («considerami missed»), ha mantenuto il suo loft nella zona dei pittori a San Lorenzo. Uno stage: questa è la parola che ha usato mentre trasferiva due bauli nella cabina armadio – e a Tommaso in fondo va bene così, la fede che sarebbe necessaria a un grande amore è condizione non più recuperabile. Si è chiesto tante volte, confusamente, quale onnipotenza potesse consentire il denaro – ora lo sa, l'onnipotenza sarebbe possedere *davvero* Gabriella; ma per possedere lei *davvero* il denaro non basta. Comprare di tutto il meglio, il più firmato e il più sicuro (sia pure una scatola di cioccolatini o uno snocciolaolive) è un sistema per contemplare il mondo dall'esterno; sentirsene superiori e quindi tirarsene fuori, non lasciarsi coinvolgere. Il segreto dei soldi non è fare ma *sapere di poter* fare. Litigano spessissimo ma solo per sciocchezze, negligenze o osservazioni inopportune; programmano piaceri in grande stile, un aereo privato in leasing per bighellonare tra le isole dei Caraibi, una seconda casa a Cortina.

Tommaso detesta l'ostentazione, quando all'estero è costretto alla macchina con autista evita rigorosamente Bentley o altre marche vistose (un loro consociato di Abu Dhabi si è addirittura fatto costruire un ferrarino bianco, raro come la tigre albina dell'Himalaya); quello che nell'ambiente ormai conoscono come lo "stile Aricò" è fatto di fretta e disponibilità almeno apparente; dice sempre che è libero (salvo arrivare in ritardo), le cose che lo trattengono sono sempre "pinzillacchere" o "rotture di coglioni". Per le funzioni di rappresentanza manda avanti Folco, lietissimo di scavallare l'oceano per ficcanasare a Washington tra i Fondi grossi, quelli ammanicati con le agenzie di rating e che tengono gli Stati per le palle; fare il contrario dei giganti ma subito prima e per pochissimo tempo, questa è la legge della filibusta. Ora Folco si trova nel suo elemento perché gli high-frequency trade si fanno coi fondi sovrani, scommettendo sull'instabilità dei tassi e comprando i credit swap incrociati; siamo nel 2007, ormai è chiaro che Fannie e Freddie tremano come gelatine, too big to fail ma proprio per questo tocca vedere chi si è esposto con la Nakheel a Dubai.

Tommaso si diverte di più a leggere i bilanci delle aziende: le magagne dei maggiori gruppi industriali, dagli automobilistici agli elettrici, appaiono luminose come le fratture quando il medico piazza una radiografia davanti alla luce – non è difficile smascherare i bluff, le iniezioni di denaro che non c'è, le fusioni fasulle. Il crollo dell'Occidente padrone-dei-prodotti è segnato, si tratta solo di ipotizzare in quanto tempo e in che modo accadrà; tutti parlano del Titanic ma la metafora che a Tommaso piace di più è quella della fregata francese Méduse – più o meno ai primi dell'Ottocento, incagliata al largo della Mauritania: i più astuti e feroci si salvarono sulle scialuppe, i più pavidi e ingombranti (tra cui il governatore) si fecero trainare in una larga zattera; ma la cima si spezzò e la zattera andò alla deriva, molti caddero (o vennero gettati) in mare: i quindici superstiti raccontarono attoniti scene di cannibalismo a bordo.

Basta considerare la pittura per capire che l'Occidente si era fottuto da molti secoli; tra le varie arti, l'unica con cui Tommaso ha un po' fatto amicizia è la pittura perché è quella che richiede meno tempo per essere apprezzata, se gli occhi ce li hai buoni. È anche quella che in casa fa più figura. Tutto si è deciso, secondo lui, alla soglia tra Cinque e Seicento cioè nel passaggio dalla matematica al melodramma: quelle sante che fanno gesti da naufraghe, quegli appestati che mostrano le piaghe, tutti a sgomitare per apparire in proscenio – non poteva finire bene. Per fortuna io sono un ibrido e posso assistere alla rovina dell'esibizionismo dalla sponda del fiume; c'è Nando che mi aggiorna in tempo reale, con gli accoltellamenti a San Basilio e i calciatori dilettanti che si menano come fabbri. C'è ancora un po' di rozza materia nel piacere di cavare un occhio infilando il manico del cucchiaio nel punto giusto dell'orbita o sentire una mandibola scricchiolare sotto il tuo gomito. Il piacere medio non esiste più, questa è la verità: o perdi un dente scontrandoti con un pugno, o rischi l'ulcera azzardando milioni, o ti scartavetri la cappella a forza di trombare. Se viene avanti un nuovo medioevo, io sono pronto.

Forse invece è proprio nella palude mediana che Tommaso e Gabriella troverebbero un po' di silenzio e di pietà per se stessi; quel respiro di rassegnazione che serve a tendersi la mano. Macché, si pensano in una élite, si scambiano opinioni trendy al posto dei sentimenti; non potendo esiliarsi nella campana del sesso, si spendono in cene velleitarie tra banchieri che hanno corso la maratona di New York, costumisti froci (con golden retriever) ammiratori della Fallaci, figlie di industriali appena uscite da San Patrignano. Coppia chiacchierata perché palesemente spuria e mercenaria (e per di più saltuaria), ma tutto si perdona perché il cibo è buono e la cornice chic – tra denaro e immagine vige una concreta solidarietà: il primo ha bisogno della seconda per impressionare, la seconda ha bisogno del primo per espandersi. Speriamo che non mi debba pentire, pensa Gabriella spogliandosi, io ce la sto mettendo tutta; me la invidierebbero anche alla Goldman Sachs, fantastica Tommaso e quasi non si accorge che lei è già nuda – poi si commuove al solito bocchino premendola con la mano sulla chioma in fiamme, l'unico fuoco vivo della loro commedia.

Tutta colpa di una barzelletta. Era quel momento della serata che alcuni ospiti stanno ancora pascolando intorno al buffet e altri si sono già seduti in terrazza con una bottiglia di whisky; quando il controllo conviviale è allentato e la conversazione sbanda prima di riannodarsi in rivoli minori.

«M'ero già accordato io col concessionario, figurati... mettere dei soldi in mano a lei è come mettere un kalashnikov in mano a un bambino.»

«Tra le auto e le donne non c'è differenza... su tutt'e due si monta, devi guidarle e si svalutano in pochi anni.»

«Con le donne conta come usi la cloche, e la velocità non sempre è un pregio...»

«La cloche non è quella degli aerei?»

«Sì, del secolo scorso...»

«La sapete quella dei quattro passeggeri e dei tre paracaduti? su un aereo viaggiano Obama, il Papa, Berlusconi e uno studente...»

«... e i motori si bloccano; è vecchia... Berlusca si butta per primo, "tocca a me perché sono l'uomo più intelligente del mondo"...»

«... e quando il Papa dice allo studente "vai, io ho il posto in paradiso assicurato, l'ultimo paracadute è tuo"...»

«... lo studente risponde "no problem santità, l'uomo più intelligente del mondo s'è appena buttato col mio zainetto".»

«Attenta cara, così riveli d'esserti trovata in luoghi dove non avresti dovuto andare...»

Nemmeno con troppa malvagità, ma Gabriella è arrossita e s'è alzata di scatto.

«Sei stata anche con lui?»

Questo più tardi, in camera, sbarrate le porte e pagato il personale soprannumerario.

«Secondo te dovrei risponderti?»

«Ti sei trovata bene?»

«Non sono il suo tipo, troppo poche tette... m'ha anche domandato perché non me le sono rifatte...»

«Già, perché? a me piaci così ma avresti avuto più mercato...»

«Perché sono una timida... ai primi shooting speravo che mi truccassero molto, in modo che a scuola non mi avrebbero riconosciuta.»

«Vuoi sapere una cosa buffa? più ti disprezzo e più tra le mie gambe è mezzogiorno...»

«Spegniamo?»

«Voglio guardarti in faccia mentre scendi nei dettagli... eri sola?»

«...»

«A lui non gliel'hai detto "mmm, perché dovrei?".»

«Lo sapevo, il perché.»

«Quanto ti ha dato?»

«Uffa, basta, che diritto hai di... cinquemila.»

«È vero che è sempre pronto, che nessuno è mai presente mentre gli si rizza o mentre gli si ammoscia?»

«Smettila, è stato gentilissimo... non è di lui che dovresti preoccuparti.»

«Ah no? e di chi allora?»

«C'è una persona che vedo da cinque anni... all'inizio non voleva accettarti... l'ha fatto solo perché economicamente è in crisi...»

«Come si chiama?»

«Nemmeno se m'ammazzi... se vuoi, puoi avere l'esclusiva.»

«Quanto mi costerebbe?»

«Possiamo parlarne domani?»

«Sì, è meglio che torni a casa tua stanotte...» (*accarezzandola*) «la tua pelle mi dà fastidio.»

«Non ho niente da rimproverarmi.»

«Ah, dato il raschiamento affettivo, ci credo...» (*andando in bagno*) «e io che ero convinto di essere un upgrade, per te.»

Di giustificazioni ne ho molte, pensa Gabriella in taxi. La vestiarista che l'ha introdotta presentandola a chi di dovere; le vestiariste ti umiliano perché sono delle modelle mancate; io per il portamento facevo le prove coi tacchi spingendo l'aspirapolvere, mi sono guadagnata quello che ho. Tutti a dire Villa San Martino come se fosse il peggio, invece a me m'hanno anche buttato giù dalla macchina, un regista ubriaco che poi ha avuto un incidente; e quella volta che con la Consuelo non siamo riuscite a trovare il casale del buzzurro che ha protestato con la madama al residence. Il paparino ha delle borse sotto gli occhi simpatiche, da stirargliele per rilassarlo. La moglie s'è ammoscata, sicuro; l'importante è che la trasmissione di medicina me l'abbia garantita, a meno che il figlio vabbe'. Con Tommaso me la vedo io. La mia forza è che a lui gli voglio bene sul serio, la prossima scopata lo indirizzo a farmi venire con le mani, i miei orgasmi sono preziosi e uno glielo regalo. I problemi insolubili lo divertono e gli voglio proporre questo: se la ragazza Taldeitali è invitata su una barca e un imprenditore gentile le offre un bracciale di smeraldi insieme alla chiave della sua cabina, lei deve rifiutare il bracciale sentendosi una scema o accettare il bracciale senza andare in cabina, sentendosi un'infame? Può sempre accettare il bracciale e andare in cabina, sentendosi una troia. La soluzione al problema è: un matrimonio e dei figli, ma non subito.

Tommaso si sfoga calciando gli sgabelli e sbriciolando a terra una porcellana di Meissen; "chi cazzo è questo?" – che non lo sapevi, Tommà? "Devi farmi star bene" è la tipica frase di una mantenuta, la prima che t'ha detto. Te o un altro, per lei è uguale. Per me no. Cinquemila al mese glieli posso garantire, anche di più; le farò una scenata, che si spaventi, e poi il contratto. A fidarsi. Se lei non fosse così macchiata non l'avrei avuta mai. Certo è un peccato, che una cosa così potente come la rivalità in amore si riduca al conto della spesa. Inserendo una piccola variabile l'equazione dà finalmente un risultato perfetto; essere per lei la salvezza definitiva. Il contratto, Tommaso lo capisce, non è che un'istanza di rinvio – in fondo alla locanda-del-cuore-in-pace, per avvilente che sia, c'è il matrimonio con la Gabry. Ma non subito.

Tommaso la osserva mentre si appoggia infelice al bracciolo; il corpo di Gabriella si iscrive senza volere negli spazi dettati da una mente eterna – è più che semplice bellezza, è intuito della specie, istigazione a desiderare. Che importano le offese reciproche, le scuse incerte, le sicure menzogne? È nata per creare interrogativi, non per risolverli; ma riscatta col suo corpo migliaia di donne meno fortunate; qualunque posa assuma, anche la più sguaiata, non è lei che imita le foto, sono le foto che imitano lei. Dati immediati, incontrovertibili. Decidere se convenga farne la compagna della vita, anche quando sarà appassita la bellezza, è invece un calcolo fumoso e lontano che nessun analista prenderebbe seriamente in considerazione; sarebbe come scommettere sulla tenuta di Finmeccanica tra duecento anni, magari Finmeccanica non ci sarà più. La vecchiaia è come l'inferno, è inutile parametrarla perché la sua stessa possibilità fa saltare i parametri. Ora poi davvero non c'è tempo, il 2008 si annuncia come l'anno orribile per i mercati mondiali; i titoli precipitano come lemming da una scogliera: l'America scoppierà, se la Lehman è alla canna del gas figuriamoci i piccoli – qualcuno suggerisce di chiudere e scappare con il bottino («lo sai» dice Folco «che significa in Toscana "bottino"? è il pozzo nero, il rifugio della cacca»).

Folco li tratta male i politici («glielo dico io o glielo dici tu che è cretino?»), non sopporta i loro tentenna-

menti e le improvvise impuntature, quel loro paternalismo da parroci stitici, col maglioncino Upim e il calzino corto. Invece (soprattutto i peones) forniscono notizie interessanti sul raddoppio della Serenissima o sul decreto legge per detassare le esportazioni dell'imprenditoria giovanile. Sicché tocca a Tommaso infilarsi per la porticina dietro Montecitorio, al numero ventiquattro; fare attesa nella galleria dei presidenti ripassando i ritratti, dalle toghe e lavallière dell'Ottocento al tailleurino a scacchi della Pivetti. Segretarie tirate in volto per certi biglietti aerei annullati, Scajola e Bobo Craxi che si concedono una pausa sul divanetto rosso; passa un pelato e saluta («sei in splendida forma... io diciotto chili ho perso... oh ricordati, basta un fischio e il team scatta»). L'attesa si prolunga, le votazioni in aula sono a getto continuo, sullo schermo della Telepress ultimissime tra Prodi ed Epifani; il consociativismo definito "un tumore della democrazia" – visto dalla parte delle metastasi, pensa fiaccamente Tommaso, il cancro è una guerra di conquista. Forse Folco ha ragione, chi se ne sbatte di questi pezzenti; ma mentre si è già liberato del badge e sta per uscire arriva il parlamentare trafelato, «mi scusi tanto, non avevo capito il nome».[1]
Il viaggetto a Roma è stato fruttuoso, peccato che Gabry fosse impegnata su un set a Barcellona; Folco non

[1] N.d.A. – Sull'appartenenza politica del parlamentare Tommaso mantiene il consueto riserbo, ma visto che stavolta non ci sarebbe niente di male mi pare lecito interpretare la reticenza come un lapsus: probabilmente è la profonda consustanzialità dei suoi rapporti con la politica che non desidera sbandierare – dopotutto gliel'ho vista io sulla scrivania la foto di Robert McNamara, direttore generale della Ford poi segretario della Difesa e infine presidente della Banca Mondiale. Non si sa mai fin dove possono spingersi le aspirazioni di un uomo.

ha proprio idea di cosa significhi solidarietà, ha sempre potuto volare sulle nubi senza timbrare il cartellino. Quando Tommaso gli ha raccontato entusiasta delle scopate in aereo, e che davvero viene meglio in alta quota per una questione barometrica di pressione sui corpi cavernosi, e che avevano macchiato il sedile di pelle, Folco ha risposto anche Costantino Vitagliano ai tempi belli si era affittato un Hawker 400 per i medesimi scopi.

4.

In una situazione di slavina generalizzata è ovvio che conviene giocare al ribasso; Tommaso fa valere le tecnicità del proprio istinto e mette a segno dei colpi da cannibale, facendo leva sugli indici americani; anche Folco dimostra un buon sistema nervoso scommettendo sulla ripresa della Banca degli Emirati e sull'iniezione di liquidità per salvare le follie immobiliari di Dubai. Ma si sente che non ha più voglia di giocare, per lui la finanza è sempre stata un hobby; è attratto da nuovi gadget, vorrebbe liquidare l'hedge ed entrare in una dark pool con un'altra cordata. Le normali, cordiali litigate si inaspriscono, lasciando un sedimento amaro di astio e dislivello di nascita.

«Stava a te informarmi di chi era nipote il cretinetti, se non sei performante su queste cose non capisco a che servi qui dentro.»

«Oh la la, abbiamo alzato la cresta... lo sanno cani e porci di chi è nipote, se ti occorre ogni volta l'albero genealogico... viene il sospetto che frequenti gli ambienti sbagliati.»

«Non devo darti conto del mio tempo libero, spero... che sarebbero passati dal dividendo annuale al semestrale non risultava da nessuna indiscrezione... certo se l'amministratore delegato è il tuo nonnino, che però sfoggia un cognome diverso, è facile fare la figura del genio.»

«Era troppo azzardato comunque quel trade, potevi immaginartelo che c'era qualcosa sotto, o magari abbassarti a chiedere... shortare con quello spiegamento di forze mentre il titolo è in picchiata...»

«Tutti sono in picchiata adesso, le put devono essere fulminee e se qualcuno cincischia ti inglobi anche le sue... non c'era tempo per...»

«Ah, tu di put te ne intendi...»

C'è stato un attimo di silenzio, come quando il vento cambia direzione nel cuore del tornado e gli animali ammutoliscono, o quando il chirurgo trovandosi di fronte un ostacolo chiede agli strumentisti un altro ferro.

«È tanto che cerchi di dirmi una cosa, Folco, dimmela.»

«Eh niente, solo che sei un esperto di vendite, tutto lì... è un riconoscimento di specializzazione.»

«Con "put" non intendevi quello, stavi parlando di Gabriella... non ti è mai piaciuta e non accetti che me la porto dietro nei viaggi di lavoro.»

«Io sono per la separazione delle carriere.»

«Questa cattiveria supera il tuo livello solito... non credo di potertela perdonare.»

«Dài Tommy, ce la siamo ripassata tutti...»

L'odio è decretato, la resezione eseguita; forse le esigenze pratiche li terranno ancora insieme ma nel cuore di Tommaso una sola sentenza signoreggia e consola, "allora devi morire".

Ormai il Fondo è come un figlio di genitori separati, irreparabilmente traumatizzato ma davanti al quale si evitano le urla; non litigano quasi più, ognuno gestisce il proprio settore e sono distinti perfino gli orari. Rosanna non si dà pace ma anche lei arriva tardi in ufficio – non porta più quelle meravigliose crostate, non brindano col Roederer riserva al best trade of the month. L'estate passa con ferie a singhiozzo, tra botte di spavento e risalite promettenti: broker americani licenziati che si avviano per strada con gli scatoloni, quadri intermedi che dormono in tenda negli exurb ma poi vengono riassunti da Walmart o si riciclano nelle vendite porta a porta, senza nemmeno la dignità degli stracci e della fame. Il Fondo continua a guadagnare grazie al genio di Tommaso per lo short selling e alle riserve di liquidità che alcuni clienti garantiscono.

Gabriella passa da un disturbo all'altro, sfoghi di pelle e gonfiori che la costringono a diradare gli impegni di lavoro. «Tanto varrebbe che rimanessi incinta» – ma è una frase pronunciata a fior di labbra, che entrambi si affrettano a cancellare. Lei gli accenna a un'azienda del bellunese dove fabbricano eyeswear cioè occhiali, «li disegnavo fin da piccola»; deciditi, o fai l'imprenditrice o fai la televisione. È tipico delle mantenute adeguare i propri orizzonti al profilo di chi le mantiene. Tutto sembra facile e impossibile allo stesso tempo, dovremmo essere la gioventù dorata ma chissà perché stiamo a boccheggiare in questo schifo. Beati i poveracci che gli basta uno scooter e il Lido di Ostia. Al momento dello scazzo più devastante, sul private equity da sostenere per il business dell'acqua e Folco che si ostina cocciuto a mettersi per traverso, Tommaso prevale sia perché ha ragione sia perché non gliene può fregare di meno e si muove con l'apatia di un automa. Amore e amicizia non contengono più intimità di quanta ne contenga un diagramma di volatilità storicizzate; sono risultanze comparative, abbreviazioni statistiche; divaricate tra ciò che uno vorrebbe essere e ciò che le circostanze hanno imposto che sia. Gabriella svolge i propri compiti con solerzia, è perfino più presente di quanto Tommaso desidererebbe; passa ore ad annoiarsi in terrazza ascoltando musiche idiote, viene a letto sudata ed esagera col linguaggio greve («tu sei il toro, io la vacca») – forse per sbrigarsi, per levarselo di dosso.

«Sei più affettuosa con gli estranei...»

«Perché con loro recito... vuoi sentirti dire "ti amo"?»

Pochi giorni a Porto Cervo per onor di firma, ancorati al largo; tuffandosi come un tricheco e cercando acqua sempre più nera e profonda, fino a sentirla premere sui timpani, fino alla radice di un Tommasino innocente e solitario che annaspa per riemergere e respirare; la vacanza assoluta di non essere più nessuno, solo uno scompenso di pesi specifici. Poi ad abbronzarsi tra quelli che Gabry chiama "gli scogli beige", ma appena le ombre violette si allungano lei si fa riportare sulla barca col gommone – la Sardegna, sostiene, le scatena brutti ricordi; ma allora perché c'è voluta venire? Single all'Aqualounge, Tommaso offre di nascosto Bombay Sapphire a un ragazzetto che gli chiede «come si fa a diventare come te?»; intorno si parla di Moratti e Mourinho esattamente come a Pietralata, salvo che qui Moratti lo conoscono di persona; poi, con lo stesso livello di soddisfatta approssimazione, anche di regate e di Perini Cup. Scocciato si spinge, ed è già ora di cena, fino al portico della Stella Maris dove rozze cariatidi di granito assomigliano a orsi o a delfini («mamma, che animale è il dorso?»).

Troppo rumore nella sua testa, troppe nostalgie inascoltate; perché l'eccezione si può comprare e la normalità no? Gabriella non se la prenderà troppo se la lascio qui in barca e torno a Roma, tanto ha le sue amiche per spettegolare sulla Cuccarini. Nel buio luccica il display: "attento domattina, sembra un bottom ma potrebbe trattarsi di una flag di continuazione".

«I figli sono rotture di coglioni, the children are rupture of balls.»

Così Nando a un'attrice danese che si lamenta di non averne avuti; la clientela è internazionale nell'albergo di Cayos San Felipe dove finalmente lui e Tommaso si godono il relax vero, di pesca: cernie enormi al bolentino, vento e freddo di fine settembre – all'anima di Cuba e del clima tropicale. La pesca è l'amo a cui Nando ha abboccato lasciandosi invitare spesato di tutto («te vojo dà 'sta soddisfazione de umiliamme»); lui è uno che impara presto, dalla lenza sul Trasimeno al combattimento con marlin e barracuda, accoltella e sviscera con freddezza assassina. Di fronte alle donne fa il rimorchione ma è fedele alla moglie e per i figli si butterebbe nel fuoco – l'ultima sera all'Avana una mulatta con gli hot pants turchese attillatissimi ha rischiato di farlo tracimare ma alla fine l'ha ceduta a Tommaso («vacce te che sei più avviziato, io è mejo che nun me ce abituo»). Per Tommaso la negretta è stata solo uno sfizio ma gli è servita per un'interessante analisi di scenario, un confronto di valori.

È successo che al ritorno, sul suo blog di pesca, Nando ha raccontato il viaggio e alla domanda maliziosa "altre pesche?" ha aggiunto uno smile; la moglie scoprendolo ha reagito da quella coatta che è, gli ha tirato un portacenere e ha avvertito Gabriella – che ha risposto disinvolta («avranno fatto un threesome») e con Tommaso è stata tagliente ma comprensiva («per essere all'altezza di una donna, dovete mettervi in due»). Non le è nemmeno venuto in mente, di chiamarlo pezzo di merda e farlo dormire sul divano.

«Certe volte mi domando perché stiamo insieme.»

«Se non lo sai da solo, è inutile che te lo spiego.»

«Perché sei bellissima e perché devi rispettare un accordo, ma basta?»

«Io sto con te perché sei scemo, sei talmente scemo che non t'accorgi di essere scemo.»

«Voglio una casa, dei bambini... se a te di me ti importasse qualcosa...»

«Okèy, tagliamo la testa al topo... rinuncio al mio loft e mi trasferisco da te.»

«Vorrei che fossi tu la mia casa, e non inseguirti sempre come la madonna pellegrina.»

«Tu mi insegui? di questo film non ne ho visto neanche un frame...»

«Un frame, tagliare la testa al topo... ma dove hai imparato a parlare così? i volants della camicia ce li hai nel cervello.»

«Ti piacerebbe, essere all'altezza di una camicia bianca di Ferré... invece sai solo comprarmele.»

«Da quando ti ho visto ho pensato di me non si innamorerà mai, ma dei miei soldi sì.»

«Perché sei meschino, pesante e meschino... sei tu

che hai paura dei tuoi soldi, non io... io coi tuoi regali guarda cosa ci faccio.»

Erano a cena a Sabaudia, in un tramonto che si sfiniva; un bracciale di smeraldi colombiani e oro bianco, dopo un breve volo, è finito in pasto ai pesci o sepolto nella sabbia del fondo.

L'idea è venuta a Irene, benché fosse triste perché l'avvocato l'ha trattata male («me telefona e me fa mia moglie non c'è, è in montagna... ma che se crede, che so' un rimpiazzo?») – si è fatta descrivere il bracciale per filo e per segno e dove l'aveva comprato, lì per lì Tommaso non capiva; ma certo, ricomprarlo quasi uguale e inventare la favola del pescatore di telline che l'ha ritrovato rastrellando il fondale; che le minime differenze rivelino la verità strappandole un sorriso.

«Si la vòi, 'na famija, devi da portà pazienza, nì.»

L'umanità di Tommaso è al sicuro presso sua madre, come se la tenesse in cassaforte.

Per assuefarsi alla ricchezza occorre un allenamento di anni, se non di generazioni; e quando finalmente te ne sei intriso la verità della vita si stacca da te come una foglia secca. A forza di eludere le difficoltà grazie al denaro, si fa come la colomba che si illude di volare più agevolmente senza l'attrito dell'aria – accorgendoti di precipitare ti inventi appigli in extremis ma non hai più gli organi per combattere e può accadere l'incidente. «Non è un ruzzino per donne» diceva Folco della sua passione di velista; con un trimarano, o che diavolo era, si trovava al largo della Mauritania sulla rotta tra le Canarie e il Senegal: una raffica improvvisa ha spezzato l'albero e rovesciato l'imbarcazione – i soccorsi sono stati tempestivi e l'equipaggio s'è salvato, ma per Folco colpito dall'albero alla nuca non c'è stato niente da fare.

Lascia qualche provvisoria vedova inconsolabile, quelle sue nobildonne cinquantenni col corpo da ragazza perché hanno altri piaceri oltre al cibo; alcuni amici con Parkinson lussuosissimi e i martini rigorosamente Tanqueray. Ha ricevuto troppi vantaggi dal padreterno per dover spendere su di lui lacrime amare; ha sempre cercato il disimpegno e ora ha raggiunto l'indipendenza assoluta. Forse se n'è andato giusto in tempo per non essere costretto a ritirarsi da una partita diventata eccessivamente brutale per lui.

Ormai il mondo è piccolo come un pugno, il denaro ha sconfitto la geografia; in millesimi di secondo, nell'etere, si spostano capitali e si invertono fortune; un clic del mouse e sorgono palazzi di vetro in periferie desolate – palazzi che resteranno vuoti perché la loro unica funzione è riciclare l'immaginario. Neonate metropoli cinesi condizionano lo squallore di antichi centri siderurgici; non più centro né periferia, segni urbani disarticolati si fanno beffe di patria e territorio. Non è vero che gli aeroporti siano dei non-luoghi: che si presentino come infiocchettate capsule del lusso o come casermette ai margini del deserto, con gigantografie di sceicchi inturbantati o con la scritta in bella mostra "advertising space available", sono il luogo perfetto per chi è scontento di sé.

Il Gujarat è la punta occidentale dell'India, una farfalla blu posata ai confini col Pakistan; se nell'attuale frizzante mutazione conviene scommettere contro l'Occidente e l'Europa, quale meta migliore di questo polo dell'industria pesante dove i templi jainisti di marmo tortile sono sovrastati dai fumi degli altiforni? Tommaso si è deciso a muoversi, sia per godersi Gabriella tra specchietti e garofani arancioni sia per insofferenza verso la grama litania dei lunedì neri e dei default a cascata – sveglia, non lo sapete che basta spostarsi di otto-nove meridiani per verificare una crescita industriale intorno al dodici per cento? Gabriella si lamenta che i ministeri sembrano i condomini di Tiburtino Terzo e le poltrone di pelle nella suite vengono direttamente dalla sala d'aspetto di un dentista; esige i rubinetti d'oro promessi dal dépliant e i massaggi ayurvedici, fa i capricci come una bambina. Ma è adorabile quando appena uscita dalla doccia (l'umidità e l'afa sono insopportabili), con la zazzeretta rossa ancora bagnata, ritrova la sua allegria da autostoppista e proclama «vabbe', andiamo a vedere i lombardi operosi».

L'Anofol è un'azienda di Pioltello che fattura quindici milioni e produce alluminio anodizzato (da lì veniva quello che lavorava mamma Irene); ha firmato recentemente una joint venture con la Miro per l'avvio di una linea che triplicherà la produzione italiana; sono previsti trentacinque milioni di ricavi nel 2010, gli operai indiani salutano a mani giunte e sussurrano namasté. Il computer certe volte non basta, bisogna respirare la mitezza e gli occhi da bovino rassegnato per capire quanto si potrà essere confident nei listini – Folco aveva ragione, il sopralluogo è un pretesto che regge. I canali tra le canne reincarnano le marane della sua infanzia ma stavolta con lui c'è una donna colore del cielo – domani Gabry avrà la sua razione di sari e oro e tappeti, il campo da golf con le ninfee negli ostacoli d'acqua; calpesterà petali come una regina e gli lascerà intrufolare la lingua nelle mucose più segrete. Unire turismo e lavoro riempie di un particolare senso di pienezza perché gli dèi della meccanica e del dovere ti mettono la natura e l'arte a disposizione – il sesso è in sovrappiù.

Durante il volo le strumentazioni elettroniche devono restare spente, non lo saprà fino a Roma se Obama ha vinto; all'aeroporto di Delhi distribuivano le spille con lui che abbraccia la moglie sorridente e la scritta "we love Michelle". La politica balla i suoi balli, i popoli si entusiasmano, il desiderio ridisegna le placche sottomarine e l'economia sovrintende ai futuri terremoti. Comincia con un vuoto d'aria, reale perché anche Gabriella ha sobbalzato; ma mentre gli altri passeggeri si riprendono con una risata nervosa dal leggero spavento, Tommaso ha l'impressione che l'apnea continui, il diaframma non riesce a ritrovare il giusto ritmo. Come se avesse un bolo da espellere, ruttando o vomitando starebbe meglio; va alla toilette ma il vomito non viene. Si infila due dita in gola come quando mangiava troppo, vecchi gesti; in risposta un rantolo impotente e una fitta allo sterno nella zona del cuore. Un infarto, è così pallido mentre torna al suo posto che Gabriella impallidisce di rimando, «amore che c'è?».

«Mi chiami amore adesso perché sto morendo.»

Ma non ha tempo per scherzare; si preme una mano sotto le mammelle e fa esercizi di respirazione sempre più affannosi; accorrono due hostess troppo gentili per servire a qualcosa, c'è un medico a bordo? Il grido è stato di Gabriella, istintivamente in italiano – lo steward vorrebbe allargargli le braccia ma Tommaso resiste come chi annega, sente gli arti indolenzirsi; è un uomo grosso e forte però l'aorta sta cedendo. «Stia calmo e respiri lentamente» – un medico col serafico accento emiliano si è inginocchiato davanti a lui e gli controlla il polso; Tommaso lotta col soffocamento come i pesci di profondità quando le reti li catturano, «aiuto».

«Il polso è regolare, settantotto battiti... non cerchi di vomitare, non sta succedendo niente... non sverrà e non morirà... questa è una crisi di panico bella e buona.»

Intermezzo

Pronto? Qui parla l'autore... Lo so, avevo promesso che non mi sarei più ripresentato sul proscenio – non avrei più ostentato la mia persona ma avrei obbedito con ligia sobrietà alle regole del narratore onnisciente, integrando e inventando quando mi fossero mancate le informazioni. Il verosimile è un verde praticello in declivio dove non si rischiano né querele né accuse di esibizionismo o cattiva educazione; ma ora è in gioco la natura stessa del mio mandato, il committente minaccia la revoca dell'incarico e ciò facendo scalza alla radice le motivazioni e il senso della scrittura – intervengo per legittima difesa, angosciato dal possibile insabbiamento del progetto.

«Non sono più sicuro di voler raccontare la mia vita... prima eravamo dei vincenti figli di mignotta, era carino mostrare il lato fragile... adesso sembriamo dei malfattori del genere umano che si ingrassano sulle disgrazie della povera gente.»

«Ragione di più per spiegare che non è vero...»

«In questi pochi mesi è cambiato tutto... vorrei evitare la scusa del "se non lo facessimo noi lo farebbero altri"... il capitalismo finanziario funziona così, non è che ci si sveglia adesso e lo si impara come una novità... bisogna bere il calice fino in fondo, seguendo la legge che tutto è in vendita dovunque e in qualunque momento... un'alternativa c'è ma si chiama rivoluzione.»

I muri sono talmente spessi, in questi palazzi secolari, che non occorre l'aria condizionata; la fontanella bagna gli oleandri mentre le Giuditte e le Cleopatre ritessono al fresco nelle stanze interne i loro gesti estremi, sfiorate appena da qualche barbaglio di luce del terrazzo.

«Sei solo? Gabriella dov'è?»

«A Francoforte, a inaugurare l'Italia in tavola o un'altra minchiata così... l'ultima cosa che abbiamo visto insieme è stata una mostra qui a Roma, "Issey Miyake e l'origine del plissé"... venisse davvero uno tsunami che si portasse via tutti i parassiti a tradimento.»

«Ma voi com'è che riuscite a fare affari in mezzo alla bufera?»

«La strada principale è lo short selling, ma ho idea che fra un po' il giocattolo ce lo sequestrano perché saranno proibite le vendite allo scoperto... poi naturalmente si può trafficare con gli swap sulle materie prime, tra prezzo fisso e variabile... e quando comincia l'altalena quella proprio isterica tra su e giù puoi fare lo straddle.»

«Che sarebbe?»

«È molto tecnico... in sostanza compri un certo, anzi un bel gruzzolo di call e uguale di put, con l'identico prezzo d'esercizio e scadenza il medesimo giorno... guadagni comunque, te l'assicuro, sia verso l'alto che verso il basso... l'importante è che le variazioni siano molto significative... in pratica tieni i piedi in due staffe come dice la parola stessa, "a cavalcioni".»

«Almeno voi vi divertite...»

«Walter scusami, non ti ho neanche chiesto come stai.»

Calzoni grigi di lino, sandali infradito e una Lacoste blue navy alla deriva nel dilagare della pancia; tra gli alieni è il meno pericoloso ma la confidenza è un'altra cosa.

«Questa cazzo di vita non vuol finire, Tommà... quando la famiglia d'origine marcisce, è più forte il rimpianto di non averne una tua.»

«Mi spiace di sentirti depresso... speravo che con la soluzione della casa le preoccupazioni fossero finite.»

«No, hai ragione, sono scortese... mi si è tolto un grosso peso dal cuore e in realtà dovrei ringraziarti per tutto, non solo per la casa... è la recente necessaria amputazione dell'erotismo che non vuole cicatrizzarsi... come buddista sarei un fallimento.»

«Se fossi bravo come te a trovare le parole... sono curioso, a che punto sei arrivato col racconto?»

«A novembre 2008, al ritorno dall'India.»

«Sembrava un uragano ed era solo un venticello... comunque sono stato disonesto, ti manca un dato.»

«Cioè quale?»

«Lo straddle non l'ho fatto solo coi miei numeretti... da un anno e mezzo tengo in piedi una relazione con un'altra donna.»

«Ma dài, senti senti... guarda che sei tu quello brutto, eh? pensavo davvero che alla fine vi sareste sposati tu e Gabriella.»

«Ho tenuto il freno a mano tirato... continuavo a vedere altre donne perché ero terrorizzato che lei vedesse altri uomini... non capivo se voleva essere libera o sotto sotto chiedeva d'essere schiavizzata.»

«Non lo sai che la bellezza è soprattutto ingiustizia e incoerenza logica?»

«La storia del matrimonio era più promozionale che altro... quando l'ho mollata in Sardegna, per esempio, sono andato a Ischia a trovare una sposina disperata... una di quelle che sembrano cresciute dentro una casetta di marzapane.»

«M'ero programmato un Thackeray e mi ritrovo tra le mani un Philip Roth, se va bene... te pòssino... certo i soldi sono proprio uno specchio magico, deformante all'incontrario.»

«Il buffo è che con questa i soldi c'entrano poco, anzi semmai sono un problema... lei si chiama Edith e fa la scrittrice, non t'avevo detto niente perché forse la conosci... da parte sua ti stima molto.»

«Edith come, scusa?»

«Edith ***.»

«Nnno... non mi pare... però dài, una scrittrice? chissà perché mi sono già ammosciato... voi masnadieri, voi protagonisti del concreto... come l'hai conosciuta, tra l'altro? a 'sto punto mi devi fornire l'errata corrige... l'accordo era di considerarmi una bara tritatutto, anzi un buco nero in cui tutto entra e si trasforma ma da cui niente esce.»

Alla crisi di panico in aereo ne erano seguite altre nei momenti meno opportuni; non ne era mai stato soggetto da ragazzo quando era più nevrotico, sicché s'era convinto a qualche seduta da uno psicoterapeuta. Edith aveva l'ora subito prima della sua, un giorno gli aveva rubato quindici minuti e s'era scusata («di solito evito di svenire durante la terapia, ma oggi il colpo è stato troppo forte») – lo fissava con gli occhi gonfi, come se portasse su di sé lo sconcerto del mondo. Fin che due settimane dopo non l'aveva trovata, uscendo dopo la cura, ancora sconvolta nella guardiola del portiere («non credo di poter guidare»). È cominciata così.

«Baciarla mi piace, e parlare con lei tantissimo, ma al suo fisico non ci sono ancora abituato... preferisco tenere la luce spenta... l'idraulica del sesso va molto bene però gli occhi non vedono quello che vorrebbero vedere... quando si spoglia per fare la doccia è come se mi prendesse a schiaffi...»

«Su questo argomento mi dichiaro prigioniero politico... non sono la persona adatta a dare consigli.»

«Ha cinque anni più di me, ma non è questo.»

«Ci sono altre informazioni fondamentali di cui mi hai privato?»

«Non sei mica il mio confessore... forse avrei bisogno di tornare nel seno di madre Chiesa, magari mi rifaccio vivo alla Caritas... ammesso che ci sia mai stato, nel seno...»

«Forse sei stato in troppi... a proposito, mi spieghi perché tanti draghi della finanza si dichiarano cattolici, o comunque religiosi?»

«Be', certe volte vien voglia di raccomandarsi a Dio... a parte le cazzate, c'è tutto un mondo normale che si rischia di non vedere più... ti abitui all'astrazione per cui nemmeno l'ipotesi di Dio ti scandalizza... suppongo eh, così a vanvera...»

«Più che una conversione, servirebbe una riconversione.»

«Esattamente... hai trovato l'espressione giusta.»

«Il tuo umile fornitore di retorica.»

Le Cleopatre e le Giuditte mi sorridono, ce l'ho fatta un'altra volta; accendiamo le luci, altra vita può scorrere – altro sangue non mio con cui nutrire il mio cadavere.

«Sono confuso e la cosa mi fa incazzare... non so chi sia più gretto: se sono i mercati o chi vorrebbe tornare alla botteguccia e all'orticello.»

«In che senso sarebbero gretti i mercati?»

«Vedi il casino che fanno sulla Tobin tax, che sarebbe la puntura di una pulce... neanche loro sanno pensare in grande.»

«Forse la grandiosità è possibile solo nell'infamia, tipo il tizio che ha ammazzato tutti quei giovani socialdemocratici in Norvegia...»

«Certe volte non ti rendi conto di quello che dici, ti scappa la frizione... facciamo che è una licenza poetica.»

«Purtroppo è molto peggio, è una mia forma di stupidità... credo di dire cose intelligenti solo perché le sparo grosse... sento fraterno chi si mette fuori dall'umano, come se fuori dall'umano ci fosse qualcosa... può darsi che tu abbia scelto l'evangelista sbagliato.»

«Non vorrai mica mettere in piazza i miei amori clandestini? così me le fai perdere tutt'e due.»

«Tranquillo, sono bravo a travestire... ma perché la bugia risulti convincente devo sapere tutta la verità.»

E se ci fosse ancora speranza?

1.

"Con threesome si intende una forma di sesso di gruppo cui partecipano tre persone in qualunque tipo di combinatoria"; per l'unica combinazione che gli interessa Tommaso ha capito che molto si fa con le mani. È con le mani che le donne si scaldano tra loro e che vogliono essere eccitate dall'uomo quando sono in coppia; mani vischiose che scavano e picchiettano, e comunque ce ne sono sei a disposizione mentre di cazzi ce n'è uno solo. Le due amiche preferiscono tenere il maschio sdraiato sulla schiena perché così possono far prevalere la loro superiorità numerica, anche quando si esercitano nel doppio pompino pur continuando a baciarsi. Il maschio si ritrova a essere, volente o nolente, nella posizione di chi fa il morto in acqua – spettatore estasiato e passivo.

Amiche fino a un certo punto: chissà come e dove l'ha conosciuta questa Inés, argentina bionda. «Non chiamarmi Gabriella in sua presenza, chiamami Gloria»; «tranquilla, non ti chiamo proprio»; dev'essere una escort raccattata all'ultimo momento anche se pretende di non essere pagata. Ma l'intesa sessuale tra loro c'è eccome, sanno dove e cosa toccare l'una dell'altra: mentre lui le possiede alternativamente, si gridano a vicenda puta o troia ma senza offesa, per incitarsi a godere. Ridacchiano del suo imbarazzo, della scarsa agilità nel trovare gli intrecci («pareces un armario»); quando finalmente riesce ad alzarsi in piedi lo rispettano di più: la Gabry chiede a Inés se vuole che le si infili un dildo in lattice e lei scuote la frangetta «no, hay demasiado lui». Tommaso si è trattenuto a lungo, non sapeva decidersi se sborrare dentro l'una o dentro l'altra, tutta una quadriglia di preservativi messi e tolti, in buchi di diverso rango e pulizia. Decisivo è stato quando, inculando Gabry, lei ha strillato perché nel frattempo l'argentina le strizzava con due dita le piccole labbra.

Non sono mai venuta così davanti a lui, pensa Gabriella incerta se rallegrarsi o pentirsene – non capisce se è stato un omaggio quello che ha fatto al suo orsone, un regalo sincero, o una confessione implicita che lui non le basta. Non sessualmente, lei non è una vorace, una mangiauomini, e i belli davvero la lasciano indifferente – quel che la distanzia mille miglia dalle disponibili tipo Inés è che questo numero l'ha organizzato per amore: il sesso tra lei e Tommaso è come un peso, un'incombenza da espletare che ostacola la tenerezza – se questo compito lo svolge un'altra («e quando sto in tandem anch'io mi sento un'altra») è più facile amarlo per quello che è, guardarlo indulgente negli occhi impreparati e nei fianchi troppo larghi, accarezzargli il grosso foruncolo sulla schiena e offrirsi compagna, sua.

Che due ipocriti, pensa Inés, che vita infelice devono avere se hanno bisogno di involucrare un terzo per essere soddisfatti; ero la sola che manteneva un contegno, loro erano scoordinati. I ricchi si sporcano di capricci perché non sanno più che cos'è un desiderio genuino, come il mio quando torno a Rosario da mio marito; certo la Gabita è bellissima, con il pelo della fica dipinto color fucsia.

Tommaso s'è infilato l'accappatoio e vorrebbe che l'argentina fosse già sparita, invece è ancora lì che dettaglia con troppi particolari l'incidente: «una cretina chi se ne pensa che es la ultima maraviglia essistente, ma mai me ha parlato in tres años, y a comenciato a ensultarme y dele offese chi no abievano senzo... dopo di ascoltarla le digo hai finido lei dice no y me comencia a menare... obviamente li ho respuesto, li ho espacato la nariz però la mia lente se rumpe, me fanno chirurgia per trarre via i pezzi de lente y cuscire la cornea... debo stare atenta coi punti...».

Ecco forse perché l'occhio sinistro le lacrimava. La villa è affittata fino a mezzogiorno domani, sarà meglio non addormentarsi troppo tardi; Gabriella soprattutto, che la mattina ci vogliono le fanfare – e in casa no perché poi restano dei ricordi strani, e in albergo no perché ci possono riconoscere, figurati; ammettendo che Inés l'abbia ricompensata Gabriella, resta il fatto che l'affitto della villa costa più di dieci zoccole messe insieme. Gli viene in mente il povero Folco che gli raccontava dei bordelli sadomaso a New Orleans; è una maledizione che i piaceri non aumentino con l'aumentare della spesa.

Se uno dice "psicosomatico" sembra che si tratti di una sciocchezza, una roba di stress e ipocondria – invece sarà pure psico però è anche somatico, il corpo si lesiona davvero; la paura segreta di Tommaso non è l'ulcera ma l'infezione dei by-pass intestinali, stanno lì da più di quindici anni e sa di aver trascurato i controlli. Da quando è rimasto solo a gestire la crisi (ora si accorge di quanto fossero utili le relazioni di Folco e le sue conoscenze giuridiche) ha sempre meno tempo per il trade puro, che in fondo lo rilassava, e sempre più deve interfacciarsi con amministratori più o meno disonesti, commercialisti, faccendieri – col loro inglese pieno di "the" e le facce di tolla, l'innalzamento della soglia probatoria per le rogatorie internazionali e simili amenità. Respira lento per ricacciare la bolla dell'aerofagia. Al Quisisana l'hanno fatto aspettare più del dovuto per la risonanza magnetica: era digiuno, pressione bassa, «mi sento svenire» – tutto ingiustificato, han dovuto iniettargli un calmante perché aveva afferrato l'infermiera per il collo e gridava sto morendo fate qualcosa, peggio che in aereo.

Lo stress è anche una soluzione per non farsi troppe domande. Nella giungla equatoriale, dove piove enormemente, alcuni pesci minuscoli vivono nelle pozze formate dalle orme che gli elefanti lasciano nel fango; quello è tutto il loro orizzonte; però hanno imparato a saltare, anche all'asciutto, e di muschio in muschio raggiungono i fiumi. I ricchi autentici, quelli che comandano il mondo, stanno calmi e fondano dinastie; benché siano anch'essi sottoposti agli uragani e alle palpitazioni diffuse della vita privata, ciononostante garantiscono carreggiate prioritarie e superbe per figli e nipoti, sterminati possedimenti autonomi come feudi. Miliardari e naturali. Tommaso non ha abbastanza cultura per inventarsi un uso originale della ricchezza ma ne ha troppa per accontentarsi del consumo; lui lo traduce a se stesso dicendosi che i suoi soldi sono allo stesso tempo benedetti e inutili – eccomi qui, a trentatré anni compiuti (l'età di Cristo), con una carriera al di là di ogni più rosea speranza, un sistema nervoso intaccato e una vita sentimentale aleatoria. Nessun messaggio per i posteri.

Flat. Perfino la curva della passione si smorza nel piattume. Non si penetra davvero la bellezza, come non si riesce a passare sotto l'arcobaleno; appena un corpo lo usi lo deformi e si deforma anche il tuo desiderio per quel corpo; la perfezione non si evolve, può solo allontanarsi o decadere. I momenti più belli, con Gabry, sono anticipi abusivi di una placidità matrimoniale che pubblicizziamo entrambi pur sapendo che non si realizzerà mai.

«Vuoi mettere con quello di Pompi... questo costa di più ma si fanno pagare il nome del locale.»

«Certo l'altro nome non è che sia il massimo... ti pare che uno che vende il tiramisù si può chiamare Pompi?»

«Vabbe', sei tu che sei fissato coi doppi sensi.»

«Perché voi donne non sapete scherzare? e poi non c'era neanche il caffè in quello che ha portato la colonnella l'altra sera.»

«Per forza, era alla fragola...»

«Mi dài la mano?»

«Perché?»

«Così, mi piace tenerti stretta.»

«Ci andiamo martedì al compleanno della Venier?»

«Se non mi costringono a bere il mojito analcolico, con la schweppes al posto del rum... a proposito... cameriere, mi porta un succo di pera?»

«Di cosa l'hai chiesto?»

«Di pera... di cosa avrei dovuto chiederlo?»

«Di mirtillo, di solito qui lo chiedi di mirtillo.»

«Ah già...»

«Sei cambiato... non volevo dirtelo ma sei cambiato...»

Nemmeno a me piace fare la corte alle vecchie carampane, si difende Gabriella, ma quella là a Rai Uno conta ancora molto e soprattutto conta il suo manager; con gli scandali recenti il vicedirettore è caduto in disgrazia – il mio programma di medicina mi sa che è saltato, almeno trovassi collocazione come inviata nel pomeriggio. Tommaso è una certezza, anche se adesso quando dice "ti amo" non ha più la bavetta alla bocca – forse mi stima di meno ma gli sono diventata più necessaria. Gabriella a Tommaso dice "ti voglio bene", non è una disonesta; "ti amo" l'ha azzardato soltanto con un ragazzo di Mantova che lanciava il giavellotto, avevano diciassette anni e si vedevano in bicicletta sotto i pioppi. Lei voleva sempre stare nei suoi pensieri, fingeva disastri in famiglia pur di sentire la sua voce. A quei tempi sognava di fare la ballerina, essere ammirata mentre si muoveva: le vocazioni mancate stingono su tutta l'esistenza. Tommaso mi ammira ma dopo dieci minuti se lo dimentica – probabilmente è lui il porto familiare, il modo giusto per chiudere una stagione disordinata. E se invece gli applausi fossero ancora possibili, se potessi brillare di luce propria? L'occasione migliore, diceva mio nonno, è sempre la prossima. Se ci fosse ancora speranza?

Si annaspa, si annaspa. Gabriella non deve saperlo ma i listini continuano a crollare, nel gennaio 2010 era prevista la ripresa che invece si annuncia timidissima, l'effetto Obama è già evaporato; Tommaso sa che come si guadagna in fretta altrettanto in fretta si perde credibilità, dopo i rendiconti 2009 qualche investitore è mancato all'appello – si consiglia con chi l'ha sempre sostenuto e il soccorso arriva dal nulla, come se l'avesse mandato il Signore; ci dev'essere una linea privilegiata in cielo per chi non può tornare indietro.

Boris ha quarant'anni, occhi celesti e acquosi che contrastano col fisico tarchiato da meridionale; il padre era un latifondista nel foggiano, precisamente ad Apricena verso il lago di Lesina. Ma di Apricena ricorda poco (i campi di girasoli, una chiesa alta e grigia in fondo alla piazza, un cane a pelo lungo) perché a undici anni è partito con la madre, una russa di Leningrado alta e bionda. Mai più tornato in Puglia dove il padre si era impelagato in una storia di ricatti e minacce, per colpa di una borghesuccia con due fratelli nella Democrazia Cristiana; tra il padre e la madre era finita nell'odio, unica eredità paterna la stempiatura precoce. E invece no, i soldi se li era ritrovati a trent'anni su un conto coperto in una banca libanese, quando il padre era morto e a Pietroburgo era arrivato un notaio; in mezzo era passata la Storia, la fine del comunismo e il resto. Boris si era laureato giustappunto in Economia e s'era impiegato a ventiquattro anni presso la banca Berezovskij; era il periodo che le ambasciate all'estero alienavano l'oro centrale e le industrie di Stato venivano svendute a prezzi irrisori. Nel mulinello ci aveva buttato del proprio e s'era divertito a giocare al magnate; aveva successo con le ragazze, molte lo scambiavano per cosacco. Ma l'amore l'aveva trovato a Lugano per una studentessa comasca, avevano disceso i laghi e s'erano sposati a Milano; lui era stato banker alla Cariplo poi amministratore delegato di una società importatrice di combustibile – la proposta a

Tommaso suonava sostituisco il tuo socio defunto, ti porto in dote capitale fresco e ci appoggiamo alla mia finanziaria, ci può fare comodo soprattutto nelle manovre sottomarine.

Il mutamento era piccolo in apparenza ma comportava un cambio di strategia: occuparsi molto meno di aziende e azioni (in cui Tommaso era specialista) per nuotare nella finanza di secondo grado, tra le fluttuazioni dell'eurodollaro e le capriole dei prestiti interbancari; inseguire denaro senza padrone, pura nominalità senza origine, "soldi migratori" come diceva Boris.

«Il mondo è in debito con se stesso e noi ci prendiamo la percentuale.»

«Acrobati sul filo...»

«Senti, sta' a sentire, l'ho visto nel '95 quanto conta la realtà... la Sibneft era sana, con ottime prospettive nell'Artico... valeva cinque miliardi, una delle più toste società petrolifere del Nord... con un prestituccio da cento milioni ce la siamo sgranocchiata...»

«C'era una nazione allo sbando...»

«Cazzo va bene... se ti cachi sotto è meglio che ne parliamo subito... qui dobbiamo fare fuochi d'artificio o si muore.»

In altri tempi Tommaso avrebbe resistito di più, avrebbe lottato per far valere le proprie ragioni[1]; ma Boris lo intimidisce con la sua vita piena, tre figli e nessun malessere vago; lui invece, con Gabry, è come quei frutti che marciscono prima di maturare. Nessuno dei due ha mosso un passo verso l'altro, ipnotizzati dalla vastità

---

[1] N.d.A. – Su quali fossero esattamente le sue ragioni Tommaso tergiversa, né spiega bene perché Boris abbia avuto fin dal primo impatto tanta autorità su di lui; forse era l'inizio di un down psicologico che non vuole ammettere e che sta ancora durando.

del possibile. Continuo a scoparla come un adolescente infoiato; ma ora che ho l'esclusiva posso anche farne a meno, mi basta tenerla in cassaforte. L'opzione non scade, posso prorogarla e intanto cercarmi un amore corrisposto, il contratto lega lei e non me. Si sveglia a metà della notte bagnato di sudori freddi, certo di non essere nel giusto; si incazza al telefono («valori di mercato tersicorei... dica ballerini, ma come parla, scusi») con clienti permalosi che poi si lamentano, la nevrastenia sta compromettendo l'efficienza sul lavoro.

Il terapeuta gliel'hanno presentato come qualcosa di diverso da un analista («ti rimette in sesto la macchina, se ne frega delle cause profonde»), ma evidentemente procedono più o meno tutti alla stessa maniera, anche lui dà molta importanza ai sogni. Tommaso ha pesi più gravi da espettorare, il padre in galera, gli amici traditi, l'immaturità emotiva – e quel coglione si fissa sulla lingua di manzo. Tommaso ha sognato che comprava per Gabry una lingua di manzo di almeno due chili e che lei invece di cucinarla gliela srotolava sul piatto cruda costringendolo a mangiarla così, senza un intingolo.
«Forse voleva dirmi che in certi momenti parlo troppo.»
«Prima, per lapsus, non ha detto "cruda", ha detto "viva"... e ha aggiunto che si muoveva... per lei cuocerla significava ammazzarla?»

2.

A dispetto del terapeuta, il sogno era forse semplicemente una premonizione: è Edith quella che parla e parla, a partire da quel ritorno in macchina – che l'ultimo amore l'aveva abbandonata per una ragazzina finto-ubbidiente e con le ghiandole mammarie in tripudio, non mi umilia il tradimento ma la banalità, lo squallore culturale, li scelgo intellettuali e più grandi di me eppure mi lasciano sempre loro, probabilmente risulto insopportabile, tu lo so che non sei più grande di me, lo vedo, io i quarant'anni li tengo nel mirino sono la mia prossima meta, però hai il fisico maturo, a me piacciono belli grossi e protettivi ti avevo già spiato altre volte in anticamera e avevo fatto cattivi pensieri, avevo notato i capelli dritti sulla nuca per via del lettino, alla mia età il giochetto della ritrosia non ha più senso, ieri il vigliacco l'ho sputtanato in tutto il quartiere, l'ho raccontato alla salumiera e al giornalaio, se le assuma intere le responsabilità io non ho niente da nascondere.

«Prendi fiato.»

Edith insegna latino, vedi caso (non è forse il latino una "lingua morta"?) anche se la sua grande ambizione è la scrittura («alcune mie poesie sono state musicate da Sotiris Sakellaropoulos, ma per far arrivare il messaggio ora c'è bisogno della prosa»); fiutando il tipo Tommaso ha pensato adesso mi mette una mano sul pacco e mi invita a salire – invece ha prevalso il ritegno della professoressa, l'ha salutato e ringraziato: solo la settimana successiva è arrivato l'invito, lasciato nella portineria del terapeuta, "bene cenabis apud me".

Edith ha una bella risata rotonda, pulita; una che ride così ha la coscienza a posto. Il suo difetto più visibile è l'invadenza, non puoi dirle che la lavatrice si rifiuta di fare il risciacquo che subito ti snocciola le marche e si offre di cercare su Internet il libretto di istruzioni, se le rispondi che per questo ci sono i filippini ti squadra come un orco negriero imperialista; si preoccupa per qualunque cosa riguardi Tommaso, dalla scarica improvvisa di starnuti alla crosticina sul labbro. Controlla gli scontrini, cerca le tariffe you and me, contesta i conti del ristorante; manda degli sms con scritto "un lungo bacio lungo la schiena", per fortuna che è una scrittrice. Comincia esagerando in discrezione, "posso chiamarti?" sul display del cellulare, ma se le dài un dito si prende il braccio, per gli standard di Tommaso tre telefonate al giorno già si configurano come molestia. Non è abituato a essere accudito, soprattutto gratis («potresti evitare di chiedermi che cosa ho mangiato, e se mi fa male alla pancia?»; «se non rispetti te stesso non rispetterai nemmeno gli altri»; «ma le gallette di riso soffiato mi fanno schifo»). È faticoso farle accettare il minimo regalo, se poi sa che ti sei servito di uno shop assistant o anche solo di Interflora diventa una bestia, «la prossima volta muovi il culetto e le orchidee me le scegli personalmente».

A letto non conosce remore né tabù, prende il corpo di Tommaso e lo rivolta da tutti i lati, lo bacia e accarezza in punti che lui non ricordava nemmeno di avere, dietro i polpacci o sotto la pianta dei piedi; dopo il coito normale, in cui gode a sentirsi schiacciata sotto il peso, si inginocchia davanti a lui supino, gli solleva le gambe e lo fa venire una seconda volta con la bocca. Accoglie lo sperma come una manna di disperazione. Struccata, le costole sporgenti e i capelli in disordine, il suo viso somiglia al crollo di una diga. Tommaso si scopre timido, renitente a lasciarsi adorare perché non l'ha mai fatto nessuno ("di solito sono io quello che desidera"); ma poi che delizia aprirsi sotto mani esperte, dare la libera uscita a tutti i pori, non vergognarsi dei pettorali cascanti e leggere negli occhi di lei una *reale* gratitudine. Edith sostiene che a eccitarla è soprattutto l'odore di Tommaso, quello selvatico che lui si è sempre sforzato di nascondere sotto il profumo; lo annusa scrupolosamente e ansimando sotto le ascelle («sembri una cagnetta da tartufi»); i suoi orgasmi sono preoccupanti, coi suoni di una cavalla in agonia, spaventano come attacchi epilettici.

Si ostina a non voler metter piede nel palazzo di via della Gatta, anche se Gabry sta lavorando in Francia («ci sono delle forme di riguardo che prescindono dalle circostanze»); dapprima ha voluto mostrarsi moderna e politicamente corretta («accetto che lei c'era prima di me e che tu non possa fare a meno di vederla qualche volta, però preferisco saperlo visto che tra noi tutto è partito all'insegna della lealtà») – salvo chiamarlo una sera (tornata Gabry da Cannes) per rovesciargli all'orecchio «questa cosa mi distrugge, sapere che adesso siete insieme, che lei mischia la sua pelle con la tua, credevo di essere più forte, non ho dormito neanche con gli psicofarmaci, stai con lei io preferisco defilarmi non vediamoci più». Tommaso l'ha tranquillizzata come fa coi clienti che vogliono ritirare il capitale – le ha giurato che con Gabriella sarebbe stata l'ultima volta e ha postillato mentalmente "sei tu che d'ora in poi mi costringerai a mentirti". Amore *gratuito* nel senso peggiore del termine, cioè immotivato, inutile. O troppo o troppo poco: Gabry se ne frega di me e non è gelosa per niente, se la chiamo perché ho le palpitazioni mi suggerisce «vai al pronto soccorso»; forse sono sbagliato io, perché quando la terra mi apre il suo ventre io voglio trombarmi il cielo.

«Si è staccato un pezzo di cornicione del palazzo, pare che rischio di accoppare qualche turista... non ci voleva quest'altra sfiga, con tutti i casini che ho.»

«Non è sfiga, è naturale logoramento.»

«Vieni qua, saggia Edy... la sola cosa nuova della mia vita sei tu.»

Anche un castello di menzogne può avere le sue attrattive architettoniche.

«A me ieri sera m'è saltata la corrente e m'ha cancellato due pagine di racconto ma il guasto stava in un contatto della presa a terra, con un cacciavite a stella l'ho sistemato e poi ho riscritto, mi pare che sia pure venuto meglio...»

«Saresti un perfetto uomo di casa.»

«Mi piacciono le cose che hanno dei difetti, che i limiti li vedi e se leggi le istruzioni le puoi aggiustare... non mi piacciono le cose compatte e chiuse che se funzionano va bene ma se si rompono non sai cosa fare.»

Questo è il problema, pensa Tommaso: fare sesso con Edith significa riaprire le porte all'imperfezione, anche se in questa imperfezione il mio corpo finalmente non sparisce.

Non sono problemi all'altezza di quello che succede fuori: siamo a novembre 2010, la crisi invece di risolversi sta peggiorando, la recessione è diventata una certezza (su Facebook un post spiritoso: "come facciamo a rimboccarci le maniche se ci togliete anche la camicia?"). Boris ha ragione, non puoi intristirti perché le Generali hanno perso il diciotto per cento in tre mesi, devi volare alto e puntare sul Sensex, anzi meglio sui picchi del Dollex-30 che se il Dow e l'Euro Stoxx scendono avrà un rimbalzo formidabile; studiare l'indice di

Bombay per scavalcare anche gli indici, oltre il banale calcolo degli spread, già avvistare all'orizzonte la fusione tra Shanghai e Hong Kong; rettili mutanti che si fortificano nella palude in decomposizione. Ecco la mia passione vera, pensa Tommaso, la compagna fedele: le donne che mi trattano il cazzo in due modi diversi sono solo il passatempo delle ore morte, quel brividino che dà eleganza; ma non ci dovrebbe essere, da qualche parte, una vita interiore?

«'Na fregna da paura che te sopporta e 'na cozza che te ama, ma daje 'n carcio ar culo a tutt'e due... pòi avé quello che te pare e ancora te stai a complicà co' 'ste du' pellegrine... l'amore o ariva entro i venticinqu'anni o nun ariva più... te oramai hai arzato troppo l'asticella.»

«Manco si alza tanto, certe volte...»

Riesce a scherzarne solo con Nando, per il resto ha taciuto con tutti: due segmenti incompatibili, l'uno inconcludente e l'altro clandestino; sempre d'amore non corrisposto si tratta, che io sia l'amante o l'amato poco importa.

«Sedurre le belle è più facile che sedurre le brutte, una bella vuole sentirsi soprattutto intelligente.»

Questo è Boris e non sa quanto ha torto: le belle si preoccupano che l'acqua troppo ricca di calcio faccia ingrossare le caviglie, le brutte si dilungano con competenza sul loro lavoro, te ne vogliono nutrire perché loro se ne nutrono. Certo Edith non me la porterei in società, non potrei esibirla e brandirla come trofeo dopo che m'hanno visto con quell'altra; è paradossale, è come se avessi l'amante più brutta della moglie.

L'unico che sarebbe tenuto a dare un parere professionale è il terapeuta ma non si sbilancia: come al solito si fissa sulle minuzie, per esempio sul gergo finanziario e commerciale che inavvertitamente Tommaso impiega per parlare di sentimenti – per dire che il dispendio emotivo dei primi tempi non può giustificare un rapporto se non soddisfa più, ricorre al "principio dei costi sommersi"; per negare che Edith sia un compromesso rassegnato accenna alla "next best alternative".

«Non so se si è accorto che quando mi racconta dei suoi rivali in affari usa spesso un lessico erotico che allude al fottere, al possedere carnalmente.»

«Lei crede che una cosa tolga energia all'altra?»

«Definirebbe il suo lavoro come un'attività basata sul raggiro?»

«Mah, no... anche se ovviamente il competitor devi tenerlo all'oscuro... diciamo un'attività basata su una distribuzione ineguale delle informazioni.»

«La prego, non consideri anche me un suo competitor.»

Spostare la malafede da un terreno all'altro non serve a eliminarla. Tommaso a pranzo mangia solo verdure, si tiene leggero; studia le fluttuazioni tra yen e renminbi come un tempo studiava i bilanci delle corporates; legge un report sulle riserve d'acqua mondiali e sulle paure indotte per incrementare le privatizzazioni; va ad accogliere Gabry all'aeroporto di Orio al Serio e si fermano a Milano nell'albergo a sette stelle della Galleria; la battezza subito davanti e di dietro, non c'è tempo di non fare sesso. Stronzate come l'idromassaggio a tre velocità e la frutta fresca nel vassoio d'argento hanno senso solo con lei. La mattina mentre lei dorme saporitamente fa un salto da un suo informatore alla Consob per rassicurarsi a proposito di verifiche che non ci saranno; prima di risalire nella suite telefona a Edith e si mettono d'accordo per sabato pomeriggio («non trascurarti, tesoro... immagina che ti accarezzo i piedi mentre guardi la tivù inginocchiato sulla sedia»; «e tu bella, hai fatto ginnastica?»; «è nel cuore che non devi avere smagliature, non sulle cosce»). Ah, se l'amore uno se lo potesse dare...

Quando fissa Edith negli occhi ci legge una ricerca famelica che lo intimorisce; ha l'impressione che mentre sta con lui si metta disperatamente in posa. O sciorinando le proprie opinioni («sono cristiana ma non incondizionatamente»), o vantando un antico coraggio («mi sono tuffata dalla roccia anche se non sapevo nuotare»), o facendo sfoggio di battute scolastiche («lo dice anche Dante, l'amore è un ratto... un topo di fogna che si attacca al cuore gentile e non lo molla più»). Se esagera in retorica («cosa sarebbe il mondo senza amare?») Tommaso sdrammatizza («senza mare? basta andare in montagna...») e affretta i tempi per arrivare al dunque – un dunque austero che non ha a che fare con lo sguardo ma con la coscienza di poter rovistare sempre più a fondo. Però se lei dopo va in bagno a Tommaso gli prende uno scoramento («non ce la posso fare»), vorrebbe che a ricomparire fosse quell'altra. Durante il sesso gli sfugge un «voglio renderti felice» ma rivolto segretamente a Gabriella; il ragazzo obeso che è stato gli viene incontro in corridoio, gli sorride e allarga le braccia.

Il corpo di Gabry è un'assicurazione, sempre puntuale e soprattutto devota alla fine del mese quando scatta il bonifico; leggermente diversa a ogni soggiorno, a seconda degli shooting e dei set, con la fiammeggiante zazzera corta o con le extension, i fianchi un po' più morbidi o con le ossa del bacino che si annunciano al tatto; ma sovrana come sempre, adesiva, esuberante di pigrizia; "mi porta il mondo in casa, l'altra soltanto la miseria di se stessa". Tommaso non sa nemmeno se l'ama ancora o no ("è come una chiesa che una volta ho visitato e ogni tanto ci torno per pregare"); gli incontri si sono diradati dovendo ogni volta trovare una scusa plausibile, la cifra mensile comincia a essere sproporzionata.

Cortina è il suo acquario preferito, dove nuota in un'acqua non sua, sirena coperta di perle; c'è un sessantenne che si definisce "un rentier", quando la vede gli si illuminano gli occhi e se la fa sedere sulle ginocchia («la mia rissosa avventuriera») – ma esserne gelosi sarebbe cheap: è sposato, in vita sua deve aver provato tutto quello che c'era da provare. Respirano l'agio con una tale naturalezza, il denaro li dispensa dall'imbarazzo di essere disonesti; perché la pace non dovrebbe essere pacifica? «Mi tratta come una nipotina» ed è vero, non hanno bisogno di porcherie per maneggiare il piacere.

«I soldi non sono importanti, perché oggi ci sono e domani non ci sono più... i miei amici sono persone, non conti in banca.»

«Se c'è da sparecchiare la tavola non mi tiro indietro...»

«Il lato buono della crisi è che si può fumare il sigaro ai tavoli, i pezzenti salutisti che protestavano sono spariti.»

«Ci siamo ripresi la piazzetta, stamattina io e Buck eravamo soli.»

«Il mio cameriere, che è snobbissimo, mi ha detto "senza i Suv dei falliti si torna a respirare"...»

«Ogni fabbrichetta che chiude è un burino di meno.»

Quando ascolta i ricchi Tommaso pensa sempre "loro" – lui alla ricchezza chiede ancora i miracoli. Questi posti ovattati vanno bene per chi li frequenta da quando era bebè e li considera eterni per definizione; Tommaso sa quanto siano volatili, e infidi, e come l'eternità debba essere conquistata per altra via. Se perfino gli dèi sono transitori, figuriamoci questi babbei.

Ha sognato che Irene saliva lo scalone piangendo e prima ancora di entrare in casa gli confessava di aver pagato un vecchio settantacinquenne perché la possedesse («pe' damme 'na botta»); s'è preparato ad affrontare col terapista il tema del mantenimento e della prostituzione, ma quello lo ha gelato: «lei crede di appartenere a una razza maledetta?».

O è troppo scemo o troppo presuntuoso, il più puttana di tutti; si tenga le sue interpretazioni che io mi tengo le mie tachicardie. Bye bye strizzacervelli.

Con Edith è cominciato un gioco stupidino, partito casualmente quando lui per attirarla in via della Gatta s'è vantato di avere alle pareti una Giuditta di Cagnacci e una Cleopatra di Furini – Edith conosceva il primo ma non il secondo e comunque s'è lanciata in una lode di Giuditta decapitatrice del potere maschile, un'antesignana di Lorena Bobbitt: «mandami una riproduzione».

Lui gliel'aveva mandata, e poi altre Giuditte come per dire sono nelle tue mani, sta a te decidere se tagliarmelo; da Artemisia a Cranach, da Baldung a Caravaggio a Giorgione; fino a quella di Klimt che tra l'altro un po' le somiglia (stessa mascella squadrata, naso lungo, arcata sopraccigliare tagliata all'ingiù). Lei gli rispondeva ogni sera via mail con l'immagine di un altro quadro: al

Klimt ha risposto con un altro Klimt, la *Nuda veritas* dai capelli rossi – e per parecchie sere successive solo immagini simboliche della Verità, dal Botticelli in poi.

«Hai l'impressione che ti nasconda qualcosa, o che non dico la verità a me stesso?»

«Sono io che sento l'esigenza di dirti la verità, per me amare qualcuno non è concepibile se non come un atto di sincerità assoluta, non posso concentrarmi sull'amore se permangono delle zone cieche o dei tasti che non si possono toccare.»

«Toccali... per esempio?»

«Per esempio che ti sei scambiato messaggi con Gabriella nei giorni scorsi.»

Tommaso passa affannosamente in rassegna le possibilità, li ho cancellati tutti, poi ricorda uno "yes" a conferma del biglietto ferroviario, talmente insignificante che gli è sfuggito.

«Ti sei permessa di frugare nel mio telefonino?»

«Volevo accertarmi di non aver sbagliato il latino quando ti ho ammonito "in medio stat virtus"... m'era venuto il dubbio d'aver scritto "in medium"...»

«Pretendi che ti creda?»

«È già inverno?»

«Cioè?»

«La primavera del nostro amore è già finita?»

«No, in fondo ti ammiro perché sai quello che vuoi... per la cronaca, ho chiesto a Gabriella se l'operazione di sua madre era andata bene, e la laconicità della risposta m'ha confermato che ce l'ha ancora con me.»

«Ti dispiace, vero? tu la ami ancora, se no non ti interesseresti di sua madre... non mi hai mai chiesto niente della mia famiglia, anzi un giorno hai detto "che cosa si è ricchi a fare se si ha ancora bisogno di una famiglia?"... è una frase che m'ha ferito, non tanto per me ma per te che non ti rendi conto che il denaro è la relazione umana per eccellenza, e che è importante da dove sia venuto e che cosa crea...»

«Non ho mai parlato così tanto con una donna nuda... ammetti almeno che a indagare si va all'inferno?»

«E se io all'inferno ci fossi già?»

«Così impari a credere alle apparenze...»

«Un giorno ti chiederò di scegliere, tra me e l'apparenza.»

«Puoi concentrarti, adesso?»

Edith abita un altro mondo okèy, ma quel mondo esiste o è solo utopia? Le sue braccia spigolose esistono, il suo seno un po' cadente, la terribile intransigenza dei suoi pompini – dopo averle sborrato in bocca non cerchi l'ovazione, non hai sottomesso niente e nessuno; ma ti vien voglia di baciarla perché è roba tua. Gabry è il mio passaporto per il firmamento, ma di Edith mi fido.

Tommaso non se la ricordava più la voce di Sante, la grana acuta tipica del popolino romano (che è maschio tenore, mai baritono) incrinata dalle sigarette e dal catarro; non è stato difficile obbedire al suo ordine di non andarlo a trovare, mamma Irene ha sempre fatto da tramite ed era consolante la certezza di stargli preparando, per la futura libertà, una vita da signore. Ma ora che risente quella voce è contento di avere infranto la regola e non l'avrebbe fatto senza i discorsi di Edith sul tenere insieme tutti i pezzi.

«Ahò, me pari più vecchio de me, sei vestito come 'na cornacchia...»

«E te magna meno, anvedi che panza...»

«Eh la pan-za – è una dan-za – che se balla nella la-titan-za... je l'ho detto a li sbirri che ciò 'n fijo nell'alta finanza... e questo è tutto. »

«Ancora tre anni e mezzo, forse qualcosa meno se ce la facciamo.»

«Mica sto male qua, magara fòri se biastemerà de più...»

«Siamo ricchi, potrai permetterti qualunque cosa.»

«Me pari er cane de Mustafà, ch'oo pija ar culo e dice che sta a scopà.»

«A rovinare le feste sei sempre speciale, eh?»

«Guarda, oh, poi nun dì che so' 'n ingrato...»

Sante si rimbocca la manica della casacca e mostra un tatuaggio non grande ma ben visibile, "Tommy" scritto in caratteri gotici intorno al bicipite; il groppo in gola è troppo poco, Edith ha ragione, ogni nodo arriva al pettine e sta a noi sbrogliarlo con dignità.

Con un lettering molto sobrio, in nero e ancora più piccolo, Tommaso si fa tatuare "Santino" in verticale sull'avambraccio; in sfida ai maligni e ai pisciafredda – la macchinetta gli ha spremuto solo qualche goccia di sangue, è bastata la fasciatura e poi tre giorni di Nivea idratante.

3.

«Stai scrivendo?»

«Non avresti una domanda meno aggressiva? se non ne parlo mai ci sarà una ragione, no? ho attraversato molti insuccessi, va bene così? sei contento ora che l'ho detto?»

«Sei tu che insisti sulla sincerità...»

«Lo so di non essere un genio ma non sono da meno di tante altre che forse hanno una sigla più facile, o forse sono più accondiscendenti, non voglio dire nel senso cattivo ma nel senso che hanno una scrittura più fluida... le case editrici ormai programmano in anticipo quello che vogliono pubblicare e si tirano su i giovani facendoli lavorare come precari, sicché poi è chiaro che essendo interni si trovano in sintonia...»

«Perché non vuoi che legga niente di quello che hai scritto?»

«Perché so di non avere ancora dato il meglio, anche se giovane non lo sono più... sto elaborando narrativamente una storia vera degli anni Quaranta, una mondina della Bassa emiliana che si era convertita all'Islam per amore di un commerciante di tappeti e che quasi senza volere, a Vercelli nelle risaie, è stata all'origine di uno sciopero perché non voleva alzarsi le gonne nell'acqua e un sorvegliante l'ha maltrattata, ne nacque una ribellione che andò oltre il fatto contingente, contro tutti i soprusi che le donne dovevano subire... non so se ti rendi conto del tipo di intimità che ti sto offrendo, mi stai stuprando con il mio consenso.»

«Continua, mi piace questo stupro.»

«L'ho presentato in prima stesura a Mondadori e a minimum fax, Mondadori non m'ha risposto perché loro fanno così, un editor di minimum m'ha mandato una lunga lettera, dice che è un libro ben strutturato però secondo lui manca un po' di mordente personale, mi suggerisce di voltare tutto alla prima persona che così diventerebbe un capolavoro e potrebbero pubblicarmelo fra due anni, ma che diritto ho io di entrare nella testa di una mondina del dopoguerra, sarebbe un falso...»

«Hai detto che è un romanzo, no?»

Edith è in sottoveste, si china tra le gambe di Tommaso e comincia a sbottonarlo.

«Non si può tradire la verità, soprattutto nell'emergenza attuale, la letteratura più che in bella o brutta, perché quello non dipende da te, si divide in utile e inutile... con le parole, sia pure di pochissimo, puoi migliorare le cose, ciascuno di noi deve fare la sua parte, a me magari le parole non vengono clamorose ma so di essere nella posizione giusta...»

«Non puoi cambiarla un attimo, la posizione? vieni su...»

Sesso a bassa intensità e senza fantasmi, senza il brillio dell'oro e dell'apnea, senza specchi o rabdomanzie; dato il mio potere d'acquisto, ha senso che mi lasci amare da una merce così scadente? Non è neanche questione di convenienza, è proprio che denaro e bruttezza non legano insieme. "Però se Edith dice fra due anni, sembra davvero che un *nostro* futuro si proietti in lontananza."

«È una storia che sta crescendo al chiuso.»

«Io non sono decorativa, se per te l'aperto è andare ai Caraibi, ti ringrazio per il tablet e la statuetta ma non credo di essere fatta per il jet set, per me i piaceri sono altri, probabilmente per te il lusso è lo sfogo di un senso di colpa, un'altra versione della Caritas, come tu per me sei un'incursione nell'universo del Potere, ci stiamo usando a vicenda, io in modo più passionale tu in modo più lento ma va bene così per ora, sento che funziona, è una parentesi quindi è giusto che non gli diamo tanta pubblicità, io mi troverei male coi tuoi amici e tu ti troveresti male coi miei, a parte che non ho ancora capito esattamente che lavoro fai.»

«La ceramica lo sai perché te l'ho regalata, credo di avertelo dimostrato... di amici veri ne ho pochissimi e se tu li conoscessi ti stupiresti parecchio... io una spiegazione del perché stiamo rintanati ce l'ho, almeno per me... perché sto facendo come i serpenti quando cambiano pelle.»

«Vedi che il mondo intero sta cambiando pelle, e con che velocità, io mi sveglio tutte le mattine coi ragazzi tunisini che gridano "non abbiamo più paura", ci pensi che bello, marciare per le strade e sentirsi accomunati dalla speranza, tutti insieme...»

«I ragazzi gridano perché sono ragazzi, amano farsi vedere mentre protestano... intanto le loro nazioni si indebitano e c'è chi è pronto ad approfittarne.»

«Noi due siamo vicini proprio perché siamo così opposti, come specie diverse che si uniscono contro natura.»

«Potresti farmi venire anche solo parlando...»

Quello di Tommaso con Edith è un orgasmo a rischio di deflazione, richiede investimenti pesanti per essere sostenuto.

"Trasmigratrice Artemide ed illesa." Reduce dai casting e dai cicloni dell'Atlantico, Tommaso la immagina ancora in volo intontita dal jet lag. "Non so come fa a restare sempre così pallida se l'hanno fotografata in piscina"; la piscina a sfioro di Villa Aldobrandini, questa sarà la sorpresa. Tommaso è dal barbiere a sistemare i capelli cespugliosi, discutono se lasciarli abbastanza lunghi per forzare la scriminatura con un gel o tagliarli talmente corti che non importa in che direzione vadano; questo per Edith non lo farei, pensa già proiettandosi agli arrivi internazionali, ad avvistare Gabry col trolley dietro la porta a vetri; poi non si riesce a fare altro che litigare.

Anche stavolta è incazzata, parla di processi: «così possono trattare le slovacche, io ho un agente».

La rivista femminile canadese s'è dichiarata vittima della crisi e hanno dilazionato il pagamento; naturalmente cinque giorni di relax a Villa Aldobrandini costano molto di più di quello che sarebbe stato il suo cachet.

«Non me ne frega un cazzo, non ho bisogno dei loro soldi per vivere... se è per questo non ho bisogno neanche dei tuoi... me ne vado, tanto non ho aperto le valige... se aspetti che faccio la principessa consorte sei un bel po' fuori strada... a me piace vendermi e lo rivendicherò sempre ma vendo il *mio* splendore, se permetti... non credo sia tanto difficile capirmi... certe donne pagherebbero per vendersi, io posso scegliere... tu sei troppo imbranato e troppo miso... come si dice, misantropo o misogino?»

«Dipende...»

«Comunque, le conoscenze che hai non le sai sfruttare, hai visto con la tivù com'è finita... lasciami ai miei intrighi, orsone, lasciami combattere... vengo qui per riposarmi tra una tempesta e l'altra.»

Tutto si incendia nella solita, sghemba, prevedibile felicità – e vada affanculo la primavera araba.

Una specie di chiostro degli aranci, col pozzo al centro; due lunghe tavole di stuzzichini e bignè, più scrittori riuniti di quanti Tommaso ne abbia mai visti in vita sua.

«Viene a fare 'sti discorsi e poi sostiene, senza ridere, che Pennacchi è il nuovo Faulkner...»

«Te l'immagini se gli arrivasse sulla scrivania il manoscritto dell'*Urlo e il furore*? No, ma cazzo, non puoi chiedere ai lettori questo sforzo di enigmistica...» (*forzano la voce rendendola cavernosa, come se imitassero qualcuno*) «... si sente che c'è materia, tu non riesci a scrivere male ma devi essere più generoso... semplifica la trama, riassumila, cazzo... così è una provocazione inutile...»

«Te l'aggi' ritto pur'i', è condroproducende...»

«Almeno rovescia lo schema dei capitoli, cazzo, e comincia col terzo... non possiamo tagliarci le palle da soli...»

Ridono e Tommaso non capisce di cosa, citano nomi che non conosce, ogni casta chiusa ha i suoi divertimenti. Edith è rimasta dentro, dove la presentazione si è spicciolata in tanti capannelli; non è di quelle che si buttano sul buffet, la sua fame è orientata altrove; soffre di sindrome dell'esclusa ma non lo confesserebbe mai, l'ha invitato in questa casa della letteratura come se lei fosse la castellana di un castello fatato; ma Tommaso l'ha vista mendicare saluti e sorrisi – scrive non perché ha qualcosa da dire ma per appartenere a un club. Se sapesse quanto somiglia alle rotariane che odia.

«Mi sono piaciuta, sono stata brava, non mi sono lamentata e non l'ho detto a nessuno.»

«Ci hai messo un sacco di tempo, per non dire niente a nessuno.»

«Ho dovuto rispettare i rituali, anche se la stronza se lo sarebbe meritato... eccola lì, è talmente lanciata che se la guardi bene vedi il fumo uscirle dalle narici.»

«Non dovreste essere più spirituali? dài, andiamo, stanotte ho dormito poco e queste ripicche mi fanno venire sonno.»

«La prima uscita non è stata un successone, vero? ti avevo avvisato che ti saresti tediato a morte.»

«Mi sembra un giardino d'infanzia... ero tentato di prenderne uno per il baverino e sconvolgerlo con la notizia che Babbo Natale non esiste.»

«Tu invece per quali adulte preoccupazioni non hai dormito stanotte?»

«Un espresso da Bar, non nel senso del caffè... Bar è un porto del Montenegro dove transita di tutto senza controlli della capitaneria... stanotte sono partiti due carichi d'armi per la Costa d'Avorio, in appoggio a Ouattara... se Ouattara vince definitivamente come vogliono i francesi, il Paese non sarà più diviso dalla guerra e il prezzo del cacao scenderà in picchiata... sicché si doveva vendere ma non era chiaro se conveniva a tre o a sei mesi... alle due e mezza ero ancora in videoconferenza.»

«Questa sì che è la storia di Babbo Natale, preferisco interpretarla così se no sono costretta a giudicarti molto male e adesso non ne ho voglia, non potete pretendere che giudichi male troppe persone nello stesso pomeriggio.»

«Se ti zompo addosso con le mie storie posso schiacciarti, lo sai piccola?»

L'ambiente è contagioso, anche Tommaso fa un po' di cinematografo e spinge Edith in un angolo appartato della biblioteca; lei si arrende come una ragazzina, non le dispiace che la scoprano ancora così sessualmente vivace. Ora le è venuta fame, tornano ai tavoli nel chiostro coperti di briciole e di piatti sporchi, qualcuno fuma e spegne le cicche su uno sformato di spinaci.

«Stai attento con la Fandango, perché comprano i diritti e poi i film non li fanno.»

«Bah, è successo tutto con questo libro che non è il mio migliore, lo so.»

«Però sei sempre tu, ormai rappresenti un marchio riconoscibile.»

«Non devi più dimostrare niente... d'altra parte oh, se uno si presenta a un premio ci va per vincere... che ti fai, gli scrupoli?»

«L'importante è che non lo vinca tua moglie.»

«Se lo vince la tua amante invece è okèy.»

«Anzi, è un segno che sei potente... mai sottovalutare un paio di tette.»

Presi uno per uno saranno meglio, pensa Tommaso, ma hanno questo grosso gommone gonfio d'aria che li tiene a galla come paperelle; parassiti del sogno. A Edith la verità si può raccontare perché è evidente che qui la considerano una fallita.

La verità. Da vecchio matematico, Tommaso è più familiare a concetti come dimostrabilità, esattezza, probabilità; la verità dipende dalle condizioni al contesto, dagli assiomi che uno accetta all'inizio. "Dire la verità a se stessi", il ritornello di Edith presuppone un assioma orgoglioso di unità, potenza cognitiva, infrangibilità dell'individuo: come se ognuno di noi non fosse sempre l'ultimo ad avere un'idea precisa di sé, e come se la logica più ferrea non andasse in frantumi scontrandosi con l'umile miseria materiale. La verità detta agli altri è pura follia, è come mettergli nelle mani il bastone con cui ci bastoneranno. Il problema nasce, certo, quando il sistema deve misurarsi con contraddizioni interne: l'insonnia per esempio, o un deficit di erezione, difficoltà a concentrarsi, il vomito che ritorna da lontane stagioni. La memoria è una brutta bestia perché incarta quel che siamo stati in un involucro balsamico, ci illude che in qualche punto del tempo e dello spazio sia esistito un noi stessi più elevato, in assurdo equilibrio col mondo – e che a quel punto, prima della deviazione, sia possibile riferirsi come a un rimorso di coscienza. Se Edith fosse più coraggiosa userebbe questo linguaggio razionale invece che nascondersi dietro le vuote formule della collettività ("la verità rende liberi", come no? se tutti conoscessero tutte le verità, il mondo smetterebbe di riprodursi e questa farsa del genere umano sarebbe finita).

Mamma Irene è stata ricoverata per un ictus, ha una vestaglia di seta e la bocca bloccata a sinistra in una smorfia ma i medici assicurano che si riassorbirà.

«Ti ricordi quando mi facevi i segni della briscola, per suggerirmi le carte di papà e farlo perdere?»

«Eh, mo' ciò il tre di spade che nun va più via... forse me lo so' meritata, me so' comportata come 'na pazza.»

Tommaso non ha mai avuto resistenze ad appoggiare le tresche di sua madre, una donna così vitale non poteva mica fare la casta Penelope; ha visto passare avvocati, portinai, nobili nullatenenti; si è accusato di averla sbalestrata fuori dal suo ambiente naturale, in contesti dove si è involgarita credendo di raffinarsi. Usa espressioni come "lavori in corso" per indicare una relazione sentimentale in divenire e di questo, di questo sì Tommaso si vergogna; stonature, come la collana pesante di Bulgari sulla pelle avvizzita che assorbe male il fondotinta.

«Se fai un bilancio, mà, sei ancora in credito con la vita di un bel po'... hai tirato la carretta quando nessuno poteva aiutarti... adesso vai a rilassarti in un bel posto di montagna e riavrai il tuo sorriso.»

«È vero che l'Italia sta in bancarotta?»

«Se vogliono, se a qualcuno conviene... ma chi se ne frega dell'Italia, noi siamo internazionali.»

«Forse le mosse nun erano giuste, ce pareva de fa' bene... io so' disposta a tornà indietro.»

«Tornare indietro non si può mai... chi lo decide che cosa è giusto?»

«In un certo senso prima se stava pure mejo...»

«Guarda che bel terrazzo che ciài, sembri ospite in un albergo.»

«Stanno a fà i lavori, la mattina c'è 'n casino...»

«Gli alberghi di lusso hanno le magagne, si sa.»

Perché non sono più spontaneo con mamma, cos'è questa conversazione in falsetto? I soldi intossicano ma garantiscono ottima assistenza quando sei malato, almeno questo ho saputo offrirglielo. Ci sarebbe da scavare, sai quanto allora, e far risorgere i morti dalle tombe; niente è più spietato e inesorabile della speranza. Perdere tutto per tutto salvare. Salutando Irene e avviandosi verso l'uscita, a Tommaso cade l'occhio su un crocifisso standard comprato in stock per ornare secondo convenzione burocratica l'ingresso di ogni stanza: «ti sei appeso per niente».

4.

Il sonno non è esperto di economia, non distingue tra ricchi e poveri, non si commuove ai dividendi; a Tommaso capita sempre più spesso di svegliarsi con in bocca un disgustoso sapore di morte, un colpo secco che lo porti via liberandolo dalla necessità di competere, di affannarsi sulla linea del fuoco; abbattetemi e non se ne parla più. Essere un vincitore è dura, anche se lo sa che non può pretendere compassione – lo odiano perché lo invidiano, quelli che non si aspettano benefici (e anche quelli che se li aspettano, ma abbozzano e lo dichiarano simpatico). Chissà perché, quando (raramente) Gabry gli raccontava i sogni la trovava tenerissima, se glieli racconta Edith la trova sfibrante; essere in debito di effusioni è più sublime che essere in credito. Gabry sempre più leggendaria e sfuggente, la grande occasione perduta per un fantastico showdown – sempre più esigente nei gioielli e nelle distrazioni. Vuole smeraldi vistosi da indossare sul nudo, che tutti credano che è bigiotteria e se sapessero che sono veri gli piglierebbe un colpo; una clandestinità double face, insensata e precaria perché affidata a mondanità incomunicanti. La principale differenza tra desiderare ed essere desiderati consiste nell'assunzione di responsabilità: a Gabry può raccontare tutto perché da un orecchio le entra e dall'altro le esce, mentre un torto anche piccolo a Edith significa per lei un grande dolore. Ora un finto viaggio d'affari a Barcellona, una settimana da nascondere con furtive telefonate mattutine, come a una moglie apprensiva con sindrome da badante; da programmarci le cose serie proprio perché è noiosa, mentre a questa cerva purissima e depravata si deve riservare lo spettacolo della distruzione divina – anche questo è un modo di cancellarsi.

Si poteva prendere l'aereo fino a Montpellier poi in taxi, ma Tommaso non vedeva l'ora di guidare veloce, di notte – sulle luci della Riviera e poi Cannes e l'alba a

Marsiglia; la Camargue mentre Gabriella dorme sul sedile reclinato. "L'aspetto fisico conta relativamente": possibile che etica e volgarità vadano così a braccetto? L'alcantara avorio del sedile sembra inventato apposta per i capelli rossi spettinati, le gambe aperte le hanno sollevato la minigonna – nuda fra un po' la vedranno in tanti ma così sciamannata solo io; gli tremano le mani, è tentato di fermarsi e costringerla a un extra lì, in una piazzola; ma incomincia il lungo rettilineo, la fettuccia con la laguna a destra e il mare a sinistra: si impone di trattenersi fino al club, alla camera da letto sulla piscina pacchianamente rosa, rosa come il capezzolo che spunta... Poi, come spesso succede, all'arrivo gli piomba addosso la stanchezza e la voglia gli è passata.

Cap d'Agde si presenta come un brutto posto di mare selvaggiamente cementificato, la spiaggia sporca di alghe; Cours des gentilshommes per antifrasi e le boutique con l'intimo in lattice come nel peggior Pigalle – ma nel bar riservato la sera le donne passeggiano con il pareo a rete e la fica fosforescente, gli uomini con il papillon legato al cazzo. Quelli che se lo possono permettere come Jim, il personal trainer giamaicano; «tutta quella grazia di dio» dice Gabry e l'hanno già provato l'anno scorso. Tommaso si fa scorrere il film mentre controlla sul tablet se la Svizzera ha fissato il pegging per i cambi franco/euro: erano in spiaggia, nella parte lontana dove i guardoni non hanno pudore – ce n'era un cerchio intero che si smanettavano come in un rito, mentre le due donne facevano prodigi all'inguine di Tommaso e lui si abbandonava a un orgasmo rumoroso senza l'obbligo di occuparsi del piacere femminile; a quello ci avrebbe pensato per l'appunto il big-bamboo Jim che intanto le accarezzava da dietro.

Scambismo di alto livello, avevano incontrato un famoso regista italiano e una parlamentare di sinistra; ma quest'anno pare ci sia un dirigente di Mediaset e Gabry non vuole farsi scappare l'opportunità. Contrordine, la sua barca è ormeggiata a Sète, forse stanno partendo per il Marocco.

«Facciamo un salto, dài, se li troviamo ancora.»

«Non mi metto a inseguire sottocapi televisivi... e poi che vorresti fare, dargliela lì, consegna a domicilio?»

«Come gliel'avrei data qui...»

«Non ti rendi neanche conto che sarebbero due cose diverse, qui siamo all'interno del gioco... la tua indifferenza m'infuria... e mi infoia.»

Solo una puttana può essere così ingenua e solo un'ingenua può essere così puttana.

«Ringrazia che sono troppo onesta, sai quanti me l'hanno consigliato "sposa Tommy e vivi da signora"... quando ti stuzzicavo con l'idea del matrimonio c'eri cascato in pieno... m'avevi anche promesso la carrozza bianca...»

«Ero fuori di me, ma per fortuna la tua popolarità ha funzionato da stop...»

«Forse era meglio se accettavo... ormai il carburante scarseggia, sono tutti terrorizzati dalle inchieste... si fidano solo delle russe e delle giapponesi... ma io non mollo, non torno a Mantova nemmeno dipinta.»

Gabry porta l'abiezione con sé, una lucidità perversa che è peggio del napalm; per questo Tommaso si trova bene con lei quando è forte il fastidio di ogni rinascita. Usare la facilità come uno sci d'acqua, stordirsi di immagini porno e di chiacchiere indegne ascoltate nel buio:

«Che buffo... quando il bambino stava male l'abbiamo portato al pronto soccorso e il medico che l'ha curato era uno che avevamo incontrato qui al Cap... ci siamo fatti un sacco di risate...»

Ombre, qualche canottiera bianca su erezioni che farebbero rattrappire anche Jim, figurarsi Tommaso che pure si è sempre considerato dignitoso.

«Serve un miracolo? Lourdes è più avanti a destra...»

Il duello prosegue a distanza: Tommaso deve tornare a Roma per tamponare il panico di alcuni clienti, Gabry è in Norvegia a spasso tra i fiordi e si considera single. Ha saputo di Edith («la scrittriciue... ma tu credi di essere invisibile?») e sta vendendo la scoperta come controprova che non c'era futuro; lui non ha saltato un bonifico ma l'esclusiva era un'illusione. «Non so neanche garantirmi la fedeltà di una mantenuta... dovevo chiudere meglio la gabbia, o forse mi serviva un derivato.» La disponibilità, l'arrendevolezza, perfino le perversioni di Gabry non hanno mai rappresentato per lui degli attributi personali: sono stati la rivincita contro le ingiurie del mondo, la super-merce che gli si inginocchia davanti giustificando tutto il resto. Di lei, di quella persona per niente arrendevole che quell'eccellenza si limita a indossarla, ha preferito sapere poco per paura che, sapendone di più, l'effetto di cauterizzazione potesse finire. Gli è stato fatto chissà quando un male, un male strano e indecifrabile, che lo costringe ad attribuire ai rapporti un valore simbolico di riscatto: se qualcuno gli sussurra «ti voglio bene», una voce interna anzi un coro lo avverte "non credergli". Gabry glielo dice spesso, l'ultima volta a Cap d'Agde durante un'orgia, ma per lei traduce semplicemente "non posso dirti ti amo" (quanto a Edith che invece il "ti amo" lo inflaziona, lui è riuscito a ripagarla della stessa moneta solo una notte che si era già messa i tappi di cera nelle orecchie, sicché fortunatamente non lo ha sentito).

Nel bollore dell'afa agostana Roma è come la pancia di un animale moribondo; un Paese che si lamenta della miseria stando al mare, un capo di governo pulcinella che attraversa piazza Montecitorio per arringare un Parlamento deserto; unica premura di tutti, non dover cambiare troppe abitudini. Se ci sarà una sommossa, sarà ridicola pure quella. Tommaso ha solo voglia di ripartire (ma non al Circeo da Edith, per carità); ripartire nella sfera senza luogo delle astrazioni probabilistiche, del texas hold'em, dei bund tedeschi e della rivalutazione del real brasiliano. Potrebbe andare dovunque si divertono i miliardari ma perché? Se non l'hai respirato da piccolo, metabolizzato con le proteine della crescita, il denaro non allevia la solitudine – il denaro diventa vita concreta se si tramuta in divino oblio, in gare oziose, educazione, tenute, cani. L'indice della J.P. Morgan è quasi fermo, l'oro è sopravvalutato, la Cina e l'India dovranno impantanarsi nelle loro paludi prima di suonare la carica; significa qualcosa essere ricchi, affannosamente ricchi, proprietari virtuali di latifondi africani vasti come province, se tutto si riduce a una sterile soddisfazione di cifre, di piaceri indecorosi, in un mondo che non arriva nemmeno al bavero di quello che hai già? Anche Napoleone, con tutta la sua potenza, è rimbalzato da una Giuseppina a una Maria Luisa, pensa Tommaso nel ronzio del condizionatore.

Gabry rientra incazzata da Oslo dove l'hanno bloccata tre ore in aeroporto per un allarme terrorismo; prima ancora di salire in macchina lo aggredisce perché rischia di perdere il capitale investito nell'accelerator certificate, l'Euro Stoxx non è molto lontano dal meno cinquanta per cento su base annua.

«Mi avevi assicurato che era impossibile.»

«Se in me vedevi solo una fonte di reddito, ho fatto bene a mutilare il mio patetico amore per te.»

«Stendiamo un velo pietoso su quello che in me vedevi tu.»

«Quindi oggi non si scopa...»

«Se ti interessa ti do un po' di indirizzi... le mie assenze potevano anche essere una strategia, non ci hai mai pensato?»

«Non ho pensato ad altro, tutto in te è strategia.»

«Sei proprio un bastardo, ferisci le persone per proteggere te stesso... portami al De Russie, ho già prenotato.»

L'assoluto non rintocca più, rinunciare all'ossessione è forse l'ultima chance per preservare la dignità di lei, conclude Tommaso, e di conseguenza anche la mia; meglio così che uno strascico penoso.

«Non ci saranno più bonifici, ça va sans dire.»

«Sei sleale, dovevi almeno darmi un mese di preavviso.»

La piazza principale della Mecca la chiamano "chop chop square" perché è quella addetta alle decapitazioni e al taglio delle mani.[2]

Edith è una soluzione laica, verbosa quanto incruenta.

«Ho sognato che lavoravo da operaia, poi è arrivato

---

[2] N.d.A. – A questo punto della storia non lo sapevo, me lo riferiranno più tardi; ma prima di scendere a cena, rovinandosi il trucco, Gabriella ha pianto come una cretina.

un regista per scegliere l'attrice principale, io ho alzato la mano a propormi e il braccio meccanico della catena m'ha afferrata, trascinata sul nastro, così sono finita insieme ai pezzi da montare e non riuscivo a scendere, alla fine m'hanno verniciata a spruzzo.»

«Tra "montare" e "spruzzo" sarà andato a nozze.»

«No, invece è emersa la scena di *Goldfinger*, ti ricordi? con la ragazza che muore perché la vernice d'oro non lascia respirare i pori e la soffoca...»

«Sempre detto che è un deficiente.»

«Poi anche l'espressione comune "gli dài una mano e si prendono il braccio"... la sua sentenza è che comunque sono ancora insicura... anche rispetto al tuo denaro.»

Quando Tommaso ha proposto di finanziarle una casa editrice tutta sua, lei d'impulso avrebbe rifiutato («sarebbe come pubblicare a pagamento») ma poi ha riflettuto che così non sarà più ricattata dagli editor che ti obbligano a scrivere quel che vogliono loro («ci sarà una voce indipendente, non solo per me ma per altri scrittori non omologati»).

Tommaso non proverà mai per il corpo di Edith qualcosa di nemmeno lontanamente simile a una passione, ma i suoi fianchi larghi e le spalle fitte di nei possono apparire come un approdo sicuro, il segno che qualcosa si è raggiunto; "una donna che vuole *me*, non per i vantaggi materiali che posso offrirle ma per come mi piego allacciandomi le scarpe". Lei che non si lava per conservare addosso il mio odore, che vuole dormire "a seggiolina". La pena segreta di Edith (oltre a quella di non veder pubblicati i propri libri) è la premature ovulation failure, la menopausa anticipata (*ah, il flusso abbondante di Gabry, che lasciava distrattamente gli assorbenti sul bidè!*). A soli quarantun anni è come se ne avesse sessanta dal punto di vista procreativo; tra le onlus che vengono favorite nei giorni del trading solidale, ha convinto Tommaso ad appoggiare quelle che finanziano i viaggi della speranza delle coppie bisognose di eterologa.

Tommaso non ama Edith ma ama la novità rivoluzionaria dei progetti con lei – con lei il tempo non si disegna più come una retta illimitata ma come una parabola di cui si evidenzia la curva discendente; «mi piacerebbe dare a mia madre, e anche a papà Sante quando uscirà, un grado di futuro» cioè un nipotino. Trentacinque anni sono l'età giusta per diventare padre; trentasei, se si contano i nove mesi di gestione, volevo dire di gestazione. Entrare in una fornace e uscirne trasformato, come un vaso che entra creta ed esce ceramica. La guarigione può perfino presentarsi come una resa; essere ricco *per un figlio* introduce a una classe, conferisce lo charme di una tradizione incipiente. L'amore è un prodotto, si sa: il mio istinto di ribassista ha sempre evidenziato l'ovvia caduta del desiderio sessuale, ma il valore del rapporto è destinato a crescere se nel calcolo si inserisce la variabile "discendenza".

Il padre di Edith ha una fabbrichetta nel comprensorio della ceramica, a Sassuolo; ora in pessime acque perché ai normali oneri conglobati s'è aggiunto lo strozzinaggio delle banche, senza contare le forme sleali di concorrenza che rovinano l'export.

«Grazie, papà l'ha apprezzato molto ma ti renderà tutto al centesimo, se lo conosco non dormirà tranquillo fino a restituzione avvenuta, l'ha sempre detto che le banche sono delle associazioni a delinquere.»

«Qualcuna sta per fare il botto, vedrai... io ci ho scommesso contro.»

«Cioè?»

«Che se falliscono ci faccio un bel po' di soldini... non guardarmi così, sulle disgrazie della gente io mi ci ingrasso.»

«Ho sempre pensato che la letteratura non ha tutti i diritti, che è lei al servizio della vita e non viceversa... credo che dovrebbe essere lo stesso per la finanza.»

«L'onestà ti fa bella, lo sai?»

«Abbi almeno la carineria di dire "più bella"...»

«Se dobbiamo partire alla pari, forse ti devo raccontare un po' di cose.»

«Te l'avrei chiesto io... mi fa molta paura ma non sopporto che tra noi restino dei fantasmi.»

«Siediti...»

Il patto cambia

1.

«Perché proprio io?»

«Non ti sottovalutare, dài, e non farmi sempre la stessa domanda... sarai abituato alle persone che ti cercano, non sei un tipo comune... sei il più interessante dei miei inquilini.»

«A questo proposito devo darti una brutta notizia...»

«Te ne vai già?»

«Sì, e 'ndo vado? La cattiva notizia è che sono caduti pezzi di cornicione su via Leone IV e l'amministratore ha chiamato i vigili del fuoco perché non voleva responsabilità, sicché ora probabilmente si dovranno affrontare tutti i lavori di consolidamento... lui sostiene che il preventivo si avvicina al milione di euro.»

«Ne so qualcosa, pure a me è successo... Roma si sbriciola.»

«Ma i tuoi sono cornicioni storici...»

«Quanti appartamenti ci stanno, qui?»

«Quasi centoventi, il che significa più o meno, dipende dai millesimi, ma intorno agli otto-novemila a testa.»

«Troppo, ci sta facendo la cresta... ho speso duecentomila io... dimmi quand'è la riunione di condominio.»

«Mi spiace caricarti di problemi oltre a quelli che hai già.»

«Così mi sdebito un po'... l'avrai capito che ho più bisogno io di te che tu di me.»

Le amicizie sono belle allo stato nascente, tanto più belle quando ormai in amicizie nuove non ci speri più; la voce di Tommaso è sbrigativa, decisa a superare i residui imbarazzi e distanze economiche, oltre che anagrafiche; io sono lusingato in genere dall'amicizia dei ricchi (tutto il mio studiare almeno è servito a qualcosa), nel caso particolare la sincerità della stima attenua l'obbligo di riconoscenza.

«Se è così mi fa piacere... come diceva il mio antico parroco, io preferisco dare che ricevere.»

Gli si sono ingrigite le tempie e ha un herpes sul labbro – o forse un mese fa non me ne sono accorto perché stavamo al semibuio per via del caldo; ora alla luce squillante di settembre mi appare teso, più sciupato che dimagrito. Ha uno di quei corpi malfatti e grossolani che conservano un po' di incompiutezza anche nella maturità; prima che gli chieda come va me lo chiede lui:

«Hai risolto con mamma?»

«È strano, in certi pomeriggi penso "adesso le telefono", prima di ricordarmi che non c'è più.»

«Ma... è morta?»

«Peggio, non è più in grado di rispondere... l'unica cosa che manca a una morte dignitosa è la salma.»

«Tu come ti senti?»

«Davanti alle sbarre di una strada senza uscita... ma non mi va di parlarne, davvero... le mie avventure ormai sono gli altri.»

«Allora mi sa che capito a fagiolo.»

«Che è successo? su, ci stiamo girando intorno da mezz'ora.»

Il sole sull'obelisco da accecante si è fatto dorato, il ghiaccio del negroni si è sciolto nel bicchiere.

«Potresti parlare tu a Edith, pregarla di una cosa?»

«Di cosa?»

«È una storia lunga, te la faccio breve: suo padre possiede una piccola fabbrica di ceramica con gli operai in cassa, io l'ho aiutato con un po' di liquidità ma soprattutto ho agito sulla partecipata del Comune... ho liberato Sassuolo dai prodotti tossici, CDO tedesche che contenevano di tutto, e loro in cambio gli concedevano agevolazioni di urbanizzazione primaria in un terreno dove avrebbe potuto trasferirsi guadagnandoci... insomma l'ho salvato dal crack, però adesso le situazioni sono cambiate... Edith dovrebbe convincere il padre a mollare, più si intestardisce a non vendere più rischia... o almeno mettersi in regola... il mio aiuto è stato negativo perché l'ha ringalluzzito.»

«Ti ho giurato che potevi chiedermi qualunque cosa e te lo confermo, ma stavolta l'obiezione è ovvia, scusa eh... perché non glielo dici tu direttamente?»

«Edith non mi vuole più parlare e se provo a cercarla mi riattacca il telefono in faccia.»

«Se si tratta solo di avvertirla di un pericolo pratico, e non ti attendi risposta, spediscile una mail... non sei mica tanto bravo a simulare... la ragione vera per cui desideri che io le parli è che dovrei convincerla a ritornare sulla sua decisione? che le hai fatto, ha saputo di Gabry?»

«Magari fossero stupidaggini sentimentali...»

«Mah, sai, i sentimenti saranno anche stupidi però il

resto rischia di essere più stupido ancora... almeno sono cicatrici dell'assoluto, il resto è forza bruta... diciamo che è un loop, i sentimenti condizionano la forza e viceversa... a me la crisi mi sta aiutando a mettermi a cuccia.»

«La crisi è utile a tante cose... per esempio crea l'esigenza di robuste iniezioni di capitali reali e questo seleziona i capaci... gli Stati saranno costretti a privatizzare dando origine a una nuova classe imprenditorial-dirigente...»

«Un'altra? non ci basta quella che abbiamo già?»

«Transnazionale stavolta, e magari senza il prosciutto sugli occhi... adesso ci stanno governando dei morti.»

«Più che morti sembrano colpiti da amnesia, e quelli che non lo sono si muovono sotto copertura... non si accorgono d'esser diventati un puro effetto speciale, grotteschi come gli schiaffi tra cardinali mentre i turchi bussavano alle porte... ma non mi far divagare, su... a proposito di sesso degli angeli, vuoi smetterla di giocare a nascondino? com'è andata con Edith, per cosa avete litigato?»

«Guarda che te ne sto già parlando anche se non sembra... le ho spiegato con un po' di dettagli il lavoro che faccio e lei ne ha concluso che non poteva sopportarlo.»

«Così delicata è? non lo sapeva che fai lo speculatore? pensava che tu contribuissi virtuosamente alla redistribuzione della ricchezza, che tu rubassi ai ricchi per dare ai poveri? si illudeva di andare a letto con una dama di San Vincenzo?»

«Con le dame di San Vincenzo ho un buon rapporto... il problema sono le informazioni che mi consentono di lavorare con performance rilevanti, e da dove vengono i soldi da cui spremo i miei rendimenti.»

(Attenzione, Walter – so che la curiosità ti sospinge e che per il libro faresti qualunque cosa; ma costui non è un culturista pieno di muscoli che si ritirerà buono nel suo fumetto quando non ti fornirà più parole; qui, se si va avanti, la complicità può non essere simbolica e i guai non saranno solo privati; i mormorii non erano calunnie e in un certo senso l'hai sperato, hai visto giusto, complimenti; chi l'avrebbe detto, dopo averlo conosciuto in terra di televisione! ma se scendi questo scalino dovrai assumerne la responsabilità fino in fondo.)

«Fissiamo una road map... magari non qui da Rosati, ma domenica con calma mi stendi un bel trattato, oggettivo e neutro, sull'insider trading e sulle meraviglie del riciclaggio.»

Per prima cosa occorre liberarsi da un vecchio luogo comune, lo schema del denaro sporco che deve essere lavato nei paradisi fiscali; col corteo pittoresco di isolotti nebbiosi o di improbabili staterelli tropicali – Guernsey nel canale della Manica (finanziarie e bovini di razza, salone nautico e faccendieri bulgari), la vicina Sark, così indenne da inquinamento luminoso da vantare il più bel firmamento d'Europa; Montserrat nelle Antille Britanniche, col suo vulcano attivo e le ceneri che cadono sulla spiaggia; nel sud del Pacifico la piccola Niue, che concede alle compagnie straniere di registrare il loro nome in caratteri cinesi. Ci si va ancora, naturalmente, nei minuscoli aeroporti atterrano i facoltosi più accidentali e i commercialisti globetrotter; ma il grosso del riciclaggio avviene nelle grandi banche americane ed europee, a Zurigo come nel Delaware, molto più on che offshore. È vero che una quindicina d'anni fa settanta miliardi di dollari sottratti al fisco russo transitarono per la Nauru Agency Corporation, ma è anche vero che dieci anni dopo quegli stessi soldi sono serviti a ripianare un terribile buco in Citigroup, dove contemporaneamente arrivavano i prestiti immobiliari dei narcos messicani e il miliarduccio di un principe saudita, lecitissimo perché ricavato dal petrolio. Le banche centrali di molti Paesi, attraverso le loro sussidiarie, trasferiscono le riserve (legali per definizione) in rifugi senza etichetta.

Il problema non è il denaro sporco tradizionalmente inteso, quello della criminalità maxi e mini, ma il "denaro caldo" – i soldi senza patria che vagano per il mondo avendo perduto qualunque traccia della loro origine. È il lato oscuro della globalizzazione: attraverso la rete informatica chiunque può decidere da quale Paese far partire l'operazione finanziaria, a seconda delle legislazioni che gli convengono di più; bastano pochi rapidi passaggi e tutto si confonde. Nel cuore segreto delle grandi banche (con l'armamentario sempre più complesso e inestricabile del private banking: le operazioni fuori bilancio o off-sheet, le SIV, le PIC, le shell company) si creano depositi protetti da cortine di extrariservatezza, in cui qualsiasi investigatore rimarrebbe impastoiato. I burocrati della polizia tributaria si muovono nelle banche come gli elefanti nei negozi di cristalli («mi scusi, lei sta parlando di denaro presente qui e ora, o del denaro depositato fino a cinque minuti fa?»); le banche la considerano legittima difesa, perché senza incertezza e volatilità non decollano i profitti. Da quel ventre profondo il denaro orfano, virtuale e aggressivo risale in superficie e si lancia in azzardi che a volte si ritorcono contro gli stessi ignari detentori iniziali: i soldi dei pensionati, in fondi come Fidelity o Vanguard, possono mischiarsi al tesoro trafugato di un dittatore africano e causare indirettamente la turbolenza politica che mette in ginocchio i pensionati; coi soldi dei Verdi la Deutsche Bank può comprare titoli di un'impresa che garantisce il dieci di rendimento annuo e sta deforestando l'Amazzonia. I paradisi fiscali sono diventati un capro espiatorio, usato dalle Nazioni Unite (che ogni tanto ne chiudono qualcuno) per ripulirsi la coscienza: l'unica cosa che ormai si possa lavare in assenza di sporcizia materiale riconoscibile. C'è poco da riciclare, quando il ciclo è unico e integrato. Tra finanza legale e illegale non c'è più un limite preciso; la pretesa di mettere sotto controllo la speculazione babelica e apolide è come voler mettere sotto controllo la rotazione terrestre.

Quanto all'insider trading, o turbativa del mercato mediante impiego spregiudicato di informazioni riservate, anch'esso è molto mutato col mutare del concetto stesso di informazione: un tempo la quantità di informazione era misurabile, si trattava di aziende, consigli d'amministrazione, decreti governativi – erano lobby, amicizie familiari, soffiate («io non t'ho detto niente, però mi sa che questa ditta fa un aumento di capitale»); ne nasceva qualche indagine della Consob, che in genere finiva in nulla perché stava a loro dimostrare che avevi violato le regole e non eri stato folgorato da divina intuizione; con coloro che ti inquisivano magari alla fine ci diventavi amico. Adesso, tanto per dare un'idea, solo per analizzare una CDO al quadrato costituita da centoventicinque titoli, avresti bisogno di informazioni su novemilatrecentosettantacinque posizioni finanziarie diverse. Qualunque analista si arrende, tende a fidarsi, lascia l'iniziativa ai modelli informatici.

Una singola informazione è una goccia nel mare: servono informazioni-quadro, o strutturali, e gli unici che possono dartele sono i politici (sarebbero i politici, se molti di loro non fossero ormai diventati dei passacarte). Quelle che servono di più sono le "informazioni rinforzate", cioè le informazioni che portano con sé l'operatività necessaria per autoavverarle; se per esempio un'agenzia di rating decide di abbassare la valutazione di un'impresa, quella si troverà davvero nei guai e la sua futura solvibilità diminuirà realmente. Nei Paesi più disinvolti, dove l'accumulazione primitiva del capitale sta replicando le violenze dei pirati inglesi del Seicento o dei robber baron ottocenteschi, per inverare una previsione favorevole non ci si arresta davanti al sangue – invece di anticipare i fatti, li si provoca eliminando gli ostacoli al loro accadere. Dirigenti, ufficiali, giornalisti muoiono come mosche. Ma puoi anche sfruttare percorsi più soft. Metti che ci sia in Uganda una preziosa miniera di tantalite, la cui polvere fa venire il cancro; tu finanzi una ruvida protesta degli ambientalisti, ci sono dei morti e la miniera viene chiusa dalle autorità; dopo un anno, in mancanza di alternative e sfumata l'attenzione dei media, il governo ordina di riaprirla sparando sugli oppositori. Tu ci hai guadagnato un botto con le opzioni, prima allungandoti e poi shortando; tutto sarà rubricato nella categoria degli "scontri tribali". La cosa bella del tradare via schermo è che non le vedi nemmeno, le facce di quelli che stai fottendo.

2.

«Se tutto questo è vero, c'è qualcosa di apocalittico.»
«Non vorrei averti spaventato...»

«Al contrario... non ho mai capito perché, ma quando posso constatare che un panorama è senza vie d'uscita ne provo un piacere quasi sessuale... come in occasione delle calamità naturali, terremoti e tsunami... le navi mercantili buttate a riva come fuscelli.»

«Eppure, a giudicare da quel che vedo in giro, ti si direbbe proprio uno che ama la vita.»

Questa seconda volta la confidenza è cresciuta e devo ammettere che al test sta rispondendo bene; chi da me ci capita per caso (pony express, infermieri del centodiciotto, preti e chierichetti per la benedizione pasquale) di solito fa finta di non vedere, mondanamente ostenta discrezione se non addirittura cecità; glissa sui corpi nudi senza pudore, su pettorali e glutei di vario formato esposti sulle mensole o appesi alla parete. Solo gli amici e i puri di cuore vi accennano apertamente, manifestando ingenuo scandalo o meravigliata allegria – attenuandoli semmai con qualche riferimento culturale: gli ex voto di Montevergine, le foto di Herb Ritts o il Katzone di Fellini.

«Ti sbagli, ho organizzato una top ten piuttosto mortuaria, i dieci uomini più belli che ho posseduto in vita mia... lista chiusa per fine esercizio.»

«Vuoi dire che questi fustacchioni...»

«Non chiamarli così, ti prego... chiamali bodybuilder, pornostar, manigoldi nerboruti, Big Jim con le chiappe al vento, Ercoli da strapazzo... fustacchioni è quasi peggio di palestrati, contiene una sfumatura di ribrezzo.»

Nega con energia, guarda a terra dispiaciuto; forse non è ancora un amico ma certo è un puro di cuore.

«Il sesso è anche lui come la finanza, un gioco a somma zero... ci pensavo in Sardegna quest'estate: considerate fini a se stesse, l'attività scopereccia e quella speculativa sono sterili tutt'e due... godere godere godere, fare soldi fare soldi fare soldi, e poi?»

«Con la finanza puoi permetterti il sesso, col sesso non puoi permetterti la finanza.»

«Be' Walter, dipende... se sei molto bella, o molto bello, sì... i soldi ricavati col tuo corpo puoi investirli, magari aprendoti un desk privato... mi par di capire che tutti e due puntavamo su prede non comuni.»

«Uno giovane come te non dovrebbe parlare all'imperfetto... sai quante puoi averne sul tipo di Gabriella?»

«Posso togliermi la giacca?»

«Fa' come se fossi a casa tua...»

«Be', questa casa è mia solo sulla carta, ma va bene così... è talmente personalizzata che... sai, con Gabry mi succedeva una cosa strana, non credo che ripeterei l'esperimento... la vedevo come una dea ma poi mi dicevo "se lei è più di una donna, allora io sono meno di un uomo"... mi sentivo nient'altro che un ammiratore.»

«Suppongo sia stato questo a farti preferire la storia con Edith...»

«Edith è un animale tutto terrestre, con lei non restavano margini... ma la novella edificante che lei si racconta non esiste.»

«Desideri ancora che vada a parlarle? mi sembrate due pianeti impermeabili a qualunque collisione.»

«All'inizio è stata proprio la distanza che m'ha attirato, era l'anti-Gabriella... m'ha suggerito cambiamenti assurdi, gridando... di ribellarmi, non so neanch'io... di diventare il granello che fa saltare l'ingranaggio... si offriva al martirio... non la credevo così stupida.»

«Avere degli ideali certe volte esime dal pensare, o almeno limita molto i danni.»

«Gliel'ho poi spedita la mail ma non mi ha risposto, probabilmente non si rende conto della gravità della situazione.»

«...»

«Il fatto è questo, via, basta coi misteri: la fabbrichetta del padre ostacola i piani di un gruppo molto invasivo che punta a monopolizzare il comprensorio, per sinergie a vasto raggio e per condizionare la politica regionale... per loro uno come suo padre è una formica anche se lui si crede un toro... se avesse intenzione di fare l'eroe può andare incontro a qualche incidente bruttino, più di quelli che ha avuto finora.»

«Si chiederà di che m'impiccio.»

«Lo sa che siamo amici, e ne era anche fiera... il cognome te l'ho detto, no? ora ti do il numero.»

«Mi sono informato, ho capito chi è, che ambienti frequenta... c'è un posto dove martedì la trovo di sicuro...»

È meglio lì, piuttosto che una telefonata allarmante e diretta.

Il Teatro Valle con la sua bella ɘ rovesciata, le palmette in vaso all'ingresso, un "aperitivo work-in-progress" promesso dal display in vetrina; maratona di letture, ventiquattro ore non-stop a sostegno dell'agitazione in corso. E gli eterni look da okkupazione: pantaloni larghi a fiori, magliette nere girocollo, gilè smanicati di jeans. Il vecchio Bifo sui gradini del foyer parla di una ragazza che non sapeva tirare i sampietrini; la Guzzanti si lamenta che sia stato rinviato il gruppo di studio sul debito mondiale; un avviso a pennarello rosso, sotto una bella foto di Monicelli, annuncia per dopodomani un dibattito tra Miriam Mafai e Concita De Gregorio sul tema *Le donne e il sistema della politica*. Pochi stravaccati sulle poltroncine, è un'ora morta. Il reading di Edith *** era previsto per le quattro e mezza, avevo pensato di beccarla alla fine quando sarebbe stata meno nervosa; ma sono le cinque e sul palco staziona ancora una ragazza molto giovane, capelli corti e voce drammatica – legge la lettera (credo vera) che la fidanzata libica le ha spedito da Misurata. Incontro nel corridoio un amico architetto, pare che il pezzo migliore sia stato finora quello di Lidia Ravera, a proposito del film che discute le possibili bufale dell'amministrazione americana sull'11 settembre, e come lei abbia rovinato le vacanze di una simpatica coppia newyorkese costringendoli a vederlo. Spettegoliamo di malattie, nostre e altrui, di Teledurruti e di un conoscente comune che ha imparato le tecniche orientali di bondage a un corso serale dell'Arci; il cazzeggio e le memorie del bel tempo andato sono le consolazioni della vecchiaia.

Quando rientro Edith è quasi alla fine della sua lettura, faccio in tempo a cogliere le ultime frasi e il senso generale: l'addio di una donna che non confessa all'amato di essere incinta. *Vanity, mio bel Vanity, io invece di piangere sferruzzerò la mia vendetta e tu non lo saprai perché non sei di quelli che si voltano indietro.* Applausi sporadici, una spettatrice sale sul boccascena per abbracciarla; uno striscione pende dal secondo ordine di palchi, "com'è triste la prudenza!". Incoraggiato mi spingo dietro le quinte, sta ancora chiacchierando con l'ammiratrice tra i tiranti e le rotaie impolverate. Mi riconosce lei prima che mi presenti, l'ammiratrice si dilegua cinguettando «ubi maior», dev'essere una sua collega del liceo.

«È un finale tutto da riscrivere, spero tu non mi abbia ascoltata.»

«Sono qui per una separazione più prosaica, ti porto un messaggio di Tommaso... andiamo al bar?»

«Restiamo qui, così non devo controllare le mie espressioni facciali.»

Vista da vicino è meno brutta di quanto immaginassi, con una massa di riccioli senza tintura e forti gambe abbronzate che spuntano dallo spacco della gonna da zingara mentre si siede su un rotolo di corda.

«Vengo subito al punto, scusandomi in anticipo... ti prega di non sottovalutare quello che ti ha scritto, tuo padre corre davvero un pericolo... avrai capito che le informazioni che ha Tommaso sono spesso borderline...»

«Molto più che borderline, se ti ha detto solo questo ti ha taciuto il peggio.»

«Non lo conosco così bene, io e lui stiamo giocando una partita a carte coperte.»

«Ho scalato l'Everest con lui cercando di farlo aprire, di forzare la sua abulia... che smettesse di lanciare il sasso e ritirare la mano... ho perfino sopportato in silenzio la sua sottomissione a un'olgettina, fin che la verità non m'ha azzannato spuntando da tutt'altro orizzonte...» (*sul proscenio è il turno di un attore politicizzato, arrivano zaffate di "mappatura emotiva" e "input ministeriali"*) «... rispondigli che mio padre non farà l'eroe, semplicemente perché lo è, è un capobranco azzoppato che non dorme da mesi... i suoi operai sono la sua famiglia e io sarò con lui, l'unico uomo degno e rispettabile della mia vita.»

«Domando ancora scusa di essermi intromesso, sono zone delicate che... forse un giorno riuscirete ad attraversarle di persona.»

«A 'sto punto spero che ad attraversare la sua strada siano le forze dell'ordine.»

Uscendo dal corridoio verso il foyer m'imbatto in una specie di clown, non capisco se maschio o femmina, con le maniche argentate a sbuffo ed enormi pon-pon rossi – alza le dita a V, le guance e le sopracciglia impiastricciate di glitter, «hasta la victoria siempre». Come no? E la bellezza salverà il mondo.

Le grandi ali e l'abito vaporoso sono imbevuti di rosa perché il rosa proviene da una sfera superiore che condanna al grigio sia i custodi che il prigioniero; i colori sono soltanto due perché l'opposizione è elementare, tutto è già stato detto. Le sbarre stanno ancora al loro posto, solidissime in primo piano e in uno splendido controluce, san Pietro ha ancora i ceppi ai piedi e alle mani – eppure l'affresco è conosciuto come *La liberazione di Pietro*: infatti eccolo a destra già libero che viene guidato dall'angelo giù per le scale. Senza angeli il mondo sarebbe un carcere oscuro; come diceva un impiegatuccio asmatico, "l'angelo è la meta". I carcerieri dormono non tanto perché è notte e sono stanchi quanto perché la vita di quaggiù, considerata dal punto di vista del rosa, non è che ignoranza e sonno.

«Faccio fatica a starti dietro... io i quadri li compro, mi fanno compagnia e mi piacciono le forme, ma non so vederci dei ragionamenti così complicati... anzi, sono riposanti perché sono armoniosi e stanno zitti.»

«Gli affreschi hanno più pretese... non puoi portarteli a casa, devi venire tu a trovarli.»

«Si potrebbero staccare e mettere in una grande villa... conosco chi si è preso dei mosaici romani in Tunisia e li ha piazzati in piscina...»

«Ti ho portato qui in Vaticano così siamo extraterritoriali e puoi finire di dirmi quello che hai cominciato.»

«Oddio, tanto extraterritoriale... quelli dello IOR ci sono dentro fino al collo dappertutto...»

«Però come vedi qui c'è sempre un messaggero pronto a liberarti... confessati, vai.»

Ci avviamo per le stanze meravigliose, la *Scuola di Atene*, la *Messa di Bolsena*; i gruppi cinesi e americani non fanno caso a noi, ascoltano le spiegazioni negli auricolari.

«Diciamo che se arrivo prima su certe informazioni non è perché sono così bravo... sono anche bravo, ma ho sempre potuto contare su un aiutino.»

«Da parte di chi?»

«Da parte di gente che le cose le può anche modificare... sanno quello che succederà perché lo fanno succedere loro... e quando versano i soldi in banca i direttori non si azzardano a domandare... o meglio accettano qualunque risposta, ci credono di default.»

«Stai dicendomi che sei sostenuto, o addirittura fai parte di una associazione criminale?»

«Questo ti farebbe orrore?»

«Se tu non mi avessi già giudicato, non ti saresti spinto così avanti... è ovvio che un'ammissione del genere ti rende ai miei occhi solo più interessante... rido pensando allo shock che deve aver subito la povera Edith.»

«Si stringeva la testa tra le mani e continuava a ripetere "che scema!"... a proposito, l'hai vista?»

«Sì, le ho riferito l'ambasciata... se fossi in te non conterei su una riconciliazione a breve scadenza...»

«In realtà il cretino sono stato io... l'hai capito perché ho deciso di raccontarti tutto? la ragione vera intendo, quella seria, non quella esibizionistica...»

Siamo passati al museo d'arte antica, come se inconsciamente visitassimo i nostri moncherini sepolti; ora stiamo davanti a Laocoonte che si dibatte tra i serpenti marini, avvinghiati molto più stretti alle sue cosce che agli insipidi figli.

«Per liberarti di un peso, presumo.»

«No, di psico-restauratori m'è bastato quello... tu mi servi come sparginebbia.»

«In questo sono specializzato.»

«Lo sgarro più grave non è stato di aprirmi con Edith, sono rimasto molto sul vago e non c'è una procura che l'ascolterebbe... però per salvare quel capoccione di suo padre non ho portato a termine un'operazione a cui loro tenevano molto...»

«Loro chi?»

«Tutto a suo tempo... il problema è che io per il mio lavoro devo apparire strapulito e superinsospettabile... se la pazza si lascia scappare qualcosa l'unica è farmi passare per un contaballe megalomane, uno che vanta collegamenti e protezioni che non ha... uno che addirittura si propone come protagonista di un libro, un millantatore malato di narcisismo.»

«Se ti serve posso inserirti nei ringraziamenti...»

«Bah poi vediamo, io spero ancora che non ce ne sia bisogno... perché se succedesse sarei comunque sottoposto a uno screening, Persona chiuderebbe e dovrei cambiare aria per un po'... intanto offro questo atto di obbedienza e di umiliazione.»

«Mi dispiace diventare strumento di una tua perdita di dignità.»

«Non ti preoccupare, magari alla fine da un male nascerà un bene... io resterò al mio posto e tu avrai un libro più convincente.»

«Effettivamente c'erano parecchi punti che non mi tornavano, ho anche messo delle note per segnalare le tue omissioni.»

Attraversiamo l'ala dell'arte medievale, ecco san Pietro crocifisso a testa in giù tra due piramidi – per modestia, per non paragonarsi alla divinità.

«Ti giuro che non ometterò più niente, lo prenderò come un harakiri simbolico.»

«Sai cosa stavo pensando? che dopo aver tanto lottato per differenziarti, hai fatto davvero la fine di tuo padre, aggiornata alla modernità.»

«Come mi aveva profetizzato mia madre, eh già... lei lo sapeva, quella è gente che se ti tiene in pugno non ti molla più... lo vedi perché ho bisogno di te? per collegare i segmenti.»

«Okèy, domenica ci vediamo e mi riempi le lacune.»

3.

Che non sarebbe mai stato normale Tommaso ce l'ha avuto chiaro fin dalle ultime classi delle elementari: quando non lo volevano in squadra perché il suo peso avrebbe fatto cadere la passerella o quando andavano a sgranocchiarsi le merende lontano da lui per evitare d'esser guardati con occhi famelici («pare che nun magni da 'n anno»). Poi aveva capito abbastanza presto che gli strani personaggi che incrociavano in casa sua non erano i banali amici che frequentavano le case di tutti; abbassavano la voce, lasciavano pacchetti, una volta uno di loro aveva posato una rivoltella sul tavolo e Irene l'aveva subito coperta con un grembiule. Non era brutta la sensazione di essere diversi: al padre conferiva una disinvoltura sempre un po' esagerata, una risata dimostrativa, mamma era attenta e decisa come una chioccia davanti alla volpe. Loro erano gli Aricò e non si accontentavano di bruscolini, il grasso poteva diventare prepotenza e massa d'urto.

La cattura di Sante aveva marcato un discrimine, l'ammissione che qualche calcolo in famiglia era stato sbagliato; se sei fedele ma ignorante come un animale sarai sempre il primo a essere sacrificato alla causa, perché puoi mettere a disposizione solo te stesso. Bisogna offrire alternative, algoritmi che abbiano un valore generale, proporre strategie graduate a seconda dei rischi e delle probabilità di riuscita. Il figlio e la madre adesso erano proprio poveri, la differenza si era trasformata in inferiorità; Tommaso era giunto a invidiare perfino gli spacciatori e i magnaccia, era certo di valere più di loro ma la sicurezza inacidiva nell'obesità. Passeggiava ruminando da solo. C'è differenza tra essere usato come carne da macello o partecipare a un progetto col proprio contributo di idee; tra i sedici e i diciassette anni, il progetto che affascinava Tommaso era quello di distruggere il mondo; confusamente, come le sue amate band musicali che spaccavano le chitarre sui riflettori e tagliuzzavano le groupies con le lamette infette.

Ma il suo ingegno era più sottile e i Latronico se n'erano accorti, la cosca che dalle sponde del lago Averno si era spinta fino ad Aprilia e ora dominava tutta Roma Sud; avevano vibrisse come quelle dei gatti per captare il manifestarsi di giovani promettenti e adatti ai tempi nuovi, non si lasciavano fuorviare da un carattere ombroso o da un aspetto poco guerresco. Così, quando era arrivata la proposta congiunta della chirurgia bariatrica e dell'università, Tommaso aveva colto al volo l'occasione di riscatto – riscatto anche familiare, il salto che mio padre avrebbe sempre sognato grazie a nient'altro che alla mia intelligenza. Servire sempre si sarebbe dovuto, naturalmente, ma con un grado di iniziativa ben maggiore e senza le macchie del trucidume; senza gli impicci, le bische, la paura dei carabinieri, senza rischiare una coltellata per l'invasione delle piazze. Guadagnare rispettabilità restando diversi, continuando a sognare in grande – non come i farlocchi topi di fogna che saranno anche onesti ma ti fanno venire sonno solo a guardarli, lo stipendiuccio la mogliettina il capufficio.

Nel condominio di Anzio ci stavano i latitanti con falsa identità (i pasticcieri vantavano ciascuno due omicidi a carico) ma anche un paio di reclutatori italo-americani; se avesse avuto più talento imprenditoriale, o più capacità di leadership, Tommaso sarebbe partito per il Messico dove c'era un fronte caldo – il momento del colloquio era stato emozionante, Irene non ne sapeva nulla e credeva si trattasse solo di un generoso aiuto in denaro, invece lui era stato davvero per partire e abbandonarla; la matematica l'aveva trattenuto, il nucleo milanese necessitava di un rinforzo nel settore finanziario. Nella clinica svizzera, mentre Irene si divertiva in centro a mangiare cioccolata, aveva incontrato un capintesta della vecchia guardia calabrese, in convalescenza dopo una plastica facciale; gli aveva raccomandato non farti venire i bollori, se ti rimetti su col fisico non perderti dietro le donne che sono la rovina dell'umanità, più che l'odore di fica conta lo "hjàvuru i pila", il profumo dei quattrini.

Tramite il professore di Statistica Tommaso s'era avvicinato a Forza Italia, come due anni dopo all'UDC attraverso un cliente; era stato inserito al penultimo posto nella lista per le comunali; questa stessa facilità di entrare, uscire, cambiare schieramento lo aveva stomacato

– erano solo parole, bestiame numerato. I suoi sponsor avevano altre mire per lui, nei nuovi equilibri delle banche. Più che ambizioso, Tommaso era alla ricerca di un ruolo che giustificasse il suo recente aplomb e quella figura imponente già troppo matura per la sua età. Spesso si ritiene che sia il potere a condizionare le abitudini e perfino l'aspetto fisico, ma molte volte è il contrario: un venticinquenne che ha perso la leggerezza della gioventù deve pur trovare da qualche parte un'immagine che lo riassuma.

L'appartamento vicino a San Babila ovviamente glielo avevano procurato loro; mischiarsi con la bella gente, fingendo un reddito che di fatto non era suo, si era rivelata un'operazione non priva di sbavature: le feste erano confuse, nei salottini riservati non veniva invitato, magari scambiava il figlio di un ministro per un importatore di cocaina o una troia di lungo corso per la compagna di un famoso giornalista economico. La sua guida in quei giorni era Maria: studiava serbo perché i capi stavano riorganizzando l'outsourcing del traffico di stupefacenti e i nuovi responsabili erano serbi quasi tutti – al compleanno di un calciatore, all'Idroscalo, aveva incontrato Berlusconi per la seconda volta – sudatissimo, col fazzoletto sporco di fard. Aveva subito telefonato a casa per dirlo a Irene ma Maria l'aveva preso in giro («non siamo al *Grande Fratello* e tu non sei un fan»); che Maria allora avesse il compito di controllarlo e di impedirgli di fare stronzate, era venuto a saperlo solo qualche anno dopo.

Se c'era un campo in cui il giovane Tommaso non creava preoccupazioni era quello del sesso; la carriera a tappe forzate lo trasportava così velocemente che doveva reggersi alle maniglie per non cadere, non aveva proprio tempo per titillamenti poco funzionali. Era impegnato a godersi le facce dei colleghi, il loro impallidire man mano che lui cresceva, la difficoltà sempre maggiore nel dirgli di no; era come se ci fossero due banche sovrapposte, una di normale competizione aziendale e l'altra di ammicchi indiscutibili. Lui era pagato per sbagliare, creando perdite fittizie che giustificassero depositi altrimenti inspiegabili; la voluttà scorreva per quelle arterie molto più che negli incontri troppo facili con le squinzie circospette e depilate. La mia diversità appartiene a un'altra orbita, pensava Tommaso, non ho quell'assillo che mi punge; come invece il povero Stefano, il primo vero boss di seconda generazione che Tommaso abbia conosciuto (ma di questo più tardi) – che per lo scandalo di una guardia svizzera morta in circostanze misteriose ha dovuto rinunciare a un rango promettente e si è ridotto a fare il commercialista.

L'amicizia-antipatia per Folco, la rivalità non tanto lavorativa (e tanto meno sessuale) quanto esistenziale, aveva cominciato a porre a Tommaso qualche problema nella definizione di sé: non sono una freccia destinata al bersaglio, sono un individuo strutturato e adulto che deve perimetrare i confini della propria serenità. A Folco la briglia veniva lasciata sul collo: siccome suo padre (massone e socialista) aveva ospitato un latitante di riguardo nella villa di Trequanda, a lui veniva chiesto più che altro un lustro di facciata; e tuttavia quando aveva deciso di emanciparsi era stato eliminato da un incidente provocato ad hoc. La certezza di non potersi liberare comunica a Tommaso una sorta di euforia – dentro al recinto il range di aleatorietà è immenso: come quando una sua giacca in pied-de-poule bianco e nero, troppo vistosa, fu fotografata dove non avrebbe dovuto essere (non solo era finita nell'inceneritore ma gli aveva fruttato tre mesi di esilio tra i tubi di scappamento del Cairo, ad annoiarsi nel casinò dell'albergo).

Il viaggio a Cuba era stato finanziario ma il referente ucraino aveva una brutta fama, di qui la necessità di portarsi Nando come angelo custode. Con l'arrivo di Boris l'accerchiamento era stato completo: non l'ormai obsoleta affiliazione formale, la cerimonia ridicola, ma l'acquisizione di alcuni livelli con relativa responsabilità – i viaggi al Sud e all'estero, qualche dettaglio specifico della grande magia. Donne come figurine, mutismo assoluto; puoi regalargli una decappottabile ma non puoi confidarti. Tommaso era rimasto troppo bravo ragazzo e il demone del bastian contrario risorgeva: non mi farò comandare a bacchetta, rivendico il diritto alle emozioni. Innamorarsi, essere gelosi, patire l'inferiorità sociale; se col denaro si può ottenere tutto, ebbene nel mio privato pretendo le ansie che il denaro non può procurare – questi burattini col rolex non mi piacciono, sono figlio di mio padre e non un figlio di papà.

«Ecco perché non emani il caratteristico puzzo dei ricchi... perché ti senti in emergenza tutti i giorni.»

«A ogni azione corrisponde una reazione uguale e contraria... è gente che non gli piace perdere, soprattutto non sopporta la disobbedienza... ma sotto il profilo tecnico ti permettono ampi margini di errore.»

«Gli esperti di criminalità dicono che le mafie non sono interessate alla finanza, perché di liquidità ne hanno anche troppa...»

«Ma che ne sanno quelli? arrivano a chiudere la stalla dopo che sono scappati i buoi... già il termine criminalità è obsoleto, folkloristico... la realtà è molto più fluida.»

«Tu ti senti un criminale?»

«Mi sento un agnostico... forse un debole, uno che non ha saputo rifiutare le scorciatoie.»

«I vocaboli nuovi si affermano sempre con difficoltà, gli ultimi ad accorgersi delle sfumature sono i contemporanei... i postulati si logorano, i vecchi sentimenti e i vecchi sensi, anche di colpa... nel Seicento ci avevano provato a catalogare la modernità interiore, la chiamavano la Carta del Tenero... ora ci vorrebbe una Carta del Refrattario... forse l'individuo che è nato allora sta morendo adesso.»

«Io non ho i tuoi orizzonti... magari sul tenero sono un po' antiquato, è un difetto di fabbricazione.»

«I soldi non ti hanno risolto, su quel piano?»

«In un certo senso sì, sarei ipocrita se dicessi che rimpiango quand'ero grasso e povero... certe scopate in aereo con la Gabry, o in barca con tre modelle che gli potevo fare qualunque cosa... è bello sentirsi padrone dei liquidi, di notte... e poi il sex appeal delle scommesse, le curve dei tabulati... però dell'unica che mi ha voluto bene mi sono vergognato.»

«L'economia e la tecnologia sono così veloci in questi anni che la psicologia fa fatica a tenergli dietro... quelli che chiamiamo rimorsi spesso sono soltanto delle sfasature.»

«Io infatti è con Edith che mi sentivo sporco, non con Gabriella...»

«Saresti stata una persona inquieta in qualunque contesto, probabilmente, legale o illegale che fosse... si adopera la parola illegalità come una vernice per coprire le differenze e assolversi senza capire... tutte le donne dei boss sono troie, tutti i ricchi anomali sono delinquenti e tutti i gatti sono bigi... sembra che siano onesti e puliti solo loro, i vecchi borghesi liberali con le eredità stratificate e il culo al caldo.»

«Boh, come gatto chissà di che colore sarei, io...»

«Non posso, davvero.»
Le staffette del sonno mi visitano benevole da anni: facce e silhouette ricorrenti che trasvolano da eoni intermedi per distogliermi dagli stress diurni – quando arrivano so che anche per oggi sono stato perdonato e posso azzardarmi a dormire. La vietnamita col figlio sul cestino della bici si presenta quasi sempre, ma anche il vecchio sul trabocco che guarda il mare; e il profilo della bidella con lo chignon, e il ciclista Tacconi che sorride tagliando il traguardo. Ma stasera c'è la faccia di Tommaso dilatata e un po' tremolante, il viso di un annegato che riaffiora; invece che distaccarmene mi riporta al dialogo del pomeriggio, con l'insistenza di un figlio mai nato.

«Sì che puoi, se il patto cambia è giusto che cambino pure le condizioni.»

«Ma non c'è bisogno che mi regali l'appartamento, già mi regali un libro più osé di come l'avevo immaginato, un libro-ordigno che...»

«Il libro è di tutti e due... a questo punto mi sentirei male a riscuotere un affitto.»

«E io mi sentirei male a non versartelo.»

«Sarò sgarbato, allora... o complice o niente... queste sono le direttive, devi sporcarti anche tu... se accetti, ci concediamo una gita al Nord e ti faccio parlare col nostro teorico... non un sempliciotto come me, uno che ha la visione larga, a livello globale... diciamo il mio padre putativo.»

«D'accordo.»

Dove anche le guide sono cieche, si può ancora parlare di un cammino?

4.

Il wedding planner indossa una giacca bianco-blu a righe larghe e una cravatta ciclamino; corre dinoccolato e isterico incontro al furgone, «presto presto, se i due secolari non stanno belli simmetrici quando arriva la sposa vi trattengo il dieci per cento, è l'unico linguaggio che capite». I "secolari" sono due ulivi contorti da collocare ai lati del portale d'ingresso – chiesetta romanica senza fronzoli, dato il leggero ritardo siamo venuti qui direttamente, alla villa ci troveremo dopo per il ricevimento. Ulivi anche dentro la chiesa nelle navate laterali e un tappeto d'erba vera sul pavimento, continuità tra esterno e interno – i paesani scuotono la testa al fatuo sacrilegio, ma si sa che i soldi costringono anche l'acqua ad andare in salita. Arnalda, la madre della sposa («datemi dell'Alda») ha ancora su un grembiule da lavoro sui leggins corti al polpaccio; è lei la proprietaria di tutto, della villa e del frantoio, e non deve avere una buona opinione della consuocera («m'ha detto si vede che lei non frequenta ho risposto che fortuna conoscerla, m'insegni»). Strombazzano le auto infiocchettate, inchiodano sulla ghiaia; con Tommaso ci teniamo in disparte, le presentazioni ora non è il caso – Alda è sparita in sacrestia, riappare dopo pochi minuti in un Balenciaga rigorosissimo («l'abito fa proprio il monaco eh, una povera bestia come me ve' cosa diventa»). Ecco lo sposo col padre e gli amici, ci disponiamo tra i banchi; a destra le meridionali grasse, imperlate di sudore e di gioielli, a sinistra le lombarde abbrustolite, le braccia macerate come corde o vecchie pergamene.

I piccoli incidenti sono benvenuti nelle cerimonie, alla fine ci si ricorda solo di quelli e predispongono al buonumore; lo sposo leggendo è incappato in un lapsus, «in pegno del mio amore e della *tua* fedeltà» – se n'è accorto subito e per l'imbarazzo ha inanellato la sposa col suo proprio anello, che naturalmente le stava largo. Ne sono nati scherzi sui ruoli e sulle corna; in effetti è lei che pare la più maschile dei due, è più anziana di quattro anni e mentre lui è emozionatissimo lei controlla i decori floreali per verificare se non l'abbiano buggerata. Un abito neoclassico di Ferré ma sbuffa, non è del tutto convinta («mi sento una ridicola, più brutta di quando vengo qui con i cani»); però uscendo calpesta lo strascico, si vede che è più agitata di quanto voglia ammettere – «se inciampo mi metto a ridere, non sto certo a dire oddio che figura»; soffre di un lieve prognatismo e quando ride esibisce un bel po' di gengiva.

Ci avviamo verso le macchine per trovarci alla villa; con uno sconosciuto in smoking lodo la Bentley argentata che rapisce gli sposi e ne ricevo un'excusatio imprevista: «il denaro vale qualcosa solo quando è troppo, Dio non ama i pezzenti»; Tommaso mi spiega che è un sottosegretario alle politiche industriali. Un bodyguard atletico con una giacca destrutturata di Dolce & Gabbana salta una siepe e si sporge sul paesaggio: «oggi sarebbe la mia giornata e invece c'è 'sta minchiata del matrimonio» – giornata ventosa intende, ideale per il kitesurf.

***, il "teorico", è sull'imbarcadero pronto ad accogliere chi arriva via lago; l'anfitrione a rigor di termini non sarebbe lui ma dà l'idea di non badare a queste sottigliezze. Completo bianco di lino, viso segnato e fisico ancora prestante, sui quarantacinque direi; il figlio ne ha ventitré, «sposarci presto è l'ultimo residuo terronico in famiglia». Cincischio intimidito, fuori posto; è stata troppo strana la trafila per arrivare qui, vorrei chiudere gli occhi e ritrovarmi nella mia stanzetta, tranquillo tra libri e quaderni. È troppo tardi, ecco la stretta di mano:

«Prima si mangia, poi si intrallazza.»

«Si immagini, io... mi sento veramente un intruso, spero di dare meno fastidio possibile.»

«Macché fastidio... ho preso informazioni, non essere modesto... *Mille paradisi* e *Il contrasto*, conosco la tua bibliografia... prima che te ne vai mi devi consigliare un paio di autori italiani sicuri, purtroppo non ho mai tempo per leggere.»

«Avrà ben altro da fare, suppongo...» (*imbranato, imprudentemente allusivo, ma non se ne accorge nemmeno.*)

«Vuoi umiliarmi con questo "lei"? diamoci del tu... oh eminenza, al traghetto mi sono permesso di chiedere due fermate aggiuntive oggi...»

L'Isola Comacina risplende oltre la balaustra, con gli aceri e le querce che stanno appena cambiando colore; il panorama mi sembra truccato per una recita di cui non possiedo la chiave, come appaiono travestiti i tavoli sotto i grandi cedri del Libano – enormi mazzi innaturali di rose e girasoli, trecce di limoni e assaggi troppo elaborati per risultare gustosi. Al nostro tavolo parlano di vino e di texas hold'em:

«Se uno fischietta e poi fa un raise, di solito sta gonfio gonfio...»

«La Verdesa bianca quasi in purezza, basta che ci metti un dieci per cento di Sauvignon...»

«... e se hai una coppia bassa ti conviene foldare di corsa...»

«... io in purezza vinifico solo la Croatina...»

Credo abbiano mischiato apposta le due parentele e i due giri di amici ma le conversazioni restano separate (io sono un bruscolo del tutto estraneo); dal tavolo accanto qualcuno si lamenta di un carico di coltan che i militari hanno bloccato in Zaire; il coltan, mi ragguaglia Tommaso, è il componente base delle cellule fotovoltaiche. C'è un po' di trambusto perché la sedia dello sposo stava sprofondando nella ghiaia, un cameriere porta due assicelle di legno per rimediare all'inconveniente; la sposa non sta mai ferma, è già scappata in cucina ad assaggiare la torta nuziale («una signora di classe non mangia, spilluzzica»). La bella facciata settecentesca addolcisce il suo giallino – i cammelli (o le gomene) entrano ed escono dalle crune degli aghi, Cristo s'è sbagliato; mi torna in mente il cinismo di Paul Getty ("i mansueti erediteranno la terra, ma non i diritti di sfruttamento dei suoi minerali"). Ora è sparito lo sposo ma la sposa fa la superiore:

«Nino dov'è?»

«Sarà già in giro per ragazzine, figurati, il lupo perde il pelo ma non il vizio.»

Per il taglio della torta l'effemminato wedding planner ha previsto un'altra location, il ninfeo di statue aperto sul lago attraverso un arco fiorito; le scie dei motoscafi si incidono d'oro nel pomeriggio maturo. L'amaro del Padrino, ne compaiono due casse tra gli scherzi stridenti – e sotto la torta sta scritto "Montecchi e Capuleti", piani alternati di cioccolato al peperoncino e crema con l'uvetta. Si formano capannelli e Tommaso mi indica i personaggi di cui sa, nemmeno lui è tanto inserito: un ex terrorista nero («ha avuto successo col suo gruppo hard rock, ma adesso è assessore grazie alle passate connivenze»); una dottoressa senza frontiere che in Africa aveva allevato una jena e la portava con sé nei sopralluoghi in savana («si accorgeva prima di lei se si avvicinava il leone»). Il denaro compie il miracolo di pareggiare il diverso rendendo ogni cosa, paradossalmente, originaria e up to date. A una svolta di allori *** ci rassicura di non averci dimenticato:

«Avete bevuto l'amaro?»

«Viene davvero da Corleone com'è sull'etichetta?»

«È tutto finto, l'etichetta è stampata da una tipografia di Buccinasco... la Sicilia non voglio rivederla neanche in cartolina... però tutti gli anni spedisco una corona sulla lapide di Falcone...» (*si accorge della mia fronte corrugata e non resiste alla tentazione di stupirmi*) «... io sono assolutamente contrario alla violenza, bisogna tradire i padri per realizzare i loro obiettivi.»

«Si sente l'impronta di Friburgo...»

Tommaso mi ha riferito che si è laureato lì, in Storia delle dottrine sociali.

«Non devo insegnartelo io, è roba tua, ma ti ricordi Stendhal? "un banchiere fortunato ha il carattere adatto per fare delle scoperte in filosofia..."»

Comincio a pentirmi d'essere venuto, qui non si arriva mai al dunque; ammicchi, rinvii mentre *** è sempre occupato a confabulare con questo e quello, si è fatto tardi – nel salone degli specchi ci si prepara a ballare. Tommaso non sa più con quali argomenti intrattenermi, l'architettura e gli affreschi déco, poi le famiglie Berlusconi e Sylos Labini che si sono imparentate anch'esse per via di matrimonio; siamo alle banalità dei dvd piratati quando *** piomba a chiederci scusa e ci dirotta in un salottino del primo piano con vista sul crepuscolo, fanali tremolanti nell'acqua e a imbuto il profilo nero dei monti.

«Cosa volevi sapere?»

«Siete voi, mi sembra, che me lo volete raccontare...»

«Non facciamo giochini, su, comincia a chiedere.»

«Be', potremmo partire dall'accenno di prima, sulla Sicilia e sui padri...»

«Ah lì il discorso è semplice: noi trenta-quarantenni siamo una generazione che è stata fregata dalle scelte dei genitori... di stupida contrapposizione e di violenza autolesionista... abbiamo dovuto evaporare dall'Italia che eravamo ancora adolescenti e ora ci ritroviamo coi beni quasi intatti ma con la necessità di cambiare radicalmente strategia... traghettare i capitali nel nuovo millennio... dobbiamo diventare un rumore di fondo, non una metastasi ma il tessuto normale dell'economia... non puoi guardare dentro una dark pool come non puoi guardare dentro la vita... la finanza mondiale è irresistibile come la marea e noi dobbiamo essere la Luna...»

«Lirismo a parte, vorrei capire dove finisce la finanza e dove comincia, scusa la parola, la pratica criminale, o coattiva...»

«La violenza è un asset come gli altri, un'extrema ratio, a parte che ormai la deleghiamo quasi sempre ai disperati... diciamo che serve a rendere più attraente e funzionale il prodotto, eliminando le lungaggini... noi ci consideriamo una holding del terziario avanzato, offriamo un pacchetto di servizi completi... protezione, prestiti a tassi ridotti, manodopera a prezzo calmierato, smaltimento delle pratiche amministrative, assistenza legale...»

«Per queste cose non si va in galera... quelli che vengono catturati spesso sono degli assassini...»

«"Ausmerzen", hai mai sentito questa parola? a marzo i pastori scartavano le pecore che non avrebbero resistito alla transumanza, sfoltivano il gregge... le autorità ci aiutano eliminando i più incarogniti e testardi, quelli che non hanno afferrato, o non hanno potuto assecondare, l'obbligo della mutazione... se poti una pianta la fai respirare meglio...»

«Se il leone si mangia le gazzelle meno veloci, il branco si rafforza.»

Tommaso si limita a precisazioni gregarie, orgoglioso della brillantezza dialettica del suo capo; sul lago l'azzurro non vuole morire – forse il denaro è la materia oscura che permette alla luce di propagarsi.

«Sicché il vostro core business non sono più l'intimidazione, la paura, la sparatoria...»

«Non possiamo più permetterci di riciclare i profitti in beni individuabili sul territorio... la speculazione finanziaria è il nuovo linguaggio e il giovanotto qui presente lo parla benino... se riesce a controllare il suo fratellino nelle mutande...»

«Vecchia polemica, sono puro come un monaco... e poi da che pulpito... il folklore da film ci fa comodo come copertura, è un ottimo specchietto per le allodole.»

«Qualche volta, ti dirò, l'abbiamo perfino alimentato apposta... i giornalisti hanno la bavetta quando possono parlare di sangue, droga, incaprettamenti delle pteromafie...»

«Se beccano qualcuno di noi, siamo bravissimi a fingerci standard, più rozzi e dialettali di quello che siamo.»

«Te lo ricordi Rudolf al processo? sbagliava perfino i congiuntivi, roba da Hollywood.»

Ridono, rilassati; da sotto giunge una baraonda di hip hop e disco music.

«A questo punto azzardo la domanda delle domande: chi siete *voi*, a chi si riferisce questo plurale?»

«Gliela diciamo la verità?»

«Sì, tanto i suoi lettori non la reggeranno...»

«È fondamentale il concetto di Rete... ma non siamo una Spectre, non ci conosciamo tutti... molte cose, poste certe premesse e una visione comune, vanno in automatico... si allarga l'influenza convincendo altre signorie locali...»

«L'importante è diversificare, sperimentare prodotti di qualità... finanziari e non.»

Sembrano il capocomico e la sua spalla, a *** sono riservate le battute più rodomontesche:

«Nella storia del mondo si riproducono continuamente, sotto diverse forme, le medesime caste... i cavalieri, i comunicatori, i commercianti, i consumatori e gli schiavi... noi siamo i cavalieri.»

«È un'idea piuttosto fascista.»

«Non stuzzicarlo su questo che ci facciamo notte.»

«Effettivamente potrei tenere un seminario... la democrazia ha perso da tempo la sua spinta propulsiva... il futuro appartiene alle oligarchie illuminate che scavalcano i confini e le leggi dei singoli Stati... molte nazioni, se vogliono sopravvivere, devono chiedere aiuto a noi... abbiamo salvato parecchie banche che non possono non esserci grate...»

«Come la filiale messicana della Wachovia... i modelli matematici con noi subiscono qualche torsione.»

«È un ping pong di poteri molto interessante e l'Italietta è un bel laboratorio, con uno dei nostri ricattati posto al vertice così a lungo... un bel laboratorio di rispettabilità criminale.»

«Mi trasportate in un'aria rarefatta, ho bisogno di rimettere i piedi a terra e di balbettare tutte le mie perplessità... se devo essere sincero ho l'impressione d'essere preso per il culo.»

«Ti forniremo ampi dettagli, così potrai farti un quadro... questo era solo un contatto... ma una clausola dev'essere chiara fin da ora, se accetti di capire devi anche essere disponibile a depistare.»

«Era ovvio fin dall'inizio...»

«No, ma è sempre bene chiudere gli spiragli del malinteso... che gli uccellini non possano scappare dalla gabbia.»

La stretta di mano di ***, e l'occhiata, mi darebbero una scossa come quella che una volta mi dava l'erotismo, se fossi ancora un individuo senziente e non un utensile dismesso – ai limiti del favoreggiamento e oltre. Quello che suona di sotto è un complessino giamaicano con le collane fosforescenti e i dreadlock; lo sposo e la sposa danzano ubriachi a piedi nudi. Penso incongruamente a Nicola Gratteri quell'unica volta che l'ho ascoltato in una libreria milanese; uno dal pubblico gli ha chiesto come fanno i mafiosi a scegliersi i prestanome e lui ha risposto «fanno come gli omosessuali, che si trovano senza cercarsi». Ancora a questo siamo, ai prestanome, direbbe ***; «per fare un'indagine» si lamentava il valoroso magistrato, «ci vogliono due anni, rischiamo di essere la nottola di Minerva». Non posso più restare, devo rientrare nella mia bara prima dell'alba.

Dovevo passare da Mantova per obblighi editoriali e avevo ritrovato su Facebook una vecchia amica mantovana di quando lavoravo in televisione; lei si chiama Sabrina ma nel profilo è "princess Tabata" e c'è la foto della sua bassottina a pelo ruvido color nutella, in posa da diva con gli occhialoni da sole. Avevamo cazzeggiato con tutta la frivolezza del caso («vedo che hai smesso di depilarti»; «sì, è più pratico, però gli occhiali sono di Chanel») ed era finita con un invito a cena; tutto m'aspettavo quella sera tranne che incontrare Gabriella – in coppia con un settantenne presidente di una società di consulenze (cranio lucido con qualche macchia violacea, barbetta corta e candida, viso impervio e affilato da condottiero, un desiderio di potere così intenso negli occhi da togliere alla sua espressione qualunque sospetto di volgarità).

«Preferisco non indagare sull'idea che devi esserti fatto di me.»

«Come va, lavori con Sabrina?»

«Dovevo, ma poi... la mia vocazione artistica non è mai stata devastante, non ti dico l'ambiente che cosa è diventato... "le squale" le chiamo io... addosso ai resti di quel povero vecchio, a chi lo sbrana di più... ormai sembrano tutte laureate in Legge.»

«Per povero vecchio intendi... Lui, the boss of the records?»

«Be' certo, non questo qua, questo è delizioso... ho accumulato una competenza sulle cantanti degli anni Cinquanta... la Franca Raimondi e la Katyna Ranieri... mi sono sciroppata la caramellaia di Novi Ligure, sono diventata una fan di Jula De Palma...»

«Tuaa, tra le braccia tuee... per sognare in duee, per morir cosiì...»

Sabrina coglie al volo le ultime note:

«Lo sapevo, con lui ti puoi allenare.»

«Solo musicalmente...»

«Mah, non si può mai dire... io ce l'ho avuto un fidanzato gay... quando mia madre m'ha chiesto come mai ci eravamo lasciati le ho confidato mamma, perché ha scoperto che gli piacciono gli uomini... e lei m'ha risposto figurati, sarà stata colpa del tuo cattivo carattere.»

«Gli uomini del carattere non se ne accorgono neanche, basta che li lisci per il verso del pelo...»

«Uh a proposito... devo telefonare al mio imprenditore dell'agroalimentare... ieri era preoccupatissimo perché la sua mora romagnola preferita stava male... il verro l'aveva ricoperta tante volte che le aveva spellato la schiena... chissà quante fantasie ci avrà ricamato sopra... con permesso.»

Sabrina si allontana e il tono cambia:

«Tommy come sta? non lo sento da una vita... tu sei qui per il festival?»

«Più o meno... per cercare di riparare un giocattolo rotto.»

«Hai visto la scrittriciue?»

«Non recentemente... tra loro è andato tutto a monte.»

«Ho saputo, ho saputo... si dev'essere indispettita perché uno come Tommy non le permetteva di essere protagonista.»

«Non credevo che tu le attribuissi tanta importanza...»

«Mi fa rabbia, perché negli ultimi tempi me l'aveva plagiato... mi trattava coi guanti di amianto, aveva paura di scottarsi.»

«Chissà chi si sarebbe scottato di più...»

«Io sono una lottatrice vestita da Barbie... a Tommy stavo quasi per mostrargli la vera Gabriella ma è stato meglio così... aveva un mammatrone da bambino affaticato, certe volte... ma al giorno d'oggi non conviene esporsi... hai presente quei pesci... oloturie, ematurie... come si chiamano? che si liberano degli intestini per distrarre i predatori? io faccio lo stesso, butto avanti la figa e me ne sto nascosta a sorvegliare la pastura.»

Mentre *** o chi per lui mi istruisce (non posso essere preciso su questo punto), in un luogo lontano dalla cronaca sta avvenendo un'operazione che avrà un'influenza epocale sulla politica italiana ed europea. Il cadavere di Berlusconi, disteso su un tavolo, viene eviscerato con cura come si fa con la selvaggina quando la si deve cucinare ripiena; gli organi molli sono rimossi e la cavità gastrointestinale viene imbottita con paglia e spezie speciali che impediscano la corruzione del corpo. Mani abilissime scavano e cauterizzano, e intanto la dea che sovrintende al trattamento disegna un cerchio nell'aria dichiarando che il morto è "un feticcio cromato". Berlusconi ricucito e rivestito è rimandato in Parlamento, indossa i suoi soliti completi doppiopetto nelle riunioni di palazzo Grazioli - - tutto prosegue come se niente fosse, gli incontri internazionali eccetera. Solo chi doveva sapere ha saputo.

Gli uomini preferiscono le tenebre

1.

Il "teorico" che nel capitolo precedente ho presentato con un pudico *** si chiama Morgan Lucchese e dimostra un po' più della sua età; in realtà è nato nel 1970 e il nome da pirata seicentesco deriva da un film con Steve Reeves, l'attore bodybuilder di cui suo padre era sfegatato ammiratore. Cognome di luogo, cognome innocente; ma chi conosce la storia della mafia sa che Giuseppe Lucchese detto 'u Lucchiseddu organizzò l'assassinio di Stefano Bontate il 23 aprile del 1981. Era il periodo che i corleonesi eliminavano spietatamente i palermitani, l'anno successivo furono ammazzati dodici componenti della famiglia Inzerillo; Giuseppe Lucchese morì sparato nel 1983 per non aver saputo sganciarsi al momento giusto dall'entourage di Tano Badalamenti che lui credeva ancora alleato con Riina. Non tenere aggiornato il diagramma delle alleanze poteva costare molto caro nella Sicilia di quegli anni; ma 'u Lucchiseddu aveva fatto in tempo a spedire in Germania la moglie e i due figli, maschio e femmina.

Morgan si ritrovò a Francoforte che era appena adoloscente, concentrato allo spasimo sull'imparare la lingua – a scuola nel disprezzo della classe e a casa con un'istitutrice. La madre insofferente e muta in quel lusso che le appariva estraneo e che non apprezzava (un villino a mattoni dentro un'ansa del fiume e un giardino freddissimo in cui non cresceva nulla, solo bacche rosse spinose). Anni passati come una lama sul marmo, con la sola amicizia di Riccardino e Nuccio Colombo: anche loro esuli di mafia ma più estroversi, più pronti a dimenticare e a spargere semi. Con loro le prime ragazze, di pelle bianchissima o color caffè; con loro i primi progetti, confusi, di imprese e di piantagioni in Sudamerica. I soldi sono un filtro, un silenziatore, una barriera invisibile; qualcosa che ti separa, come un vetro, dalla vita di tutti i giorni. Una responsabilità che ti trovi addosso e ti costringe all'esterno – un disagio che Morgan riuscì a definire in una frase quando ormai studiava all'università e leggeva i filosofi: «non sono abbastanza povero per potermi permettere una coscienza».

"Speculare" deriva da "specula", cioè osservatorio, e significa prevedere con intelligenza; soldi in un fondo pensione canadese, azioni a Vaduz; il sei per cento di una multinazionale della gomma, produzione in Malesia e uffici a Belgravia; niente a confronto di altri patrimoni apolidi ma bastavano a dargli la sensazione del dovere, della spensieratezza negata. Un padre che non si era mai tirato indietro, incolto e gran lavoratore senza mai godersi un centesimo per sé; sperando che i figli prosperassero nella razza padrona. La sorella abbracciata al violino come a un digiuno volontario («la Germania mi fa venire l'asma»), Morgan cercava tra un viaggio e l'altro di distrarsi rimandando la vocazione: studentesse cinesi dal culo altissimo, giornalisti afghani sorridenti con la T-shirt "I'm a customer", discoteche nella Ruhr zeppe di sauditi con orologi in oro rosso; a casa la mamma febbricitante davanti a schermi televisivi sempre più smisurati – i negozi del centro a insegnarti che non basta comprare per essere, che devi mostrarti puparo non marionetta e che il campo di battaglia ha ormai confini talmente universali che gli amici di papà, meschini, ci si sarebbero smarriti. Ventimila marchi elargiti in un giorno di pioggia a un portiere d'albergo per non essere registrato; un poema la faccia di quello, la bocca aperta come i pastorelli di Fatima: più una predella devozionale che una scena di corruzione.

Solido nel suo abito blu da frequent flyer, bagaglio a mano Mandarina Duck resistente agli urti e punti ristoro Frescobaldi in tutti gli aeroporti d'Europa, Morgan realizza quasi casualmente il sospirato salto di qualità nel maggio 1996 a Marbella, in un albergone presuntuoso da cui intende seguire le pratiche per l'ampia ristrutturazione del Parque Arroyo. Ha ventisei anni, un master in tasca e abbastanza disincanto per giudicare poveracci i fidanzati che si baciano nei giardini guardandosi negli occhi. Lì incontra Marco Inzerillo e Lorenzo Greco, nomi che fanno tremare ma invece ragazzi più astuti che geniali, a cui lo sforzo di mimetizzarsi nella massa è riuscito fin troppo; con loro ritrova il piacere regressivo di parlare in italiano e cazzeggiare senza dover controllare ogni frase.

«Io già mi schifo a essere valutato da quattro merde...»

«Quelli ancora si credono che stiamo con la lupara dietro i fichidindia.»

«Ci vendicheremo a botte di new economy... una banca mo' te la compri pure per telefono e in dodici mesi è pronta.»

«Vabbe' pure tu ci caschi... la vendetta lasciamola all'opera lirica... tutto quello che devi pensare adesso è come riciclare i soldi illé e farli spuntare original... a quel punto sei entrato e ti devono rispettare.»

«Mangiare scopare e combattere sono i tre verbi che l'umanità non ci può rinunciare mai... noi ci dobbiamo fare in modo che quei verbi costano sempre di più...»

«Abbiamo invaso il discorso dell'agroalimentare ma io non mi svendo per il vile denaro... io vedo un altro tipo di realtà... ci inabissiamo socialmente per riemergere trasfigurati.»

«Divertirsi, pure, è l'altro verbo che non possono farne a meno... le PlayStation e i cellulari si vendono bene anche tra i morti di fame.»

«Non so se avete visto la crescita in Zambia e in Tanzania... i bingo bongo sono il nuovo mercato.»

«Esatto, fin che il genere di prima necessità era il pane se lo potevano impastare in casa... ma se diventa il computer se lo devono comprare per forza.»

«Sono tramontati da un pezzo i tempi del valore d'uso della merce, Nietzsche teneva ragione.»

«Casomai Marx, compà... lo champagne ha picchiato forte... non c'è neanche bisogno di toccarla la merda, basta che scrivi tutto sullo schermo, è bellissimo, cazzo... loro credono che gli serve e fanno i debiti, tu fai i prestiti e li tieni in pugno...»

«Non mi dire più niente che mi sono già eccitato.»

La Einar, una società di consulenza internazionale che conduce studi sulle esigenze energetiche dei Paesi in via di sviluppo, sede legale a Guernsey; suo cliente principale e quasi esclusivo è la Banca Mondiale. Tu gonfi i preventivi come un artigiano qualsiasi solo che qui le cifre sono enormi: il fabbisogno energetico dell'Indonesia o del Nicaragua. Tutti sono contenti: la banca perché può erogare i ricchi prestiti e intascare gli interessi, il Paese coinvolto perché può programmare piani ambiziosi di crescita, gli Stati Uniti o la Cina perché i Paesi aiutati non potranno ripagare subito il debito e ricorreranno a loro per la mediazione diventandone satelliti – tutto brillantemente pulito: il meccanismo gira, il sole splende e i tucani divorano le formiche sotto la corteccia delle palme.

Morgan ha deciso di collocarvi il nucleo del proprio capitale: il guadagno non è tanto quello delle consulenze quanto la possibilità di finanziare loro stessi i progetti, creando un Fondo e appoggiandosi a banche depositarie (che la principale di queste banche sia la Morgan Stanley è per lui una coincidenza che ha il sapore della legittimazione; si sente lanciato sull'elastico dei secoli, su una retta che sa di liberazione da vecchie pastoie e fondazione di nuove ere economiche). Si costruisce in poco tempo una competenza specifica in cartolarizzazioni e obbligazioni; a lui viene affidato, col supporto di un team, l'affare delle aziende ospedaliere in Francia, Italia e Spagna (in Olanda e in Germania no perché lì la legge lo vieta; sarà anche vero che le leggi sono come le ragnatele, catturano gli insetti piccoli e vengono sfondate dagli animali grossi, ma è più prudente evitare gli attriti quando il basso profilo è una virtù). Il giochetto è carino e fila liscio: si comprano i debiti delle aziende che così possono saldare subito i fornitori con denaro liquido; si trasforma il debito in obbligazioni a trent'anni dello Stato di riferimento; le si vende all'asta contando sulla stupidità degli acquirenti o sul loro disinteresse per il destino dei nipoti.

Il mondo come un gigantesco risiko, uno sberleffo cosmico; coi fratelli Colombo, che ha convinto all'affare, decidono di rientrare in Italia, le loro ombre non interessano più a nessuno. Il loro coetaneo e amico Gaetano Corallo è riuscito ad accreditare presso l'Agenzia delle Entrate la sua Atlantis World (macchinette per le sale giochi) dimostrando di non avere collegamenti d'affari col padre. Vanno a Sanremo per il Festival ma la Rolls si rompe sulla A6 all'altezza di Mondovì; arrivano in ritardo su una squallida Seat a noleggio, si perdono la festa con la Marini ma omaggiano il sindaco che li presenta a Mike Bongiorno. Poi tutta la notte al casinò, a verificare che Dio non è per niente incazzato con loro, anzi. Max, il re delle ruspe a Bordighera, vince settanta milioni a chemin de fer facendo tenere il sabot al cognato in carrozzella. Dopo aver passato la giovinezza a sentirsi vecchio, Morgan finalmente ha la visione di una strada bianca e invitante davanti a sé, senza mostri all'orizzonte: più che un imprenditore creativo, si pensa come un socio fondatore.

Tra il 1998 e il 2001 avviene quella saldatura tra le diverse anime, o radici territoriali, della criminalità organizzata che è stata appena sfiorata dalle forze investigative e pochissimo sottolineata dai media.[1] Morgan Luc-

---

[1] Grazie all'intuizione di Giuseppe Portello, sostituto procuratore di Rho, fu attenzionato nell'ottobre 1999 un summit di quella che veniva sbrigativamente definita come "'ndrangheta del Nord" – a esso parteciparono esponenti del clan Guttadauro, catanesi, e Salvatore Nobis, noto rappresentante della camorra casertana. La segnalazione venne sottovalutata poiché le successive indagini, eseguite col supporto di intercettazioni ambientali, puntarono nella consueta direzione di una semplice lotta per gli appalti sul territorio. Un accenno a "riunioni di conciliazione" tra mafia siciliana e camorra napoletana si trova nella relazione del GIP di Cremona, Valentina Corradi, alla conferenza nazionale sulla camorra tenutasi nella sede della DIA di Roma il 12 maggio 2002.

chese, Marco Inzerillo e Raul Fontana vi ebbero un ruolo fondamentale; Morgan si ricorda soprattutto la riunione di Salsomaggiore, nel settembre 2000, fatta appositamente coincidere con l'elezione di Miss Italia. Non perché si cercassero occasioni di svago (le ragazze erano protette e circondate di spine come in collegio) ma perché il caos connesso alla manifestazione era perfetto a mascherare gli andirivieni negli alberghi. C'erano presenze italiane da tutto il mondo, dai calabresi-tedeschi ai siciliani che gestiscono la catena Pasta rustica in Australia; dal presidente di Ama Senegal, legato ai Caputo di Nocera Inferiore, fino ai pugliesi costruttori del Maine. Le parole d'ordine erano "ragionare in grande" e "cambio generazionale": antiche ruggini e fatti di sangue ben più gravi giacevano sottopelle, coperti un po' a fatica dall'euforia del nuovo corso del denaro. Come fiumi che da sorgenti lontane sono condotti per forza d'orografia a confluire in una pianura centrale, tutti quei trenta-quarantenni avevano ciascuno per proprio conto studiato economia e finanza in buone scuole e ora si trovavano d'accordo nel ripartire uniti; l'astrazione stessa dello strumento finanziario contribuiva ad attutire i contrasti, che erano stati di piazze e gerarchie locali – se qualche boccone indigesto rimaneva, si cercava di mandarlo giù con cibo grasso e ottime bevute.

«A me mi porti una fiorentina ma senza osso.»

«Non gli dia retta, è straniero... se è senz'osso non è una fiorentina.»

«Ti garantisco che a Dortmund...»

«A Dortmund le bistecche le fanno col poliuretano.»

«Senza l'osso è la braciola.»

«Le braciole non sono quelle di maiale?»

«A me mi porti il coniglio...»

«Qui di conigli non ce ne stanno, spero.»

«I mercati sono conigli per definizione e bisogna prenderli per le orecchie...»

«Le orecchiette non sono pugliesi? come mai le tenete nel menù? si possono avere per contorno?»

«La mia fidanzata era di Martina Franca e cucinava le orecchiette... aveva il piccolo difetto che era troia e m'ha rubato un trullo.»

«Che espressione antica... ancora di "fidanzate" stiamo a parlare? la mutazione antropologica le ha cancellate dal vocabolario.»

«Qui qualcuno vuole esibire le sue buone letture...»

«Se le controversie si limitano ai tagli di carne, di manzo o di maiale, direi che possiamo partire coi migliori auspici.»

«A proposito di maiali, mio padre mi raccontava sempre un episodio capitato a Literno quando lui era giovane...»

Tre picciotti troppo intraprendenti erano stati condannati a morte e i resti dovevano esser dati in pasto ai maiali, ma per uno il boss si oppose: «il tossico no, non me lo date ai maiali che mi avvelena le salsicce». Con l'aiuto del whisky fioriscono gli aneddoti pittoreschi: di quello che lasciò scappare un rapito e fu affogato con la testa nella zuppa; del killer analfabeta che dopo ogni omicidio doveva addentare un panino per placare l'improvviso attacco di fame; di quello che addirittura coi cadaveri ancora caldi era costretto a menarsi l'uccello. L'avvocato elegante e colto, collezionista d'arte, che all'arrivo dei carabinieri chiese di andare in bagno e i deficienti dopo aver verificato che non ci fosse una via di fuga gli diedero il permesso, quando ci fu il colpo pensarono a una porta sbattuta e invece si era sparato. Il cronista che aveva fotografato una testa mozza sul sedile dell'Audi e ora è un grande chef a Roma; quello che come prova aveva dovuto portare gli zoccoli di un prezioso cavallo da corsa, fino alla donna di Buscetta che era stata la moglie di Gegè Di Giacomo, il batterista di Carosone. «La morte è una ninfomane» usava dire un affiliato mandato allo sbaraglio con un libro-civetta dal folle titolo di *Ammazzare stanca*.

Hanno avuto capi di Stato balcanici e dignitari africani come compagni d'università; tentati dalla telematica e dalle discipline dello spettacolo, hanno finito col laurearsi, per sarcasmo, in Scienze giuridiche con una tesi sulle estorsioni; consultando i giornali economici internazionali si sono convinti che dove si concludono gli affari seri si spara poco. La cultura li ha affrancati da un confronto impossibile coi padri biblici impastati di fango e riverenza; uno solo dei figli ha sentito sulla pelle il sangue di un ucciso, ricorda che scottava e che seccandosi gli tirava i peli. Più parlano di brutalità e più se ne considerano lavati, assolti e sterilizzati come da un soffio d'aria compressa; la mattina dopo, consultando grafici e cartine, calcolando percentuali, è come se percorressero un sentiero da catecumeni, il loro cammino delle stelle – lungo l'ascetica via lattea del dominio disincarnato.

«Però ragazzi, nessun timore reverenziale nei confronti di nessuno, nessuno ha il diritto di farci chinare la testa.»

«Sì, ma trust no one, nemmeno fidarsi di nessuno.»

«Quando torno in Brasile chiedo di cancellarmi da quel cognome ridicolo per riprendere il mio...»

«Costituito il Fondo non ci saranno cognomi... non

avremo bisogno di essere qualcuno perché potremo tutto.»

«Bùm, ha parlato il Signore delle galassie... che è 'st'ubriacamento? prova a chiamare Naomi e vediamo se ti risponde.»

«Naomi sta quasi in menopausa... vecchia per vecchia allora mi faccio fare un bocchino dalla Merkel.»

2.

L'onda di paura riversatasi sui mercati dopo l'11 settembre (la crisi delle compagnie aeree, i consumi momentaneamente sospesi) è stata decisiva per l'organizzazione della Rete. E Internet che altro è se non una rete? È questa la risposta del nuovo secolo: non più corazzate e blocchi ma strutture agili, nodi collegati da ragnatele.[2] Il rimedio alla crisi erano i SIV, veicoli di investimento strutturato, e poi le dark pool, piattaforme da cui i soldi passano senza lasciare traccia del passaggio; lì la titolarità dei Fondi sfuma in un polverio di sigle, di società inscatolate, di azzardi da far sparire e di denaro che si autogenera mediante successive operazioni in leva. Se la gente non ha più soldi per comprare ma il consumo deve procedere non resta che una strategia del debito; il debito si può nascondere nei meandri delle invenzioni finanziarie ma i buchi prima o poi qualcuno

[2] Un accenno al nuovo tipo di organizzazione si trova nella dichiarazione spontanea di Leonardo Messina rilasciata il 15 aprile 2002: "sediamo a un tavolo mondiale con le altre organizzazioni... però vossìa non deve pensare a una cupola, diciamo che adesso si è adottato il metodo trasversale". Purtroppo l'accenno fu considerato una vanteria e non gli si diede il peso che meritava.

li scoprirà. In quel periodo il loro più consistente vantaggio, la notevole disponibilità di denaro liquido e di beni reali, consentì il loro accreditamento all'ISDA, l'International Swaps and Derivatives Association; Riccardino Colombo era amico personale di Herbert Batliner, l'uomo che aveva appena regalato al cardinale Ratzinger l'organo per la chiesa vecchia di Regensburg; d'altronde nessuno avrebbe potuto permettersi di fare lo schizzinoso di fronte a un partner capace di quel volume di moneta non virtuale.

Morgan all'epoca aveva poco più di trent'anni ed era sposato da dieci, con un figlio ormai tredicenne; non è un caso che non ne abbiamo parlato finora perché questo lato della sua vita non ha quasi collegamento con l'aspetto più impegnativo e pubblico. Una donna deve sostenerti, occuparsi della casa, darti una famiglia, il corpo c'entra poco; basta visitare un ospedale e lo vedi quanto vale, il corpo. Le strafighe da competizione, combustibile di ogni accordo commerciale, non lo hanno mai attirato veramente – come ha sempre fiutato cattivo odore intorno alle signore perbene che accompagnano gli industriali vecchio stampo e gli avvocati: sempre pronte a spaccare in quattro il capello della loro esile vita, a sfiorarti come per caso offrendoti comprensione. Lucia era la figlia della loro donna di servizio padovana a Francoforte, messa incinta quasi subito alla seconda scopata; ma ci volle un'eternità per convincerla che non la sposava per compassione.

L'aveva seguito dovunque, col bambino piccolo e poi adattandolo a scuole sempre diverse, sempre critica e sospettosa dei luoghi nuovi e dei nuovi rischi; Morgan voleva proprio questo, un'anestesia degli organi che connettono l'efficienza pubblica e la soddisfazione privata. Tornare a casa (a Francoforte prima, poi a Gozo in una retreat house ai tempi della cautela, infine nella loro cascina di Codogno) significava per lui azzerare la voracità; giocare a scacchi elettronici o al pugilato con le ombre, discutere col giardiniere e andare a messa la domenica. Un'intercapedine di pace, nella certezza che il possesso personale conta meno della strategia. Soprattutto la chiesetta di Malta gli piaceva, palladiana in fondo a un lungo viale di eucalipti; «lontana quanto Dio ne manda» diceva Lucia nel suo italiano instabile. Ma non era (non è) solo una questione di pace: non solo una tranquillità della coscienza, un limite posto al frastuono e al disordine – il rapporto che Morgan intuisce con Dio è più vitale e collaborativo. Forse riassunto in due versi che ha trovato dipinti, in un cartiglio con fregi di mele cotogne, sulla facciata della cascina appartenuta ai Trivulzio: "perché l'opera Sua (che nella tua / si trasforma) dev'esser continuata". Gli dèi ci stimano di più se invece che limitarci a servirli proviamo a imitarli.

Intorno al 2003 la situazione bancaria a Cuba si presentava molto favorevole: in marzo settantacinque dissidenti (tra cui ventinove giornalisti) erano stati imprigionati con l'accusa di spionaggio e l'UE aveva risposto con sanzioni al regime, compresa la proibizione per le banche europee di erogare prestiti al Banco Central de Cuba. Il neoeletto presidente del Banco, Francisco Barquisimeto Cela, era corso ai ripari per aggirare il divieto emanando una "licencia específica" destinata alle "instituciones financieras no bancarias" – nell'intento di viabilizzare le nuove attività per lo sviluppo, il presidente avocava a sé il controllo delle istituzioni straniere non bancarie che avessero voluto stabilirsi sul suolo cubano. Presentandosi come un'azienda per le strategie turistiche, Morgan e i suoi amici fissarono a Cuba la sede legale di Miracle Field, un ente promotore che si riservava tra le pieghe del suo statuto di "brindar a sus clientes (cioè alle strutture turistiche dell'isola) servicios de ingeniería financiera". Con tale escamotage installarono un ufficio di secondo livello (un vero e proprio fondo speculativo) là dove nessun funzionario ONU avrebbe pensato di cercarlo, nel cuore dell'ultimo fossile comunista.

Nell'Avana impazzita di restauri e assetata di aperture capitaliste era facilissimo ottenere che qualche funzionario intermedio chiudesse gli occhi su operazioni dubbie, tassi di cambio anomali e perfino su visti in passaporti improbabili – la corruzione si accontentava di cifre che in Inghilterra o in California avrebbero fatto vergognare chi le offriva. Marco Inzerillo si era trovato la donna a Matanzas (un centinaio di chilometri dall'Avana) e viveva in un palazzo di Calle 79 che gareggia in imponenza col palazzo del governatore. Il golden boy del fondo si rivelò essere un trentenne ungherese che i colleghi avevano soprannominato "il Cristoforo Colombo della puszta" a prenderlo per il culo – ma che davvero sapeva indovinare inedite rotte e soluzioni spiazzanti: fu il primo a ricomprare l'Argentina quando ancora non ci credeva nessuno ed ebbe per questo un pubblico riconoscimento dallo chief executive di Loomis Sayles. Miracle divenne noto tra i grandi operatori per l'insolita generosità con cui forniva informazioni riservate che si rivelavano infallibili: quando tutti temevano una guerra Miracle puntò su un pacifico compromesso tra Russia e Georgia ed ebbe ragione; fu Joseph Longino, l'analista del rischio della Sandler O'Neill e associati, a presentare a Miracle quello che sarebbe diventato il loro socio cipriota.

Partiti da un capitale movimentato di seicento milioni di dollari, nel 2005 già erano a quota cinque miliardi, diventati nove e mezzo nel 2007; nel 2008, grazie a una sapiente strategia ribassista, usarono la crisi mondiale come un trampolino e al consuntivo del 2009 potevano segnare a bilancio più di dodici miliardi. La loro forza, rispetto a una finanza sublimata e autoreferenziale, era ed è quella di non perdere il contatto con l'economia concreta: le fabbriche in rovina, la disoccupazione, il sangue e la terra, le speranze e i rifiuti del desiderio globale. «Siamo il modello formale compiuto della finanza, anzi il suo complementare perfetto: i derivati sono soldi fantasma, lenzuoli che necessitano di un corpo; noi siamo corpi che cercano un lenzuolo.» Morgan rievoca come un trionfo la sua salita in ascensore al diciottesimo piano del Seagram Building di New York, dove l'aspettava il mago del leveraged buyout Wilbur Ross – Miracle l'aveva aiutato (con un'iniezione di liquidità) in occasione di un disastro minerario in West Virginia e lui appetiva la loro partnership nello spezzettamento del comparto polacco dell'energia, irrimediabilmente obsoleto. Sedendosi in poltrona, fissandolo negli occhi acquosi e poi carrellando sulle foto di Cartier Bresson alle pareti, Morgan ricorda di aver pensato: per te il mondo è solo una slide, io ci ho infilato le mani dentro – si riferiva allo splendido fallimento del polo portuale di Gioia Tauro, alle notizie che gli erano giunte di stragi nei bar e di politici inginocchiati in mutande; come chi gode dell'abbondanza d'acqua che irriga i suoi campi ma non per questo è ignaro dei violenti temporali e delle piene distruttive che a monte hanno devastato i villaggi.

Esistono dei locali e dei club dove l'ingresso è carissimo ma una volta entrati tutti i servizi e le consumazioni sono gratis; Morgan ha l'impressione di aver pagato quel che c'era da pagare nei primi quindici anni della sua vita e di aver ricevuto un bonus che gli consente ora di muoversi libero, senza l'obbligo di fermarsi ai posti di blocco. Come tutti i bambini amati in modo esclusivo dalla madre, Morgan ritiene (in un angoletto dell'anima sua) di essere per natura il migliore – molti amici e soci si stanno adagiando sugli ottimi rendering, contenti del fiume di denaro e di autostima. Dei due fratelli colombiani, il minore si sta perdendo in un tourbillon di gioco d'azzardo e prostitute; schiacciato, pare, dalla debordante personalità del maggiore («qué pasa a la mamà de tu hermano?» sono arrivati a chiedergli in candida ingenuità). Morgan è quasi l'unico (insieme a Marco e a Ryu, uno dei tre soci orientali) a tenere la barra dritta e a perseguire senza ondeggiamenti il grande progetto. Senza complessi di inferiorità rispetto ai Fondi di tradizione, sono le performance di fine anno quelle che contano, e cantano.

Hanno trovato ascoltatori benevoli all'interno dell'Institute of International Finance grazie alle entrature presso la Deutsche e alla mediazione di Josef Ackermann; ma non si sono privati dei contatti con gli storici nemici di Ackermann, i fratelli Chernoy del Transworld Group. Le diffidenze e gli odii non scalfiscono i rapporti di forza e la Duferco Holding (siderurgia) era un boccone troppo invitante per non servire come biscotto della concordia. Il grande progetto è di arrivare a cinquanta miliardi di dollari nel portafoglio e di cogestire (dal *covo* di Cuba) una rete di Fondi vassalli che hanno altri due poli di riferimento a Cipro e a Yangon in Birmania. Una super lobby che raccolga i clienti malvisti da Paulson o da Soros ma che si distingua anche dai banali cartelli malavitosi tipo giapponesi o messicani, dalle "Goldman Sachs con le pistole"; focus sulla finanza e violenza come underlying o inevitabile danno collaterale; chi disegna una geometria opposta (focus sull'accumulazione primaria e finanza come ausilio), la storia ha dimostrato che risulta più vulnerabile.

Se ti trasferisci tutto sulle vette, nella tua vita si crea il vuoto pneumatico – come quando alla lezione di fisica il professore aspirava con una pompetta l'aria dal recipiente. Riflettendo sulla condotta dei suoi colleghi, Morgan ne ha concluso che una certa dose di dualismo è necessaria: la parte di te che tende all'assoluto dev'essere estranea e quasi nemica alla tua parte più umile e biologica, se cerchi di unirle una delle due si strappa. Lasciarsi portar via da un vento inesorabile: solo così l'ancoraggio puoi fissarlo dove capita, perfino in un cuore semplice. La missione di cui si sente investito è la prosecuzione del destino di crescita e di conoscenza del genere umano, di fronte alle minacce di recessione intellettuale; l'ampliarsi della noosfera deve essere difeso contro la tirannia dello status quo e contro il ritorno a un'economia di sussistenza. Quando si viaggia a diecimila metri tenendo in valigia il destino di pastori e operai sconosciuti, o contratti che rischiano di far pendere la bilancia di una guerra, sarebbe assurdo se si pretendesse di restare a quell'altezza nell'atto di cenare o di avere un'erezione. La digestione, la risata e il coito non sono infiniti.

Nell'aprile 2010 Morgan si trovava a Lefkose (la capitale di Cipro, la nostra Nicosia) per discutere con Costantino, il gestore locale, sull'opportunità di aprire un casinò nel vecchio aeroporto di Larnaca; avevano già fatto la spola tra la Arzi Bank e il ministero quando arriva dal telefono un urlo belluino della moglie armena, «Stavros sta morendo!» – il figlio di dieci anni che giocava a rugby nel campo dei Bulldogs non apre gli occhi e ha la bava alla bocca dopo aver battuto la testa contro un palo. Subito al campo, nella parte greca ed elegante della città; non ci sono ambulanze disponibili, quindi il bambino in macchina sdraiato dietro. Ma la macchina maledetta si rompe, non si capisce perché si blocca in mezzo al traffico; Costantino ha perso la testa, promette denaro, vuole fermare chiunque. Un ragazzo palesemente turco con una Volkswagen scassatissima si offre per il trasporto contro il parere di Morgan; anzi Costantino si siede addirittura alla guida mentre il ragazzo bercia indicazioni e tenta sul bambino un goffo massaggio cardiaco. Una manuccia indifesa pende disanimata dal sedile.

Morgan segue in taxi con la madre muta e in stato di shock; non si dirigono verso l'Areteion Hospital ma attraversano a clacson spiegati, tallonati dalla polizia, il varco per la zona turca; vedono come in sogno le insegne delle banche e i quartieri miserabili, i minareti dalle punte azzurre e i bidoni riempiti di calce lungo il Muro. L'ospedale turco è poco più di un capannone, i medici troppo giovani non indossano il camice e Morgan pensa è finita; invece è proprio uno di questi inaffidabili scalzacani che reca la buona notizia: embolia cerebrale reversibile, il bambino in coma indotto ma solo per precauzione. La sera Morgan cammina solitario dopo essersi quasi ubriacato al Maple Leaf, la Winehouse cantava *Love Is a Losing Game*; alzando lo sguardo allo spazio vuoto tra una palma scarmigliata e l'altra, quel che crede di leggere non è un miracolo né tanto meno un perdono ma piuttosto un permesso, una tabula rasa.

Lucia portava latente l'anemia mediterranea da prima di sposarsi, erano così giovani che non fecero all'epoca nessuna analisi; ora deve iniettarsi una fiala alla settimana di globuli rossi concentrati ed è sempre stanca, si scusa continuamente – non impedisce al cane di raspare nelle aiuole, per Natale non è andata come al solito a prelevare il muschio («quello vero!») dalle sponde in ombra dei fossi; degli affari non si interessava neanche prima ma ora è come se avesse paura di infettarsi. Si è sbucciata un ginocchio al Temptation Restaurant di Gerico dove erano andati in pellegrinaggio; è scivolata in bagno ed è tornata al tavolo zoppicando («gheto visto, el me gà punìo parché eo ghemo tolto in giro»). Morgan ha notato, senza dirglielo, l'uso delle persone del verbo: quell'accettare da sempre che il peccato sia in due e l'espiatrice lei sola. Da allora è finito anche il turismo.

Le femmine che accendono le fantasie erotiche di Morgan sono le nuove amazzoni, le donne intraprendenti dell'economia globalizzata; a Gerico ha conosciuto Rose Susan Kirby, mezza israeliana e mezza palermitana, per vent'anni gemmologa presso una società mineraria e in realtà genio della finanza offshore; non nasconde di aver passato i cinquanta ma gli occhi neri ti fanno la radiografia; le scioglieresti quella crocchia biondocenere (*e poi, che il manico vada dietro alla mannaia*). In Colombia gli hanno parlato con accenti favolosi di Nelly Avila Moreno (detta Karina), quarantacinquenne comandante delle FARC e imprescindibile collegamento per il business della riforestazione; è mutilata di un seno per le pallottole ricevute. Solo i vitelli d'allevamento delle sale contrattazioni possono credere che il potere sia un privilegio maschile: anche i sessi si stanno confondendo e il fallo dominante è una pia illusione.

A Codogno di sabato Lucia invita il parroco della chiesa delle Grazie, accompagnato quasi sempre da due zitelle insegnanti di musica; commentano un programma di ballo in televisione, una delle due negli anni Ottanta si è esibita in teatri di provincia. «Nessuno di loro sa dove sarò domani... sono affezionato a questo angolo di mondo perché da me non pretende nostalgie» – Morgan si distrae, ricorda una band femminile che teneva un concerto a Yangon dopo esser stata rilasciata dal carcere. Sotto i ponti l'acqua correva come per sentimento, tristi i fiumi dovunque in periferia; ondicelle sottili come un tratteggio, un corvo nero gracchiava su un albero morto. Sensualità collettiva, senza radici; rischiavamo di passare per comunisti, quel prestito segreto della Federal doveva servire per indebolire i militari. Sono venute al nostro tavolo, sarebbe stato facile; si strusciavano coi jeans, mostravano i seni chinandosi. Come le campane d'oro rovesciate in fondo al vialone; per aggirare l'embargo ci eravamo appoggiati alla Swift di Anversa, s'era deciso di shortare le Sumitomo ma era esploso il deposito di sostanze chimiche e Sao sosteneva fosse di malaugurio. «If someone deserves a flower, I wanna be the first to know»; sulle soglie le donne fumavano strani sigari rossi, accasciate con le braccia tra le ginocchia. La proposta meglio lasciarla fare a Sao, la shock economy è roba sua e c'è un galateo anche per le indebite pressioni. Qualsiasi raggio attraversando una lente cambia direzione: Dio è una lente potentissima, se vuoi che la tua vita gli appaia dritta devi offrirgliela spezzata.

Nel perimetro della carne l'immagine di marito continente e un po' annoiato non è solo una perfetta cortina fumogena ma anche una formula per la conservazione di sé; lasciamoli esagerare i giovani leoni della Borsa, i coboldi di Wall Street, lasciamoli specchiare nella fiction del loro tramonto; quando ne incontra qualcuno Morgan non può fare a meno di pensare che sono destinati a finire ben presto fuori mercato, coi loro brand prestigiosi e le loro abitudini drogate. È gente che vive di stipendio e di benefit, se la loro banca chiude dove lo trovano un posto dello stesso livello? Presuntuosi, insicuri, sono ottimi come finti bersagli, calamite per l'indignazione popolare; ce n'è uno, cileno, che appena riesce a scoparsi un'attrice o una popstar manda in giro degli sms in cui dà il voto alla partner effimera e alla relativa prestazione. "Por la plata lo que sea", d'accordo, ma non per i propri vizi; anzi al contrario, per farsi carico del costo dei vizi altrui – il denaro non serve per comprare ma per comprendere e quindi dirigere.

3.

Il leader, l'innovatore, il guru: questo è considerato Morgan nella Rete, sostenuto soprattutto dagli orientali – i sudamericani preferirebbero talvolta un approccio più hard, ma stanno quieti fin che i profitti sono quelli che sono (diciassette per cento nell'ultimo anno a Cuba, tredici a Yangon e addirittura ventidue a Cipro). Morgan il proprio quoziente d'onnipotenza lo sfoga in forme miniaturizzate, invadendo tutto il bracciolo col gomito a spese del vicino o accaparrandosi a Davos la fetta più grossa di strudel senza nemmeno accorgersene. Quel che ha rimodernato in primo luogo è il rapporto con la politica, intesa non più come uno scambio di protezioni e intimidazioni ma come un progredire insieme verso il futuro. Al ricatto ha sostituito, o almeno sovrapposto, il gusto dell'apparire. Invece che limitarsi a finanziare le campagne elettorali, il Fondo aiuta i politici a realizzare opere pubbliche invocate dalla collettività (il che evidentemente ha un feedback positivo sulla rielezione) e a pubblicizzarle con clamore; facilita il collocamento dei prestiti statali a buoni tassi di interesse in cambio dell'assicurazione che non verranno approvate leggi restrittive sui derivati e non saranno liberalizzate le droghe. Manipolando i rating la finanza può far sopravvivere o mettere in seria difficoltà un governo; un macro-fondo con disponibilità miliardaria può ripagare "sotto il banco" parti del debito non dichiarate ai cittadini ed evitare stangate fiscali o piccoonate al welfare. Invece che sentirsi "compromesso" (o peggio, "ostaggio"), il politico che intrattenga cordiali relazioni con la finanza a background criminale può raccontarselo come un lavorare sinergico per un unico, eterodosso risultato di riformismo strutturale.

Nella maggior parte del mondo i politici sono ormai uomini molto ricchi, e quando non lo siano è facilissimo farceli diventare; anche con manovre lecite e benedette dalla Storia, come chiedere a un rivoluzionario di liberalizzare risorse e infrastrutture che un dittatore aveva bloccato, o di dare impulso alla tecnologia, o assisterlo nel recupero di tesori trafugati dai tiranni (naturalmente, una percentuale monetaria delle operazioni resterà nelle mani del politico o dei politici di turno, che

ci finanzieranno loro fondazioni e iniziative benefiche).
Destra e sinistra non sono distinzioni pertinenti a questo discorso, entrambe in genere sono piuttosto "open to bribery"; si tratterà di modulare con accortezza i tempi e gli scrupoli, e anche i diversi gradi di visibilità e di tollerabilità del sospetto – sapere quanto la configurazione genetica del parlamentare può permettergli di restare sfacciato al suo posto e quando invece gli converrà dimettersi con un gesto nobile e gridando al complotto. Fermo restando che i politici bisogna comunque mollarli se perdono operatività, e che è del tutto logico (dato il ruolo subalterno e mediaticamente squalificato che in genere ricoprono) che non siano i migliori a occupare la ribalta.

Morgan si irrita e si scompone soltanto di fronte ai clienti ipocriti, quelli che non vogliono sapere o fanno finta che non. Vivono in castelli di pietra grigia tra le ondulazioni delle vigne, ovoidi specchianti a picco sul Pacifico, compound con idromassaggio a pochi isolati dagli slum e dai garofani appassiti che galleggiano nelle fogne. Anime piccine in grandi spazi, inferociti per il negro alla Casa Bianca o per le resistenze dei sedicenti operai in seno al Comitato Centrale; presiedono onlus tipo Women's Kingdom o Fountain of Life, ma se gli proponi qualche operazione spinta che raddoppierebbe la possibilità di soccorrere i loro beneficati subito si tirano indietro («you can't ask me that, my hair would turn white overnight») – come se perdere mezzo milione di dollari per loro fosse una tragedia. Gli antichi schiavi non sono meglio degli schiavisti: inondano l'Africa di musica schifosa coi loro canali satellitari e regalano alla figlia, per i suoi sedici anni, un pozzo di petrolio. Sono l'unico orizzonte gli uni per gli altri, pavidi e tronfi allo stesso tempo; più che prodi capitalisti sembrano dei fuggiaschi.

Il lusso moltiplica la stupidità delle conversazioni: la comodità delle scarpe di griffe italiana anche se il tacco è molto alto perché sono ben equilibrate ("balanced"), l'ingiustizia di far correre sportivi con le protesi nelle stesse gare dei normodotati. Marito e moglie indiani (lei autoritaria, lui mingherlino) con figlie occhialute raccontano una storia sgradevole di pinscher nani: la femmina comprata in un secondo momento all'unico scopo di far accoppiare il maschio ma è cresciuta meno nana del previsto sicché il maschio non ce la fa a montarla, alza la gamba e prova ad arrampicarsi ma scivola, sbava come uno scemo e lecca la vulva profumata e gonfia – le figlie a occhiali bassi per la pornografia della scena e perché sospettano un'analogia con ciò che accade tra mamma e papà. Pudore millenario abbandonato, preoccupazioni che "the sweepers", gli spazzini a cui sono delegati i lavori sporchi, parcheggiando davanti al cancello rivelino la prossimità con il crimine.

Gli sfacciati gli danno meno noia: Pablo per esempio, il dominicano che si mette i soldi negli slip per farsi il pacco più grosso, ma sedendosi a tavola rivela il trucco e scherza con le signore deluse dal divario tra lo smisurato potere economico e l'attrezzino fin troppo misurabile. Sua moglie è una donna colta che parla un ottimo italiano perché ha studiato a Firenze filologia dantesca, la brutalità del medioevo l'accende; paragona i diavoli che punzecchiano i barattieri nella pece con l'uso di bucare la pancia con un coltello ai cadaveri buttati nel lago per non farli risalire; si fa anche col filetto in crosta, per sfogare il vapore. In Sudamerica, e in quasi tutto il Terzo Mondo, la finanza può realizzarsi pura senza tante fisime sulla vita e sulla morte. Non c'è da scandalizzarsi né da gridare al sacrilegio se molti che trafficano in armi o peggio, sono attratti dal misticismo: solo chi ha visto molte volte morire, e ha procurato la morte, conosce l'illusorietà della vita e i suoi carnevali.

Le religioni monoteistiche e normative sono le meno adatte ai tempi nuovi perché non sanno combinare assoluto e comicità; il ricchissimo titolare di un hedge che fa il barbiere nel Punjab non considera punitiva la propria copertura: se gli dèi celiavano con le ragazze sotto le spoglie di un capraio, o un "risvegliato" può pulire i cessi alla stazione centrale di Chandigarh, perché non può farlo un giocatore di numeri? Invece chi vive sotto un pollaio a Platì, o si flagella a sangue durante la processione della Madonna di Montevergine, ha inchiodata nel cervello l'idea del denaro come colpa. Se c'è una superiorità che Morgan sente come liberatoria è aver potuto constatare di persona quanto la periferia non sia più periferica: conosce il progetto spaziale ucraino in Brasile, la mini-Beirut commerciale e godereccia a Ciudad del Este, le banche iraniane in Albania e la maxifonderia cinese in Uganda; gli yoruba richiestissimi per la loro abilità nel clonare le carte di credito; lui stesso si affida agli hacker rumeni che sono i migliori del mondo. Il politeismo non è più soltanto religioso ma culturale ed economico: alla gerarchia piramidale si è sostituito un pullulare di eccezioni.

I collaboratori che sente più affini sono quelli venuti dal niente, i picari e i trasformisti: ex portieri d'albergo con la vasca delle aragoste in cantina, attori falliti diventati imprenditori; medici e notai, stimati professionisti in patria e audacemente collusi nei gangli dove la febbre del mondo si addensa; avventurieri, li chiamavano quando l'avventura era ancora possibile. Disposti a morire per rinascere, come il granello del Vangelo.

«Dormi dormi, che intanto il mondo ti scappa sotto i piedi.»

«Oh senti, nel 2008 non ho dormito per settimane...»

«Dopo il 2008 i grandi gruppi si sono chiusi ancora di più, ma non si sono accorti che noi come un virus eravamo già dentro.»

«Le maglie della legge si stanno stringendo...»

«La legalità è l'ultimo dei problemi... mentre loro ci commissariano qualche ente, noi gli commissariamo lo Stato.»

«Dobbiamo entrare nell'università in modo più sistemico, sfidare le grandi industrie nel reclutamento dei giovani bravi, abbiamo lo stesso bacino di raccolta.»

«Però mentre le corporate licenziano noi assumiamo.»

«In ogni caso, di tutti mi devi mostrare il pedigree.»

«Se c'è qualche pollo va bene pure, ai magistrati bisogna dargli qualcosa da masticare...»

Fomentare gli scioperi a Caracas e rallentare a Delhi le tecnologie che renderebbero intercettabile anche Skype; ingozzare adeguatamente di maschi il ministro delle Finanze panamense e vendere le azioni Disney se i meteorologi prevedono siccità nella cintura del granturco (aumento di prezzo dei popcorn). Ma con leggerezza, ricordando che l'onnipotenza è lo scherzo di un bambino ("humanity is overrated") e che nessun universo è più sufficiente. La familiarità con la sopraffazione e il delitto è l'unica attitudine che può spezzare il circolo vizioso della paura; per i mercati, resistere ora alla penetrazione criminale sarebbe come resistere alla cannula dell'ossigeno.

Ma gli oppositori non mancano. "Sono troppo raffinato per loro, vorranno la mia testa." Gli italiani soprattutto si stanno cagando sotto con questa balla della recessione; se è mondiale, dicono, da chi andiamo a speculare, dai marziani? Meglio perdere che straperdere. Risorgono le nostalgie di chi è sempre stato contrario al nuovo corso e ha dovuto abbozzare perché le cifre erano indiscutibili; ora che le cifre barcollano riaffiora la tiritera delle cose che si toccano, le case gli aranceti le fabbriche («il kalashnikov non delude mai»). Per carattere Morgan non sa reagire riducendo ma solo rilanciando; finito il tempo dei mutui e dei debiti privati (mica può nascere un cretino al minuto), questa è la stagione dei debiti pubblici e sovrani – sono gli Stati nazionali quelli che bisogna mungere. Per molti Stati piccoli e in via di sviluppo il più è fatto, siamo dentro le loro sale comandi e praticamente li teleguidiamo; se non bussano alla nostra porta le loro misere élite finiscono col culo per terra. Coi colossi bisogna mediare, cedere qualcosa e soprattutto dare l'impressione di cedere, magari ridimensionando davvero il profitto; bisogna comprare qualche banca adesso che vengon via per un tozzo di pane – fondere Unicredit con la Bumiputra di Kuala Lumpur e sfilarsi dall'Europa. La crisi dei consumi favorisce i gruppi misti come il nostro, che alla finanza porta il valore aggiunto di una filiera inesauribile; mica per nulla le triadi cinesi si sono buttate sulla green economy, visto che controllano la maggior parte delle banche rurali.

La razionalità di una prospettiva conta poco rispetto alle antipatie personali, alle avidità singole o di branco, ai campanilismi più o meno inconsci e ai riflessi ancestrali di padronanza; se la linea finanziaria di Morgan e dei suoi "trentenni" può contare su appoggi trasversali e uomini-cerniera, purtuttavia in Italia è contrastata da un fronte nemico come è approssimativamente riassunto nella Tavola 1; il fatto stesso che lui di propria mano non abbia mai sparso sangue gli conferisce capacità di rappresentanza però gli toglie autorità. Molto si deciderà a livello internazionale, dove analoghe lotte tra conservatori e innovatori si registrano soprattutto in America Latina e in Oriente; con profili diversi legati alle gradazioni di compromesso con la politica e alla soluzione di conflitti regionali. Uno schema della Rete finanziaria, con il groviglio delle società consociate, delle banche depositarie e delle partecipazioni, si trova alla Tavola 2.

4.

Quando si dice "ostili" non si deve pensare alle guerre tra bande malavitose a cui siamo abituati: la nuova criminalità finanziariocentrica si muove su un piano sfalsato rispetto a quella dell'affrontamento aperto e del sopruso, su un'altra lunghezza d'onda e quasi si potrebbe dire in un'altra dimensione. Non ha il gusto dello scannare gli animali a mani nude, di vedere il commerciante o il piccolo imprenditore tremebondi sotto la mazza da baseball; non ha bisogno dei suoi uomini in

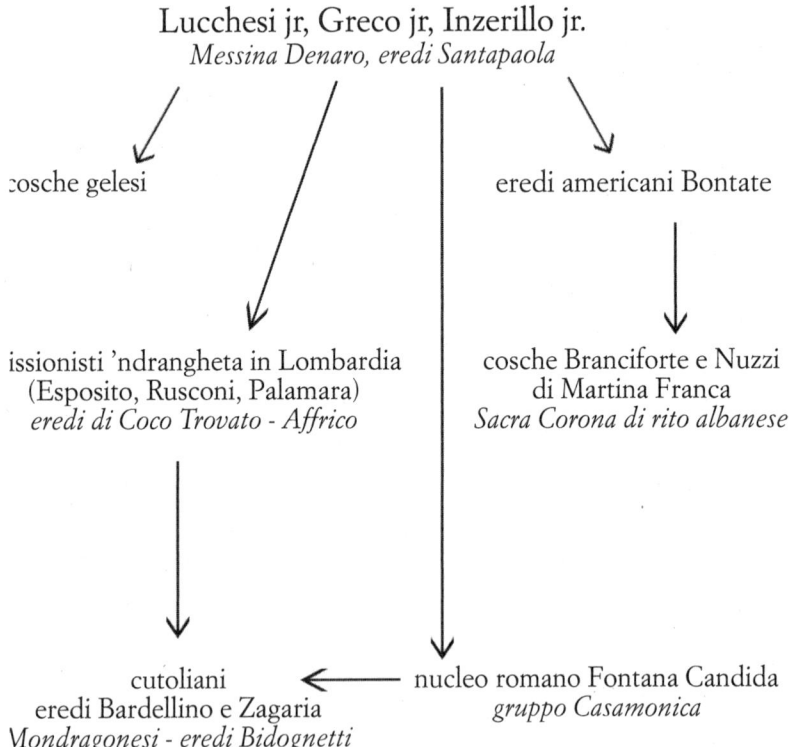

Lucchesi jr, Greco jr, Inzerillo jr.
Messina Denaro, eredi Santapaola

cosche gelesi

eredi americani Bontate

issionisti 'ndrangheta in Lombardia
(Esposito, Rusconi, Palamara)
eredi di Coco Trovato - Affrico

cosche Branciforte e Nuzzi
di Martina Franca
Sacra Corona di rito albanese

cutoliani
eredi Bardellino e Zagaria
Mondragonesi - eredi Bidognetti

nucleo romano Fontana Candida
gruppo Casamonica

N.B. In corsivo i clan ostili.

TAVOLA 2

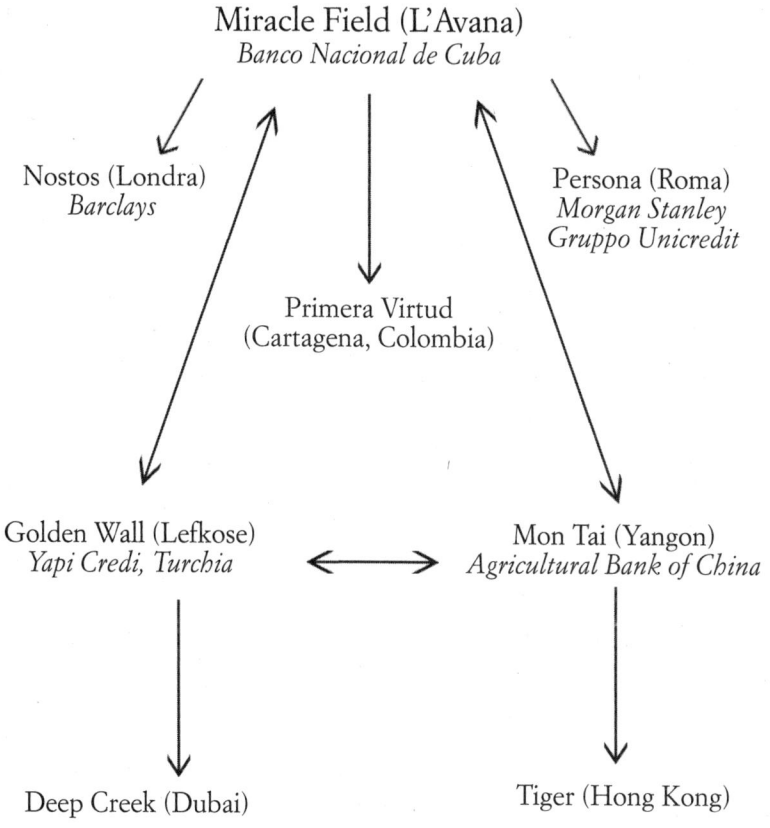

Miracle Field (L'Avana)
Banco Nacional de Cuba

Nostos (Londra)
Barclays

Persona (Roma)
*Morgan Stanley
Gruppo Unicredit*

Primera Virtud
(Cartagena, Colombia)

Golden Wall (Lefkose)
Yapi Credi, Turchia

Mon Tai (Yangon)
Agricultural Bank of China

Deep Creek (Dubai)

Tiger (Hong Kong)

N.B. In corsivo le banche depositarie.

Parlamento, untuosi e intenti a mascherare il terrore sotto una dignità formale venata di sentimentalismo e autoironia. Gradisce piuttosto gli animali che si credono liberi e corrono verso il cibo senza essersi accorti che il percorso seguito era in realtà un labirinto rigorosamente predisposto. Il labirinto-alibi si chiama "utilità pubblica", attraverso il mito del "creare valore". Quale amministratore o ministro negherebbe all'ente che presiede il denaro necessario a realizzare le opere richieste dallo sviluppo? Morgan lo sa da quand'era ragazzo: se vuoi essere sicuro che gli altri prendano la decisione B, non devi porli davanti al dilemma A o B, ma fare in modo che A non si presenti nemmeno alla loro mente e che la loro libertà si eserciti unicamente nella possibilità di scegliere tra B1 e B2. Le arti marziali d'Oriente sono esplicite a questo riguardo: il muscolo non deve opporsi al muscolo, ma devi indurre l'avversario a una postura in cui la sola alternativa che gli resta sia tra perdere e perdere.

Così cercano di limitare al massimo i punti d'attrito, cedono fin che possono cedere sul territorio; i soldi distribuiti dagli organismi sovranazionali appartengono a un altro ordine di misura rispetto al massimo che si può spremere dall'illegalità sia pure sistematica – il vero potere è quello autorizzato dalla legge. Gli Stati, fin che la criminalità si manifesta come strappo o addirittura come sfida e sberleffo alle regole di convivenza civile, non possono che mostrare la faccia feroce mobilitandosi e imprigionando; ma se la criminalità diventa per così dire clandestina alla criminalità stessa e mette a disposizione degli Stati la propria energia antiburocratica, la propria flessibilità e immediatezza d'applicazione, le proprie tecniche più soft di intimidazione e di ricatto, allora gli Stati non possono che riconoscerla come una collaboratrice preziosa e un'alleata nella lotta contro l'immobilismo e l'anarchia. Sia Uribe Vélez che ora Manuel Santos, se hanno voluto ridare fiato all'esausta Fiscalía General e rendere di nuovo affidabili le finanze colombiane hanno dovuto ricorrere ai cartelli della droga – una volta che questi ultimi si erano liberati dalla opposta tenaglia delle AUC e delle FARC e (sotto la guida illuminata di due indiscussi leader di fede evangelica) hanno avuto il genio di riciclarsi come promotori del grande piano di dighe per gli invasi idroelettrici, affidandosi a imprenditori innovativi ("los desarrollantes") e vincendo le resistenze dei campesinos con l'autorità che a loro soltanto competeva.

Certo, esistono momenti in cui gli interessi oggettivamente divergono e allora la forza torna a essere utile; un esempio nostrano è quello che è accaduto intorno all'Expo milanese del 2015. I patti erano stati chiari e la spartizione pacifica: agli eredi di Trovato gli appalti legati alla "rimozione delle interferenze" (così eufemisticamente si esprimeva il bando ma dentro c'era di tutto, dalla costruzione di percorsi sotterranei allo sbancamento di interi isolati), alla Morgan e alla Barclays (quindi a Persona) la gestione e l'impiego quinquennale dei contributi europei. Ma quando è stata questione, causa crisi e cambiamento politico al vertice del Comune, di cancellare dal progetto il troppo ambizioso Lake Arena – e quelli del movimento terra hanno fatto sentire la loro pressione in consiglio, minacciando di far saltare tutto (il che avrebbe provocato l'immediata sospensione e revoca dei suddetti contributi europei) – s'è reso necessario il pugno di ferro per sostenere il sindaco nella redistribuzione degli eventi culturali in un decentramento meno faraonico. Quindici morti tra Milano e Varese, due consiglieri dimessi, un'auto schiacciata alla pressa in uno sfasciacarrozze con quattro passeggeri ancora all'interno.

Con la finanza illesa, superciliosa, quella che si vanta immune da infiltrazioni infamanti, i contrasti sono di tipo più intellettuale; non meno micidiali nelle intenzioni ma meno drastici nei risultati – com'è proprio di gente che ti cancellerebbe volentieri dalla faccia della terra se però fosse sicura di non rimetterci nemmeno un capello. A Morgan ricordano quegli aerei-cloni che bombardano senza rischiare neppure il mignolo di un pilota; pagano analisti formidabili ma vivono nei loro Shangri-La superprotetti e per questo hanno la vista corta o tutt'al più direzionata come un laser. Ora per esempio si sono fissati sulla caduta di euro e dollaro e non esitano a strozzare le economie occidentali, vedrebbero di buon occhio qualche fallimento spettacolare e didattico; il loro appoggio alle socialdemocrazie è peloso perché punta sull'incapacità delle sinistre di rimodellare il capitalismo. Eppure dovrebbero saperlo che i maestri del consumo sono a tutt'oggi i giovani europei e che accanirsi su di loro fino a renderli disperati significa gettare il consumismo stesso nel caos. Per l'ansia di accelerare una mutazione monetaria non si accorgono di segare l'albero su cui stanno seduti.

Se guarda indietro, Morgan vede un ragazzino amorfo dalla sessualità incerta, che si rifugia nei libri per dimenticare il proprio nome; ma anche una mano che lo guida, lo scorta nel deserto e gli indica una meta. Poi vede un uomo che ha conservato la castità necessaria per quel compito, con la moglie sempre più concentrata in un'anemica bigotta malinconia e il figlio che ha deciso di spendersi in tutt'altri ambiti, tra sport e teatro, per una sorta di ripudio quasi alimentare, sputare il cibo che l'ha nutrito. Né Morgan ha insistito perché seguisse le sue orme, la vita è un gesto individuale e il DNA non può diventare una catena. Perfino con Tommaso, che pure gli è stato simpatico immediatamente, ha preferito mantenere le distanze perché lo sentiva troppo affamato di padri; la finanza di ultima generazione è un compito da svolgere col preservativo. Morgan è un inventore di trame, un appassionato di scenari spiazzanti; nemico di qualunque razzismo (diretto o inverso), chiaroveggente non per sé ma per l'Idea che lo sovrasta. Gli dèi non amano chi ripete e nemmeno chi si gonfia di vuoto orgoglio; la sera Lucia si inginocchia ai piedi del letto salmodiando il mea culpa di sempre («Signore perdoname, ma si no gèra par quei delinquenti no se sarissimo mai salvai»); Morgan si inginocchia accanto a lei, tranquillo, senza pregare.

Essere al servizio degli dèi significa comprendere che nessuna verità è definitiva, perché ciò che apparentemente è stato superato è lì pronto a ritornare. Nel corso dei secoli le caste barbariche hanno di norma generato una nuova aristocrazia, tintinnante di monili vistosi; al tempo dell'high-frequency trade e della globalizzazione istantanea nessuna aristocrazia di sangue è più possibile, ma solo quella dell'acume e dell'audacia; la matematica abolisce la democrazia perché la democrazia è contro natura. La democrazia svilisce tutto perché tutto appiattisce al livello della maggioranza; il tiranno si accontenta del corpo, la democrazia pretende anche l'anima; il tiranno ti opprime, la democrazia ti fa sentire sbagliato, traccia un cerchio invalicabile intorno al pensiero. A comandare è la piazza, a salsicciaio salsicciaio e mezzo. L'individuo non è più il "soggetto qualificato" di cui parlava l'empirismo inglese; proprio il delirio informativo (cui nessuno ha il coraggio di sottrarsi) rende chimerica per i privati qualunque decisione consapevole sul bene comune. Se finisce l'individuo moderno, nemmeno il suo corollario cioè la democrazia ha più senso – malgrado la si continui stancamente a praticare durante le feste comandate, intorno al feticcio dell'urna elettorale. La democrazia è il dio morto della modernità che sopravvive come idolo di cartapesta; la balbuzie dei politologi tradisce l'imbarazzo per un rito funebre che non si può celebrare – per questo si aggrappano agli ultimi fuochi di democrazia insurrezionale, nelle zone del sottosviluppo o nel cuore delle nostre metropoli; ma la democrazia non può essere (non più) un poema di massa.

Le oligarchie implicite devono uscire allo scoperto, il progresso economico non è obbligatoriamente legato all'uguaglianza dei diritti né la solidarietà presuppone l'assenza di sovrani. La disuguaglianza si sta riprendendo il proprio ruolo grazie alla tecnica che diffonde l'opportuno tasso di apatia; quello che importa ormai non è l'uguaglianza ma la disponibilità dei beni possibili al proprio livello. Il consumismo diffuso a pioggia (con la connessa illusione ottica di omologazione delle classi sociali) è un velo pietoso che si sta squarciando; si riallarga la forbice naturale tra i detentori dell'oggetto-sapere e le "genti meccaniche". La folla si accontenta dell'umiliazione periodica di qualche incauto e superbo provocatore. Dopo l'infatuazione della rivoluzione industriale, durata un paio di secoli, anche l'Occidente dovrà riassestarsi in caste relativamente stabili – il sogno di un governo popolare sfuma come una generosa illusione di irraggiungibile maturità; anzi come una digressione, un inciso.

Morgan sa, è nel cuore del teorema; quello in cui spera (con molti altri più o meno potenti, più o meno consapevoli sparsi nel mondo) è un regime misto e transnazionale in cui le popstar, i signori della droga, i cartelli delle catene alimentari si sentano parte di una medesima categoria, quella dei vincenti che hanno tratto profitto dall'obbligo del piacere. Desiderio in fieri che si stratifica sul desiderio fossile delle antiche proprietà. Senza più alcuna tracciabilità delle fortune personali, i finanzieri sporchi o puliti saranno i direttori di coscienza; parola d'ordine "evadere", in senso sia proprio che figurato, sgusciare galleggiando tra le fatiche dei più dando vita a un'umanità impastata di dimenticanza. Uno spacciatore che puntando sul terrore dell'astinenza guadagna centomila euro al mese, perché dovrebbe sentirsi diverso dal chirurgo di una clinica privata che puntando sulla paura del dolore ne guadagna ottantamila? Se la passione vale solo per le cifre che movimenta, e crea un baratro economico tra chi la prova e chi la sfrutta, non è già saltato qualunque principio di democrazia? Si delinea un potere a doppio fondo, in cui chi comanda davvero si occulta dietro le chiassate dei media; la criminalità vivrà sicura e sdoganata se un'informazione cieca continuerà a dipingerla come un morbo alieno da cui ripulirsi come da una macchia sul vestito – così potrà prosperare in un'alterna spirale liberamente oscillante tra costruzione e distruzione; una queer economy in cui le voci dell'indifferenza e del delitto riusciranno ad armonizzarsi in un avvolgente basso continuo.

"Certo, quante cose si potrebbero fare coi soldi che noi ci imboschiamo, di quante speranze priviamo le giovani generazioni"; ma non sono soldi veri, una volta estratti dal flipper del mercato perdono il loro profumo. C'è chi teme che, come nel secolo breve, la recessione conduca alla violenza e alle guerre mondiali; ma al tempo delle rivoluzioni russa e fascista l'età media era la metà di oggi e il sangue ribolliva il doppio. Ormai le masse sono atomizzate e disperse, i ragazzi che saccheggiano i negozi rubano gli iPad e si contemplano compiaciuti in differita; gli striscioni nelle manifestazioni degli indignados dicono "dividiamo la grana". Nessuno vuole davvero rinunciare al potere salvifico del consumo, le vittime sono invidiose dei carnefici ed è facile ingannarle con l'elemosina di un simulacro anche miserabile. Le vecchie oligarchie gettavano al popolo manciate di monete d'oro dalla carrozza, ora basta fargli sentire il rumore di un jingle accattivante o intravedere il fulgore di una farfallina tatuata – gettare monete è inutile, tutte le monete del mondo non rappresentano che il tre per cento del denaro globale. L'umanità non vuole accettare quel che lei stessa ha scoperto: che la vita non dipende dall'amore, che i sentimenti sono essudati della biologia, che l'individuo non è più laboratorio di nulla e che il mercato è in grado di fornire l'intero kit per un'individualità fai-da-te. I regolatori del nuovo equilibrio dovranno sapere che la virtualità è l'oppio dei popoli e la psicologia un placebo; che l'epopea del singolo è finita e d'ora in poi avranno a che fare con organismi collettivi, colonie tipo i coralli o le spugne, compattati dalla scienza come nell'alto medioevo li compattava la religione. Le invenzioni della finanza sono l'estremo titanico tentativo di rivolgersi verso l'alto (le obbligazioni a cent'anni con cui si crede di addomesticare il debito!), alla scalata di un paradiso sia pure artificiale, prima della modestia concentrazionaria e obbligatoria. Dio sta morendo anche nei suoi surrogati. Se perfino i clown rientrano nei ranghi, chi difenderà le ascensioni dell'eros contro il grigio della rinuncia?

Che cos'è una magnolia?

I.

Chi invece è colpito dalle proteste dei giovani è Tommaso; i suoi trentasei anni non costituiscono un piedistallo sufficiente per contemplare le cose dall'alto. Se ne sta a pranzo da Rosetta, in una stradina di fronte al Pantheon; mangia da solo perché il console italiano per la Repubblica Centrafricana gli ha dato buca – un avvocaticchio senza carisma e senza meriti, arrivato a quel posto da operetta con maneggi alla Farnesina e pure maleducato come si dimostra (nemmeno una telefonata responsabile ma un'anonima comunicazione in extremis del segretario, "il console è stato trattenuto da impegni", non meglio precisati). Impossibile mandarlo affanculo fin che questa faccenda dei depositi libici alla Emccass di Bangui non si è chiarita, la Unicredit vanta un diritto di mediazione sostanzioso ma senza l'accordo coi cinesi l'intera somma rischia di essere incamerata dal governo provvisorio. Sarebbe un peccato, si tratta di quasi due miliardi di dollari e Persona ci ha scommesso sopra a cinque anni; meglio fare buon viso, pagare il conto e lasciare un biglietto all'albergo del cretino per fissare un altro appuntamento.

Tommaso è in piedi alla cassa quando intravede due ragazze molto giovani, quasi due adolescenti, che si danno di gomito mentre consultano la lista appesa fuori dal ristorante; non sembrano due possibili clienti, un solo piatto di pesce equivarrà suppergiù alla loro paghetta settimanale; indossano entrambe dei jeans neri e dei giubbotti (uno arancione l'altro verde acido) su magliette coi teschi. Di colpo, come se l'esitazione precedente fosse stata una tattica di diversione, Tommaso le sbircia che si accovacciano proprio sulla soglia dove una folta stuoia di cocco dà il benvenuto; si muovono con perfetta sincronia e movimenti palesemente concordati, il doppio diaframma dei vetri ne rifrange la bizzarra postura e i lampi di acrilico multicolore – poi due mezzelune rosa di efebica nudità. È inequivocabile, si sono messe a pisciare per spregio davanti all'ingresso di quel tempio borghese del lusso (così probabilmente presentano l'azione a se stesse), Tommaso ne è attratto e senza accorgersene fa qualche passo verso di loro; ma due camerieri accorrono, hanno infine capito e si precipitano a troncare quello sconcio: strattonano le ragazze che barcollano, solo una delle due è riuscita a regalare qualche fiotto – si risistemano ancora nude alla cintura mentre gli insulti le investono come raffiche, sono poco più di due bambine. «Vi denuncio, stronze» grida il cameriere più anziano che potrebbe essere il loro nonno.

Tommaso ritira in fretta la carta di credito, scuotendo la testa per non sottrarsi all'esecrazione generale; ma quando esce le ragazze sono ancora lì, a pochi metri di distanza in direzione della piazza. Incerte tra vergogna e puntiglio, umiliate dal rossore che le ha assalite a tradimento; sole con la loro bravata, senza compagni che le sostengano e le rinfranchino, non trovano il coraggio di voltare le spalle e scappare. Tommaso rallenta, è a pochi metri da loro, le labbra viola della più magra stanno tremando; ma a lui piace quell'altra, col naso picchiettato di lentiggini e un lungo orecchino di turchese che le accarezza il collo. Un suonatore di fisarmonica si interpone e Tommaso ne approfitta per accorciare ancora le distanze, già mulina nel cervello varie ipotesi di approccio – una consolazione, un blando rimprovero paterno, un "avete ragione" a mezza bocca.

Lo sputo arriva di sbieco, più denso e vischioso di quanto ci si potrebbe attendere da una ragazzina di quell'età; la traiettoria è dal basso verso l'alto e non raggiunge il viso di Tommaso, gli sfiora il mento ricadendo sulla spalla della giacca. Come se fosse la clausola finalmente trovata, la licenza alla fine di un componimento, le due amiche si confondono tra i turisti – quell'istante di desiderio e sì, di soggezione, che il ricco maiale ha avuto negli occhi ha trasmesso loro la superiorità necessaria per abbandonare il luogo della rivoluzione e dello scorno. Quanto a Tommaso, più delle auto in fiamme e dei cartelli stradali usati come arieti, quell'umidore carnale è il marchio a fuoco della giovinezza finita e di una progressiva, inquietante, perdita di lucidità.

Tommaso teme d'aver smarrito il suo tocco, quell'intuito infallibile che sempre gli suggeriva che cosa comprare e che cosa vendere: prova nostalgia (e la nostalgia non è già per se stessa un segno di debolezza?) per le gare in banca a chi realizzava la miglior performance mensile, e la Borsa di Tokyo che sembrava obbedirgli come un cagnolino e Folco che per prenderlo in giro gli diceva «te tu ciài una bacchetta da rabdomante al posto dell'uccello». Tutto sembrava un gioco se non uno scherzo, ora pare che comunque e dovunque ti muovi fai male a qualcuno, urti contro gli spigoli. "Ho comprato troppo, non è da me; ma i BTP italiani erano scesi così in basso che ero sicuro dovessero risalire... I clienti si sono fidati e io non mi sono mostrato up to the task": sta male come le poche volte che ha fatto cilecca a letto. Cerca di consolarsi, il decorso lo conosce: "prima il mal di stomaco, poi la cistite... non piscio per una settimana e alla fine chiudo la posizione". Magari fosse tutto espiabile con sofferenze psicosomatiche, di errori ne sto commettendo troppi e non è più matematica. All'inizio l'Expo milanese era una put sull'aeroporto di Malpensa, augurarsi il flop era parso un divertimento maligno ma innocente; a parlarne nelle feste si faceva perfino la figura del progressista. Poi le maglie si sono strette, Folco non c'era già più e il pessimismo è sembrato un delitto (la storia delle profezie che si autoavverano e gli investimenti stranieri che non arrivano se noi che siamo i più implicati siamo i primi a non crederci); Persona si è dovuto assumere in prima persona, appunto, la responsabilità di mostrare entusiasmo, con manovre arrischiate sugli interessi presso le banche europee. La "strage dell'ortomercato" ha poi rimesso le cose a posto, le date dei finanziamenti rispettate all'ultimo momento e il loss micidiale è stato evitato; ma questo ha generato bilanciamenti laboriosi, come l'ultimo consiglio comunale in cui gli stessi difensori dell'ambiente hanno dovuto concedere, obtorto collo, un indice di edificabilità superiore al cinquantuno per cento.

"Se Berlusconi cade, compro": Tommaso è troppo intelligente per non accusarsi d'aver mischiato emozioni e lavoro – echi di una lontana gelosia, un anacronistico ruggito di rivalsa (perché altrimenti ci avrebbe messo anche soldi suoi personali?). "La Banca Nazionale svizzera è entrata di fatto nell'area dell'euro ed è pronta a far esplodere il proprio bilancio... ma in quest'attesa febbrile e masochista di un double dip catastrofico chi avrà lo stomaco abbastanza fresco per azzardare un tradable rally?" Un grande trust che rilevi le imprese greche per ristrutturarle e venderle a pezzi, sarebbe così facile; la crisi è nelle nostre teste molto prima che là fuori; se si deve inventare un'altra forma di welfare e guadagnare sulla ristrutturazione dei sacrifici, dove giocarsela meglio che nell'Europa dell'Est, visto che ai sacrifici sono stati allenati da cinquant'anni di comunismo? Tommaso legge i report degli analisti e ammette che in linea teorica non è cambiato niente, il mestiere è sempre quello; ma allora perché si sente addosso tutta questa pesantezza, perché guarda i grafici con fastidio? Non saprebbe dire se i soldi, per lui, sono stati una scelta o un destino; "le potenzialità si sono chiuse e non ho realizzato niente... forse anche quella che io chiamavo felicità era malattia".

Le code d'aragosta sono sfogliatelle giganti che grondano crema e ciliegie sciroppate; no, pensa Tommaso, la mia storia non mi permette di chiudere le orecchie al brusio della gente comune; fanno battute sceme su quanto tempo avrà adesso Berlusconi per scopare, o sui pensionati e il generico del Viagra – poveracci tagliati fuori ma aggrappati come molluschi al loro scabro scoglio, per ciascuno diverso e sufficiente a ciascuno. Si trova a Pompei a fare pressione per un'idea che salverebbe il sito archeologico: metterlo in mano a una società di cui l'India's Srei Finance Found acquisirebbe il cinquantacinque per cento – le squadre di restauro alloggerebbero nelle case sfitte del villaggio Coppola. Chi me l'avesse detto che mi sarei ridotto a fare l'imbonitore...

C'è un sole freddo ma i suoi interlocutori sudano nella giacca blu senza cravatta; con le labbra sporche di zucchero a velo obiettano sulle strategie migliori per affrontare il dopoguerra finanziario («questa non è la nostra guerra... quando lo Stato è in difficoltà noi ci abbiamo sempre guadagnato»). Nessun bar riesce a dare comfort, i turisti diretti al santuario della Madonna, anzi le turiste, indossano golfini e foulard da far deprimere le schiere angeliche. L'unica risposta dignitosa allo squallore che monta è riconoscere al ceto dirigente un dovere di beatitudine da cui non può derogare, ma la beatitudine non condivisa tende alla ripetizione.

Le donne che Tommaso ha frequentato ultimamente sono tutte uguali: non perché si somiglino nei tratti ma perché tutte hanno un prezzo. L'ossessione per un particolare tipo fisico si è annacquata nella sensazione che il corpo conti sempre meno e che l'orgasmo sia un tributo fiscale; da pagare senza perderci tempo, con brune giovanissime o bionde grassottelle, singole o in coppia, ma sempre manovrabili e laterali, coi fianchi sottili e i seni pompati come una bestemmia. Potrebbe passare il Natale a St. Barth in una villa dal patetico nome di Nirvana, pucciando i coglioni in piscina tra le chiome di alberi fioriti; potrebbe bere a Londra del Lagavulin di trent'anni al Sanderson Bar; potrebbe telefonare ai suoi clienti arabi e consumare con loro un demi-mezzé sulla terrazza della Rive Gauche; e poi? Gli ultimi mesi li ha vissuti come in trance, sospeso in una bolla; è arrivato il momento di capire chi sei, se sei o no figlio di tuo padre. A trentasei anni Tommaso può definirsi un uomo solo, schiacciato tra conversazioni che non vale la pena di riferire tanto sono banali e altre che a riferirle si finisce nei guai. L'abitudine al basso profilo, la beneficenza che si fa ma non si dice, il rispetto guadagnato nell'ambiente dei galleristi e delle mostre antiquarie ma anche le insinuazioni a bassa voce («ha acceso due candele in chiesa mentre la madre era sotto i ferri, nei suoi affetti è un puro»; «io invece credo che abbia molto da farsi perdonare, da ben altre chiese... se è vera soltanto la metà di quello che si racconta») – tutte queste tessere contraddittorie formano anche per lui un ritratto confuso, di fronte al quale la conclusione più filistea è che non solo l'intimità non va sbandierata ma che un'intimità non conviene nemmeno avercela. Se gli altri si accontentano di un pezzetto di maschera, che bisogno c'è di guardarsi allo specchio?

Per Tommaso il mondo dei poveri non è mai diventato (come per molti che dalla polvere sono saliti al top) qualcosa da cancellare o da cui fuggire; anzi se ne è sempre fregiato come di una medaglia e vi ritorna come a un sostegno – solo in quelle radici ritrova la forza della convinzione. Con Nando si vedono poco, restano interi mesi senza telefonarsi ma è come se si fossero telefonati il giorno prima, ogni volta l'intesa riprende senza lacune e senza lamentele.

«Cor nubbifragio me s'è allagato er garage, er motore da'a Porsche cià du' dita de fango... i fili dell'accensione manco to'o sto a ddì.»

«Fosse solo quello il fango, a Nà... qua siamo tutti sporchi e non ce lo diciamo...»

«Er problema tuo è che nun te sai gestì l'ipotalamo... te tieni dentro l'aggressività e te strozzi da solo.»

«Mi son lasciato convincere da chi voleva farmi chiudere gli occhi...»

«Vabbe' oh, la vita è annata com'è annata, quel che ce sta da fare se fa... pure 'e bische informatiche mo'... però 'o sai come so' fatto, ce tengo a 'na certa eleganza.»

«Stai attento... le finezze moderne puoi delegarle ai più giovani.»

«I giovani lassamoli perde, nun cianno er senso de'e proporzioni... c'era da incendià er capannone a uno e j'hanno bruciato pure er camioncino che quello ce lavora... come ti'i ridà i soldi? j'ho dovuto procurà 'n camioncino nòvo che quanno j'ariva er rimborso da'a assicurazione ce 'o paga... questa è classe, si permetti.»

«Ero convinto che i recuperi non ti toccassero più.»

«Me vedo pure co' gente più scìc... la moje de 'n deputato m'ha voluto incontrà 'na sera pe' sarvaje er marito... è arivata ar ristorante co' 'na sciarpa de seta pe' me... che m'ha preso pe' frocio? invece dopo ho capito, era perché nun voleva steccà alla romana, preferiva damme 'a soddisfazione de pagà come òmo e allora m'aveva fatto 'n regalo preventivo... questi cianno 'n savuàr fèr...»

Non ha progredito di un passo, povero Nando, è rimasto bassa manovalanza e sembra contento così, era più ambizioso a undici anni; probabilmente perché la vita privata lo ha molto gratificato. Ma (per quelle risonanze che li legano) Nando risponde al pensiero inespresso e parla delle difficoltà con la moglie – anzi delle sue proprie difficoltà di erezione mentre la moglie ha aumentato le esigenze con l'età, si è fatta più estroversa e manesca.

«M'ero pippato tre grammi, manco a pregà dio se moveva... pe' scherzo j'ho detto "me vorresti scopà te?"... ahò, nun ciaveva davero 'n cazzo de gomma appizzato? m'ha lubrificato che me pareva 'n massaggiatore e mentre che me 'nzifonava su e giù s'è come squajata... s'è bagnata 'na cifra... è stato fichissimo, è venuta tre volte.»

Non è vero che è come se si fossero visti il giorno prima, il tempo trascorso in ambienti diversi li ha depositati lontani, ai due corni opposti di un bivio: Nando ingenuo, diretto nel suo autolesionismo, senza zone d'ombra e senza riserve mentali; Tommaso prudente, sempre con qualche vendetta irrealizzata in testa, con più rimpianti che desideri. Se c'è qualcosa che ancora li accomuna è il divertimento per tutto ciò che esorbita e che incoraggia il mondo a finire.

«'N mezzo sovietico, de una de quelle repubbliche là... me fa ciò tre bombole de gas nervino che m'è avanzato, si te servono... li morté, me'e voleva sbolognà 'n cantina... è matto come 'n radicchio, to'o devo presentà a questo...»

2.

Nessun azero gli viene presentato da nessuno, in compenso un suo sogno ricorrente diventa quello di accompagnare un terrorista in metropolitana, poi sbaglia una scala mobile e lo perde tra la folla; altro sogno quello della convention a Cernobbio, è annunciato un suo intervento che però si rivela essere una passeggiata sul filo, come acrobata, alla presenza della televisione; gli interventi si susseguono e la sua esibizione viene cancellata. Nessuno che lo sfidi a cose pericolose. Legge sul «Sole 24 Ore» che Mario Balotelli "sceglie lo spreco come forma di occultamento del limite" – questo sono io, pensa Tommaso. Più che i padrini dubbiosi ama la compagnia degli industriali con l'acqua alla gola: sono i soli che gli permettono di recitare la parte dell'onnipotente.

Tipo questo titolare di una cartiera e due stamperie a Fabriano, fornitore di moduli e risme alle amministrazioni locali, che non viene pagato da più di due anni e non riesce a far fronte alle spese; ascolta Tommaso come se parlasse un oracolo mentre gli illustra una possibile soluzione: farsi liquidare in titoli di Stato da scambiare subito con titoli stranieri, "finanziarizzare" l'attività. Legalmente non ortodosso ma tra le pieghe delle circolari («quelle che stampi tu») si può sempre immaginare qualche forzatura, metterli di fronte al fatto compiuto, macché controlli; noi ti siamo grati, lo sai, per il tuo talento di – non osa dire falsario, dice "cesellatore". È il regno dell'eufemismo, sia quando conversano da soli in ufficio sia più tardi, a cena con la famiglia.

Cuoio antico, cavalli cinesi di porcellana, la domestica che serve i tortellini dalla zuppiera; Isabella, la mediana dei tre figli, non li mangia perché lei è vegetariana, vuole distinguersi in tutto. Riccardo il maggiore la prende in giro e la chiama Tracagnotta («per via dei roller blade ha i polpacci da calciatore») e il più piccolo, cinque anni, affonda il colpo:

«Isy ha ucciso il criceto.»

«Non lamentatevi poi se mi vengono dei traumi.»

«Smettetela, oggi non siete voi i protagonisti.»

Dietro l'insofferenza fintamente severa si vede che l'industriale è fiero dei suoi figli e che farebbe di tutto per non privarli di quell'edenico tenore di vita. Il criceto è morto per un tumore e Isabella ha tentato di curarlo con medicine omeopatiche, la veterinaria e la zoologia sono le sue passioni. A dodici anni («fra otto mesi sarò una teenager») ha già le idee chiare sul futuro mentre il fratellone quindicenne si diverte coi vampiri («così faccio i succhiotti alle ragazze»). Il dolce è stato preparato personalmente dalla padrona di casa, un meraviglioso saint honoré coi bignè che si sciolgono in bocca; c'è qualcosa nello sguardo di lei, e soprattutto nella distrazione del marito, che mette Tommaso molto a disagio. Gli viene in mente un vecchio film con Sylva Koscina e Franco Fabrizi, dove lo squallido coniuge cerca di ammorbidire il ricco finanziatore offrendogli la moglie; l'onesta Sylva si ribellava disprezzandolo, questa invece sembra d'accordo e non è escluso che l'idea venga proprio da lei; ma è il cartaio a far scattare l'invito.

«Ciccia, perché non approfittate di questo mite solicello e porti Tommaso al parco di Monte Cucco... a guardia del serraglio ci resto io.»

«Magari ce l'avessi, un serraglio come il vostro... ma poi non sono belve, dài... anzi, una almeno è una guaritrice di belve.»

«Purtroppo non ho una famiglia all'altezza delle mie aspettative.»

La battuta di Isa scatena il fratellame; mentre il padre avanza timidamente a Tommaso la richiesta di un finanziamento immediato, il più grande la tratta da bugiarda («dice che studia i vermi nel cervello delle cavallette, ma il cervello delle cavallette è piccolo come il suo, non c'è spazio per i vermi») e il cinquenne pestifero tira fuori una storia di mucche australiane che le somigliano e che vengono ammazzate perché con i rutti fanno il buco nell'ozono. Alla parola "rutti" si becca uno schiaffo.

«Scusate ma davvero devo scappare, ho appuntamento a Falconara per le quattro e stasera al porto di Ancona.»

Isabella infuriata si è chiusa in camera e non esce a salutarlo; andando in bagno Tommaso ha notato un cartello sulla sua porta, tenerissimo di privacy infantile: "Vietato l'ingresso – Pericolo di morte" e sotto un teschio con le ossa incrociate.

«È il discorso più difficile che mi sia mai capitato di fare in tanti anni di trattative.»

«È saltato tutto, che è successo? stavolta mi ci butto garantito sotto il treno...»

«Il Tevere sta per traboccare, in Liguria è crollata la ferrovia, i viadotti sono sepolti dal fango... io mi sento così.»

«Non mi spaventare, Tommà.»

«Tranquillo, ti garantisco il finanziamento subito e ci sommo abbastanza di mio per riaprire con Banca Intesa la linea di credito...»

«Troppa grazia...»

«Non mi interrompere altrimenti mi blocco... tu in cambio mi devi rispondere adesso come davanti al confessore, non azzardarti a cincischiare...»

«Giuro di dire la verità, tanto la sai la mia situazione...»

«Sabato eri disposto a offrirmi tua moglie, è vero o no?»

«...»

«È vero o no? ne avevate parlato e lei era d'accordo?»

«Sappiamo che sei single...»

«Che credo in Dio, lo sai?»

«Scusa.»

«I peccati banali non mi interessano... foglio vare l'amore con tua figlia... voglio fare... vedi, mi impappino pure.»

«Divertente, il foglio... per uno che produce la carta...»

«Mi hai capito, sono serio.»

«Chi te l'ha ordinato? Dio, non credo...»

«La responsabilità è tutta mia, non c'è nessun altro di mezzo.»

«...»

«...»

«Mia figlia è grande, devi convincere lei.»

«Tu devi darmene la possibilità... devi spiegarle che tocca a lei salvare la famiglia.»

«Praticamente me la stai comprando... volete umiliarmi fino in fondo.»

«Ti ho già detto che c'entro solo io.»

«Posso pensarci?»

«No.»

«Come si vede che non hai figli...»

«Pessima battuta.»

«...»

«...»

«Ffhh... oltre ai soldi, chiedo che mi organizzi un incontro col direttore Malvezzi, in un luogo pubblico, tipo a teatro... e che lui mi espliciti chiaramente amicizia e rispetto.»

«Non ti sembra già tutto abbastanza teatrale?»

«Allora recitiamo la nostra parte... io istruisco la bambina ma tu la vai a prendere all'allenamento di roller, da lì in poi è una faccenda soltanto tua... quello che succede succede, non ne parleremo mai più.»

«È un rischio che mi sento di correre, va bene.»

«Prima però fai quello che devi fare... mi versi il bonifico sul conto entro lunedì.»

«Io tornerò sabato prossimo... ti concedo il vantaggio

temporale ti-uno e mi gioco le mie probabilità... ma niente denunce.»

«Ha la vita intera per dimenticare...»

«O per ricordare, non sottovalutarmi... quella che compirà, se la compirà, sarà un'impresa grande... siamo noi che dobbiamo vergognarci.»

«Se dici ancora una parola crepo d'infarto... guarda, mi tremano le mani, altro che vergogna... le raccomanderò di non dir niente a sua madre, ci penserò io a trovare una giustificazione...»

«Ti ringrazio, cerchiamo di evitare le volgarità.»

Si guardano negli occhi, ciascuno dei due vuole aggiungere qualcosa ma ci rinuncia; si stringono la mano e sigillano (senza averne perfetta coscienza) un patto che non è di questa terra.

"Quizás algún día caminaremos juntos": una T-shirt turchese con orme umane e péste animali parallele, forse di tasso o di volpe; pantaloni larghissimi e nastro che le raccoglie i capelli. Tommaso la sbircia guidando, immaginando approcci subdoli, favole bestiali; ma lei lo sorprende con una vocetta roca:

«Lo sai tu che cos'è una magnolia?»

«Dimmelo Isa, cos'è?»

«Una maglia con un "no" in mezzo.»

Ecco la risposta, il muro insormontabile; era ovvio, io i soldi li ho già versati e ora non posso reclamare, mica m'ha rilasciato una ricevuta – se non fosse che la mia agitazione è abbastanza infantile per legittimarmi a insistere. Il padre le avrà pur spiegato l'impegno che ha preso.

«Ti piacerebbe che il tuo papà fosse ricco?»

«Perché?»

«Perché il denaro può fare le magie...»

«Dimmene una.»

«Può aprire le montagne, può costruire fontane che buttano latte... può toccare le stelle, può trasformare i buoni in cattivi...»

Isa ascolta distratta, ha piegato una gamba e si gratta l'interno della coscia; carne non ancora addestrata agli obblighi del piacere e proprio per questo desiderabile – puzza un po' di sudore, le mani grassottelle, un corpo non specializzato. Tommaso dirige l'auto verso l'albergo e lei non protesta; il portiere è già stato tacitato con mancia competente, unico testimone il ronzio dell'ascensore. Tommaso le infila il pollice nell'elastico dei pantaloni:

«E tu, personalmente, che magia vorresti se avessi tutto il potere del mondo?»

«Mi piacerebbe vincere una gara...»

Lo fissa in viso diretta, come un gatto che esca sospettoso da una cantina; un corridoio a gomito, luce verde, sono in camera nella penombra delle tapparelle abbassate. Questo è il momento più difficile, di mosse sbagliate da evitare.

«Che ne diresti di una doccia?»

Ma le mani scattano da sole, sotto la maglietta non porta reggiseno perché il seno è solo abbozzato, sembrano le mammelle di un maschietto obeso; com'ero io, pensa Tommaso, e il cazzo gli dà segni di vita. Lei si toglie tutto in fretta come se si trovasse in uno spogliatoio, corre in bagno; Tommaso le parla dall'altra stanza mentre resta nudo anche lui: «alla prossima gara corrompiamo la giuria, ma tu devi dare lo stesso il massimo... non vorrai mica far nascere sospetti di favoritismo?».

Con lo scrosciare dell'acqua non l'ha sentito; esce dal bagno avvolta goffamente nell'asciugamano.

«Lo sai tu che cos'è una maniglia?»

«Sentiamo, Isa, cos'è?»

«Una maglia con dentro un "ni"...»

È pronta, ha deciso; profuma di sapone e di Clearasil. Sul pube ha pochi peli, ancora scolastici. Tommaso l'abbraccia ma lei ha in mente un'altra sceneggiatura, sottraendosi al bacio si siede sul letto:

«Mi offri una sigaretta?»

«Fumando sembreresti ancora più bambina, lo sai?»

«Papà ha detto che le bambine ti piacciono...»

«Mi piacciono le tue fossette...»

«Le mie fossette le odio.»

Tommaso l'afferra, la stende sotto di sé; per tutte le donne belle che non mi hanno amato, questa è la femminilità che mi merito. Forza con le dita quel corpo amorfo e pieno di futuro, esplora ciecamente. Isa si storce, sguscia come una trota nella rete.

«Ti faccio male?»

Lei nega col capo, tiene gli occhi chiusi: «papà non si suicida più, vero?».

Tommaso ne ha pietà, vorrebbe essere perdonato; ma insieme con furore si inculerebbe quel bastardo, è giusto che gli si scopi la figlia:

«Dimmi qualcosa di dolce.»

«Budino, cioccolato, caramelle...»

Lo prende in giro e allora lui si incattivisce, affonda il colpo e si meraviglierà in seguito di non ritrovarsi il glande sporco di sangue; come per una puntura lombare, una gastroscopia invasiva.

«È già finito, adesso sto fermo...»

«Non ti preoccupare, io sopporto.»

Una breve riflessione di ginecologia primitiva, non ho il preservativo è meglio che esco; uscendo un lampo maligno gli impedisce l'orgasmo, "dell'amore conosco solo gli aborti". Isa pensa che il criceto ha rosicchiato abbastanza, il sangue comparirà due giorni dopo con grande spavento e sarà la sua prima mestruazione – ma Tommaso non lo saprà mai.

Il pollo coi peperoni di mamma Irene ha sempre posseduto qualità taumaturgiche: gloriosamente intatto attraverso le epoche, ha resistito ai traslochi e ai mutamenti di status, è entrato a Rebibbia e non si è arreso alle donne di servizio. Equilibrato nei suoi sapori, ferroso e morbido, caldo di colori autunnali, ha sempre rappresentato per Tommaso il momento della consolazione. Ma stasera non è riconoscibile; cucinato a fuoco troppo alto, l'esterno si è bruciacchiato mentre vicino all'osso la carne è ancora repellente come quando era viva, non si stacca e grida di non toccarla, di lasciarla stare.

«Me so' scordata che c'era la riunione...»

Mamma è diventata sponsor di una squadra di pallacanestro, insieme alle sue amiche; oggi arrivava l'allenatore nuovo e si dovevano fare le presentazioni, gli atleti sono grandi e grossi ma bisogna motivarli come ragazzini. La cena è tirata un po' via perché all'Eliseo recitano le gemelle Kessler, quelle so' tedesche e cominceranno puntualissime; hanno una parte nel *Dr. Jekyll e Mr. Hyde* trattato a musical, ballano ancora alla loro età.

«Me dispiace, ranocchié... quando ciài quell'occhi lì, me sa che ciavevi voglia de sfogare...»

«Niente d'importante, divertitevi... ma queste amiche che ti vengono a prendere sono nuove?»

«Pe' forza... Maria e Cristina se so' dimostrate... vabbe', però 'sta pugnalata m'ha fatto capì tante cose, m'ha imparato a esse meno buona...»

Mangiano in fretta una zuppa inglese del supermercato; Tommaso aiuta la madre a infilarsi la pelliccia e nel dolciastro del Miss Dior Chérie si insinua una considerazione amara: la dignità umana è una bufala.

3.

Lo schifo può essere una soluzione. Quando Edith sosteneva che solo i film e i romanzi di seconda categoria cercano il lieto fine, Tommaso ha sempre pensato che avesse torto: io sono a favore degli happy end perché senza di loro il male non viene apprezzato adeguatamente. Se i desideri che conducono al peccato cominciano a ripugnarti, forse qualcosa di nuovo può cominciare. Godiamo di tante fortune e privilegi che non coltivare malinconie è un punto d'onore.

I depositi bancari non si possono accarezzare, non si possono respirare, non ci puoi camminare dentro; Tommaso si fa il solletico alla memoria per riesumare gli antichi piaceri: l'affettatrice, le prime simil-Kidman pagate con la carta di credito, il portellone del Cessna e l'hangar di Ciampino friabile come un biscotto. Noi siamo sempre stati la cavalleria leggera, i frombolieri liberi di inventarsi le traiettorie più saettanti; come convincerli che non è cambiato niente, che questa crisi sta increspando le acque ma la pesca in profondità è ancora sicura? Sono stanco, più stanco della mia età, ho mandato il motore fuori giri a forza di accelerazioni, beato il ragazzo che si gode il suo primo fuoribordo. Sempre più spesso Tommaso ha voglia di mollare, che tornino pure ai loro metodi trogloditi; però non sperino che io mi adatto a fare la bella statuina. Solo la vio-

lenza può svuotarti l'anima, la stanchezza bisogna ri-
mangiarsela dopo averla vomitata e agire – agire per
non farsi domande.

Gli sono arrivate le lamentele dei Latronico e dei
ciociari: non sono più convinti della riconversione finanziaria, i dividendi dell'ultimo anno li hanno lasciati
preoccupati e insoddisfatti. Fremono per investire nel
porto di Rotterdam e non solo, non hanno la pazienza
necessaria per le strategie al ribasso, «non esiste un buco del culo del mondo dove non ci possono entrare
grattacieli». Comicità pecoreccia, un tempo lo faceva
ridere («voi mi siete testimoni che non sono mai stato
contrario all'introduzione di nuove misure...»; «manco
tu' madre, a quello che dicono»); trattano gli amministratori locali come inservienti ma Tommaso sa che
parlano male anche di lui, direttamente e rozzamente,
mettendo in dubbio il suo fiuto e la sua stessa virilità
(«le donne bisognerebbe accenderle quando ne hai voglia, zàn zàn zàn, e spegnerle dopo l'uso»; «te dovresti
pagà solo il noleggio del contatore, Tommasì»). Sa che
minacciano di sostituirlo: la concorrenza si è fatta spie-
tata, il fallimento di alcune banche d'affari ha rovesciato sul mercato decine di giovani esperti very hungry
che essendo rimasti scottati interpretano tutto in chiave apocalittica ("cream your ass buddy, the payday is
coming").

Tommaso non crede che sia così, la sua esperienza
anzi gli suggerisce che è ora di cavalcare l'onda lunga:
se è vero che Jon Corzine è stato inculato dai titoli europei, è anche vero che si era fatto troppo notare dalla
Commissione, ma soprattutto ha voluto stupidamente
stringere i tempi; ora, più che sui titoli dei singoli Paesi, conviene inserirsi negli special purpose vehicle che

conglobano il debito europeo e altri titoli sovrani, compresi gli Emirati e il Brasile. Bisogna fare l'altalena tra gli indici, affacciarsi dove non t'aspettano, puntare sugli emergenti per sfuggire alla vecchia governance e sulla vecchia governance quando gli emergenti fanno il passo più lungo della gamba; bisogna essere abbastanza incoscienti per divertirsi nel rimpiattino e abbastanza maturi per capire che la pax finanziaria alla fine fa comodo a tutti.

Tommaso ripete come un mantra la lezione di Morgan ma rispetto alla solidità del suo maestro si sente come un cencio sbattuto ai quattro venti; non è più nemmeno sicuro di poterlo chiamare maestro – la sua olimpicità ultimamente gli pare in malafede, troppo spassionata e libresca. La mia fedeltà ideologica rischia di essere scambiata per paura – e forse lo è, la famosa "onda lunga" me l'immagino sempre più spesso come un immane cavallone che tutto travolge. Se avessero ragione questi gorilla, col loro riflesso automatico di mostrare i muscoli mafiosi?

«Chi sarebbero questi mo' che ci garantiscono in Nigeria? dopo che ci hanno fottuto che facciamo, ci guardiamo allo specchio e ci sputiamo in faccia?»

"Non conosciamo le famiglie", ecco il ritornello atavico; odiano i broker e il potere discrezionale che essi stessi (al tempo delle vacche grasse) gli hanno conferito. Tra sufficienza intellettuale e rovesci di bile, le sere di Tommaso scorrono sempre più claustrofobiche: la sua giovinezza che non passa (a trentasette anni non sei ancora a metà strada!) gli si rivolta contro come una condanna: quante mezze misure dovrò ancora ingoiare, quanti passatempi dovrò far finta che mi piacciano? Dal niente non nasce niente, Pinocchio che annaffia gli zecchini d'oro aspettando la pianta. Fin che a un suo rientro, in assenza dei filippini, non trova un coltello incastrato nella fessura del lettore dvd.

Avvertimento di cui non tiene conto, non tanto perché sia coraggioso (lo è stato, più che coraggioso temerario, al tempo dello scoppio della bolla informatica e della mini-crisi del 2003) quanto per non derogare da quel piano inclinato di inerzia su cui sta rotolando; tutta la sua vita ha assunto una curvatura che lui non ha voluto, che in parte disapprova ma che comunque è troppo comoda per prendersi la pena di volerla cambiare. Se capitasse un incidente (chiamiamolo così), Tommaso quasi ne sarebbe felice perché qualcun altro lo solleverebbe dall'impegno di definirsi; è lo stesso atteggiamento che tiene nei confronti del proprio corpo, avendo smesso da anni di prendersene cura e rischiando seriamente l'ulcera gastrica – si limita ad alzarsi imbambolato alle tre di notte per inghiottire qualche cucchiaiata di Gaviscon col miele, che almeno l'emorragia sappia di dolce.

Più che spaventarlo, il coltello l'ha confermato nell'idea che niente sarà più come prima: la stagione dei camici bianchi è finita, per fidarsi di noi (di me) richiedono che si perda la verginità. Un esempio che ha avuto davanti, e che l'ha impressionato tra il 2009 e il 2010, è stato quello di Ivan, un cinquantenne che proveniva dall'associazione Italia-Urss; grazie al suo ottimo russo e alla moglie laureata in Market Regulation all'università di L'vov, Ivan era diventato il loro referente prima in una casa di cambio poi alla PromStrojBank di San Pietroburgo dove aveva consentito e promosso operazioni al limite – e oltre. Senza mai uscire dal recinto protetto dei grafici e degli schermi, anzi acquistando in città un'equivoca fama di dissidente o di sostenitore di dissidenti, finanziando con soldi propri e della moglie un giornale di opposizione a Putin e alla sua cricca. All'inizio del 2010 Ivan non ha fiutato il vento, ha creduto che una rondine facesse primavera e ha comprato con eccessivo ottimismo, sicché a ottobre era sotto del dodici per cento; l'hanno spedito in Cina a una convention, là forse non per caso una cubista cinese l'ha sedotto (una di quelle che lavorano nel "quartiere delle seconde mogli" a Shenzhen); da là a Lagos a truccare gli investimenti nelle raffinerie, la moglie vera se l'è scordata e loro si sono scordati le perdite.

Tommaso ce l'ha ancora in memoria, Ivan, quando passava per Roma o quando si incontravano a Monaco: i pullover di Missoni che gli stavano un po' stretti, i capelli bianchi a spazzola e gli occhialetti tondi senza montatura. E l'altro russo colpevole di due omicidi che finanziava "Nessuno tocchi Caino" perché grazie a loro aveva evitato l'estradizione. E Xenia, una contadinotta di Bratislava che sfilava per le Fendi, si era scoperta un brufolo sullo zigomo e ne soffriva come di una disgrazia epocale; «le avevo regalato una crema di bellezza di Carita che contiene in sospensione polvere di diamanti e costa seicento euro a barattolino». Sparita, poi riapparsa con una mail sgrammaticata: la madre aveva scoperto che il padre si era formato una seconda famiglia, il fratello si era convertito all'Islam, a lei una protesi mammaria aveva fatto infezione, "sembra che stevo dentro in un videogame dove tuti mi voliono uccidere". La perfezione fisica era andata a farsi benedire ma Tommaso se l'è scopata lo stesso, in omaggio al passato e ai suoi fermenti. Tutte le vite sono separate e ingiudicabili.

Filippo è il più intelligente dei fratelli Cantatore, i ras dell'Agro Pontino; la sua casa romana è di fronte al Campidoglio, dalle finestre si intravedono i cipressi e i muri rugginosi di palazzo Pecci-Blunt. Ci abita da poco, gli arredi sono troppo nuovi e sprovvisti di quelle inezie casuali che mettono il visitatore a proprio agio; alla parete un documento incorniciato che lo nomina rappresentante diplomatico presso una sedicente "Autorità territoriale del Sahara". Tommaso vi è ospite per la prima volta, anche se non è la prima volta che è ammesso a discorsi così diretti ed espliciti. Quel che è cambiato è il suo atteggiamento interiore: non più di curiosità disinteressata e quasi proterva (come chi dicesse seppelliteli voi i vostri morti, io sono altrove) ma di cauto e umile discepolo. L'hanno convocato per capire meglio ma anche per presentarlo agli impresentabili e metterlo in qualche modo alla prova; tra una tartina e un caffè, in questo pomeriggio di vento freddo e buio precoce, lo ascoltano con un divertimento da bambini allo zoo e una diffidenza da esaminatori.

Un ciclo storico si sta concludendo, spiega balbettando Tommaso, i bancomat sono in fiamme – questo è il momento di credere nel nostro buon diritto a comandare la transizione. Alla parola "comandare" si è fatto silenzio, alcune signore si sono avvicinate; la proporzione tra maschi e femmine leader è inaspettata, tre o quattro bellimbusti palesemente decorativi sono scesi in sala biliardo al seguito di *** (appena selezionato da Prandelli nella rosa della nazionale). La prima questione da chiarire (prosegue Tommaso con più sicurezza e con questi concetti, se non proprio con queste parole) è che l'economia ha bisogno di noi: gli Stati non possiedono l'elasticità necessaria per tenere in movimento tutto il denaro del mondo; dobbiamo sostenerla noi la congiuntura, difenderla contro le burocrazie ottuse e la miope repressione; dobbiamo smetterla di sentirci braccati o in disparte, pure se orgogliosi; una casa come questa ha l'imprimatur del progresso e non deve chiedere autorizzazioni a nessuno. La favola dell'umanità non si può fermare e soltanto noi, anzi voi, potete garantire che i passaggi della Storia avvengano senza catastrofi nazionalistiche; in molti Stati abbiamo agganci sufficienti per essere certi che i buffer sulle banche non verranno richiesti e i reazionari puritani non prevarranno. Le misure antifinanza o sono unanimi o avranno zero efficacia e il nostro potere d'interdizione, in Russia come in Arabia Saudita, è decisivo: l'economia del mondo è per metà illegale, la corruzione dei Parlamenti e delle agenzie di controllo è essenziale per qualunque operazione abbia il marchio dell'audacia, per questo possiamo contare sulla benevola neutralità dei grandi Fondi dalla faccia pulita.

Il colpo è andato perfino oltre il segno, a questa gente bastava meno per convincersi; per loro finanza significa al massimo il listino sul mediavideo di Canale 5. Tommaso non è mai stato così eloquente, incoraggiato e spinto dai sorrisi delle signore; sorridevano agli elogi della corruzione che è basata sul consenso, mentre l'incorruttibilità è radicata nel terrore delle idee: Robespierre era l'incorruttibile. Sul terrazzo gli ulivi oscuri si piegano e cade qualche goccia; i gabbiani volano controvento illuminati dai fari; sul selciato di sbieco in fondo a piazza Venezia si specchiano le luminarie di Natale. Conclusa la parte seria, si scatenano i discorsi in libera uscita:
«Quattrocentomila euro, te lo giuro conviene... con-

viene distruggerli dopo il viaggio... sì, mini-sommergibili di plastica e fibra di vetro... li chiamano "ataúd" che in spagnolo significa cassa da morto...»

«Pure in napoletano, 'o tavuto.»

Inutile chiedere a che servono, trasporti ad alto rischio e altissimo profitto.

«Se mio padre l'avrebbe saputo mi battezzava lui...»

«Così i supermercati decollavano con una marcia in più... metti un boss nel motore.»

«Alora Tummasì, che cce rice? ca finimu in mezzu 'a strata, tutti?»

«Sei il number one... non li ascoltare, la baciletta sta nelle mani tue.»

Scherzano come sollevati dal peso di riflettere, rientrati sui soliti binari; Tommaso è contagiato dalla felice ricreazione:

«Ma se non lo sapete neanche, esattamente, di che cosa siete padroni... però è come a poker, se snobbi una mano poi perdi la partita.»

«Perché tu le sai, le tue proprietà?»

Hanno la barba lunga, conversano amichevoli: non formali come le persone perbene. In preda a un lieve stordimento Tommaso pensa vorrei essere in montagna coi bambini – ma non ha bambini e nemmeno un amore, e la montagna non gli è mai piaciuta. Possiede una casa in Venezuela vicino al parco nazionale di Morrocoy, tra dune bianche e mangrovie; gli è stata versata come anticipo di un fallimento ma non c'è andato mai, non ci ha portato nemmeno... lasciamo perdere, tutto tranne che un bilancio, adesso; ha solo l'indirizzo e il telefono dell'agenzia che dovrebbe consegnargli le chiavi. Interviene una mora magra sui quaranta, con una giacca viola di lamé; ricorda i suoi inizi, quando le venne affidata una chiavetta usb per un viaggio da Orio al Serio a Roissy: «se ti beccano con questa chiama *** e segui le sue istruzioni». *** è un avvocato penalista eletto alla Camera nelle liste della Lega. Nella testa di Tommaso il cameratismo cede il passo all'ammirazione: questi si giocano tutto, avvelenano la loro stessa terra, le arance alla diossina se le mangiano anche loro.

«Chella vacca comenzò a tauriare... 'a scannamu chella vacca?»

La prossima campagna elettorale dovrà essere funestata da qualche grave atto di violenza che metta la sinistra radicale fuori gioco; si parla addirittura di un ministro da eliminare, meglio se un ministro donna. Progetto troppo alto, troppo impalpabile e segreto. Più concreta e alla portata l'altra cosa a cui accennano, l'esecuzione di un collaboratore di giustizia che coi suoi racconti di tremante sincerità rischia di mandare all'aria una campagna di discredito costata mesi di lavoro; il nascondiglio è stato scoperto, un condominio alla periferia di Reggio Emilia. Loro si sono compiaciuti in me e io devo compiacermi in loro; l'anemia dei numeri deve rinsanguarsi e farsi carne, sentirò il polso dell'universo nelle mie vene. Sommessamente, ma senza paura, formula la richiesta che giace da sempre nel suo inconscio, il compimento del mestiere e la sanzione che lo pacifica:

«Quando sarà, vi prego, fatemi assistere.»

4.

«La domanda è: che cosa raccontare di tutto questo? troppe pennellate scure date alla fine rischiano di rovinare il ritratto.»

«Cosa vuoi che me ne importi? io all'inferno ci vado comunque, l'essenziale è che risulti chiaro il quadro d'insieme.»

Eccoci ancora di fronte, sempre più simili l'uno all'altro ma diversi da come eravamo partiti. Per arrivare in via del Collegio Romano ho attraversato piazza Montecitorio e Sant'Ignazio, tra parlamentari che correvano come insetti spaventati dalla luce; correvano ad approvare la manovra mentre nelle vetrine si ammucchiavano panettoni che resteranno invenduti. Due panettoni bagnati e uno spumante che non faceva il botto, l'otto novembre su questo asfalto qualcuno urlava «oh il Natale quando viene viene» ma non riusciva a festeggiare di gusto; pur se ignaro della misteriosa cerimonia che abbiamo descritto a pagina 246, tuttavia sentiva sublimine che la baldoria era fuori bersaglio.

«Vuoi dire la prospettiva di un'oligarchia mondiale che impone le proprie regole come se fossero indiscutibili leggi di natura, o addirittura postulati scientifici?»

«Lo sono, per la nuova specie umana lo sono; non dico il denaro, ma la proiezione olografica del denaro emette feromoni che ubriacano le menti digitalizzate...»

«Tutti accusano ma nessuno fa niente davvero.»

«È quello che in Teoria dei giochi si chiama l'equilibrio di Nash... quando nessun giocatore ha interesse a essere l'unico che cambia.»

«Eppure ci sarà il baco nel sistema, il disco che fa esplodere il grammofono.»

«Sai, Walter, ognuno ha i padri che si merita...»

«Colpito e affondato... leggevo ieri di un giornalista che va in redazione con la scorta... ma non scrive per il "Mattino", scrive per la "Gazzetta di Modena"... se invece che un povero commesso viaggiatore mio padre fosse stato proprietario di un negozio, voi gli avreste rovinato la vita... in realtà sto sputando sulla sua tomba.»

«Non volevo spingerti su un terreno così atroce, scusami.»

«Delle ossessioni bisogna toccare il fondo... e poi risalire a piedi.»

Quando si comincia a giocare con gli specchi, non si sa mai su quali rivoluzioni si inciampa.

«Accetti che racconti anche di Isa?»

«Dopo Isa, l'umanità mi è diventata insopportabile... vedo del male in tutto... al posto del cuore ho un chewing-gum masticato e mi viene da ridere.»

«Dài, non fare lo scettico blu... tu stai già oltre il fosso... pensa a me che sono rimasto a metà del guado.»

«Vuoi sapere la cosa che mi torna in mente come un rigurgito, ogni volta che ripenso al sesso con Isa? proprio i feromoni... un aneddoto entomologico che m'ha raccontato... che certi vermi vivono nel cervello delle cavallette e quando devono riprodursi guidano le cavallette verso l'acqua, ma le cavallette non sanno nuotare e muoiono... allora i vermi forano la corazza delle cavallette annegate e si riproducono nell'acqua.»

«Se lo sarà inventato di sana pianta...»

«Probabile... ma la nascita dalla morte mi fa impressione... noi, perché sappiamo delle cose che gli altri non sanno, stupriamo anche i cadaveri...»

«Certo è difficile, con quest'ultima versione di te, tener ferma la mia prima idea di un inno materialista e anticulturale... mi togli il pennello dalle mani, senza un profilo riconoscibile del protagonista non c'è romanzo.»

«Preferivi un tecnocrate insaziabile che capisce solo di numeri?»

«Le réalisme, c'est l'impossible... pare l'abbia detto

Picasso guardando una fica... non una fica reale ma quella dipinta da Courbet per un diplomatico turco e poi posseduta da uno psicanalista francese...»

«Adesso dove sta?»

«Al museo.»

«Peccato, quella valeva la pena di comprare, non questi barbari di merda...»

Al centro del salone, umiliando le Giuditte, fa la sua figura un quadro pompier dai colori caldi che rappresenta il *Sacco di Roma*; mostra il foro invaso da selvaggi nerboruti, mentre uno s'è arrampicato su una statua e le sta passando un cappio intorno al collo per abbatterla; è nudo e muscoloso, per salire poggia il piede sulla coscia di un compagno quasi altrettanto nudo.

«Sempre scelte raffinate e snob... non sei come quelli che si comprano i Campigli, i Migneco e i Cascella per seppellirli nelle cassette di sicurezza.»

«Per riciclare ci sono metodi meno cruenti.»

«E comunque avercene, di barbari così.»

«Ah già, dimentico sempre... non te ne sei ancora emancipato?»

«Perché, tu ti sei emancipato dalla bulimia?»

«Nel senso che intendi forse no... però ho provato a resistere.»

«Resistere non serve a niente... il sangue dei vecchi non lo vuole nessuno.»

«Non hai paura di risultare mio complice? Ti servono altri soldi?»

«Soldi ne ho avuti, li ho spesi male e se ne avessi degli altri li spenderei peggio.»

«Senti Walter, posso farti una domanda idiota?»

«L'idiozia è il mio terreno preferito...»

«Che cosa sono io per te? voglio dire che cosa rappresento, perché ti sei impegnato...»

«Me lo sono chiesto anch'io... forse sei il mio stuntman, quello che esegue per me le scene pericolose... un prototipo della mutazione... o forse, più in profondità, sei il mio vendicatore.»

«Tutti diranno che ti sei venduto alla criminalità organizzata, da uno come me si dovrebbe stare lontani.»

«Dichiarerò che sei un frutto della mia immaginazione... questo è il vantaggio dei romanzi... ti ho delegato a vivere temi che sono i miei... in pratica scriverò un romanzo per procura.»

«Be', se facevi lo zappaterra non sarebbe nemmeno cominciata... pensi che moralmente io sia un miserabile?»

«Se non si calcolano i rischi e la diversa esposizione al male, il gioco della virtù è un gioco truccato... non hai potuto vivere la tua pochezza in condizioni standard.»

«Alludi a mio padre?»

«No, ti invidio... invidio la vastità collettiva dei vostri orizzonti.»

«Dall'Angola ci stiamo comprando il Portogallo pezzo per pezzo... rovesciamo il colonialismo senza passare dai diritti umani.»

«Le categorie sono talmente fresche che vi ci imbrogliate pure voi.»

«Isabella in famiglia la chiamano Isy... easy, facile... si addormenta col computer acceso... "prima avevo l'Ape Maia con una lucetta dentro"...»

Ha imitato il tono infantile, si copre gli occhi; se non mi bloccasse il terrore della dipendenza, potrei parlargli di me.

«Forse il mio sangue ho trovato chi lo vuole... questo libro funzionerà come una prova per lui... per vedere se sarà capace di amarmi anche così.»

«Ci siamo incrociati per un attimo e ci stiamo già separando... ti sfrutto ancora per cinque minuti.»

«Dimmi.»

«Secondo te, perché uccidere è considerato tanto grave?»

«Perché la specie si difende, suppongo... è un residuo mentale fossile di quando eravamo in pochi... e poi forse perché uccidere un uomo è il limite del non essere più uomo, verso l'alto o verso il basso...»

«Allora è proprio meglio che il romanzo finisca qui.»

«Forse ci sarà una coda, ma non te la dico.»

Due bambini coraggiosi: magari avrebbero preferito restare nel cortile dietro casa ma una sirena li ha spinti verso correnti impetuose e come barche si sono fatti trascinare al largo – senza frignare, senza aggrapparsi alle sponde. Lei ha seguito il proprio splendore come si segue un palloncino, sperando che la portasse in alto e timorosa che le sfuggisse di mano; lui ha continuato a scavare tunnel per nascondervi il corpo sgraziato ma è stato pronto a uscirne quando gli allarmi frustavano l'aria e non ha declinato gli inviti. Tutti e due all'altezza dei tempi, fuochi che bruciano in diretta. Come mi sento io importa poco, sono alla soglia dei settant'anni e la vecchiaia esenta dall'obbligo della felicità; ma Tommaso è ancora quasi un ragazzo, non posso permettere che un disguido del destino lo sottragga a se stesso.

Tommaso e Gabriella si sono incontrati sotto falsa identità e non si sono riconosciuti, troppo occupati com'erano a lucidare le loro corazze. È passato meno di un anno e le loro orbite ruotano già fuori dai reciproci orizzonti; quindi non servirà ma credo di dover riparare al maggior deficit di conoscenza, che riguarda Gabriella a proposito di Tommaso. Lei non sapeva, quando si sono separati gettandosi in faccia parole orribili, quel che lui stava combattendo e in che cosa era coinvolto; l'ha scambiato per uno dei tanti bamboccioni arricchiti troppo in fretta e non l'ha ritenuto degno che lei si svelasse guerriera. Devo almeno riferirle, perché la presente narrazione abbia pace, quel che ora so anch'io e che pone lui in una luce ben più contrastata – è un debito da pagare alla verità.

5.

«Che fai, stronzo?»
Mai offesa fu così capace di sciogliere il ghiaccio interiore, trasformando l'accidia in un trepido battere d'ali – qualcosa di sepolto come impossibile eppure oscuramente aspettato.
«Chi parla?» (*detto solo per prender tempo e regolarizzare il respiro*)
«Non sei il famoso delinquente Tommaso Aricò?»
«Gabry che vuoi? per favore... com'eri bella, mio dio!»
«Come *sono* bella, cafone.»
«A che devo l'onore?»
«Ho incontrato Walter Siti e...»
«Volete denunciarmi? non avete prove.»
«Tu non ci vai all'inferno... ti ho telefonato solo per dirti questo, che tu all'inferno non ci andrai.»
Rumore di chiavistelli che si aprono, recondite

stanze; Tommaso ha appena la forza di spegnere il computer.

«Puoi ascoltarmi due minuti, Gabry?»

«Sarebbe ora, sì...»

«Ho sbagliato, ho sbagliato tutto con te... non avevo il diritto di pretenderti per me solo, adesso lo capisco.»

«L'unico delitto che mi spaventa è la noia... se faccio la brava, dove potresti avere la fantasia di portarmi?»

«Lo sai quante volte ti ho rivisto, chiudendo gli occhi? stavi a torso nudo con la Marlboro in bocca, che cerchi di infilarti la maglietta senza smettere di fumare... con la destra afferri la sigaretta, con la sinistra fai un gesto da torero e appena lo scollo è passato sopra la testa ti rimetti il filtro tra le labbra... controluce sembravi di madreperla...»

«Ormai sono un po' meno trasparente.»

«Devo fare un salto a Mosca, lunedì... m'accompagni o devo darti un mese di preavviso?»

«Te l'eri meritato.»

«Ripartiamo da zero, vuoi? con il peggio già sul tavolo.»

«Alla Sadko Arcade sono di casa... ma tu quando arriviamo stupiscimi.»

«O stupiscimi tu, non importa chi guida.»

«L'importante è che sappiamo dove andare...»

«Be', l'inferno l'abbiamo escluso, mi pare... non ci resta che tentare l'altra direzione.»

«Mandami l'elettronico, buffone, ci vediamo in aeroporto.»

Nota al testo

Come in tutti i romanzi storici che si rispettino, i personaggi maggiori sono frutto d'invenzione; i (pochi) personaggi minori che per la loro notorietà non potevo camuffare sono protetti dagli asterischi. I riferimenti ad aziende, partiti politici o amministrazioni locali sono da ascrivere al registro del verosimile e non del vero; Morgan è nome finto ma appartiene alla medesima classe (nomi di pirati seicenteschi) a cui appartiene il nome empirico. Gli episodi penalmente rilevanti di cui sono venuto a conoscenza li ho depistati e distorti; questa era d'altronde la condizione che dovevo accettare se volevo che tali episodi mi venissero raccontati. Dovendo scegliere tra giustizia e verità, ho preferito la seconda (pur presentandosi la verità in forme indigeste, settarie e non trasmissibili).

Chi vive sull'orlo dell'illegalità, o anche oltre quel bordo, è difficile sorprenderlo nell'esercizio esplicito delle sue funzioni, prima che venga scoperto e condannato; la reticenza talvolta non è segno di incertezza ma di elezione. La mia fascinazione per il male è oscura anche a me stesso; quanto al fascino che su di me ha sempre esercitato il denaro, ricordo un'immagine che ho letto chissà dove nell'opera di Bruce Chatwin. I figli bruno-dorati dei beduini nomadi del deserto non piangono mai e sono tra i bimbi più contenti del mondo; le donne beduine possiedono gioielli molto elaborati e quando si spostano portano tutta la loro fortuna intorno al collo. Viaggiando tengono i neonati legati al seno da una fascia di cuoio e i piccoli si addormentano cullati dall'ondeggiare del cammello: quando si svegliano vedono il mondo come un fondale mobile, mitizzato e impreziosito dal dondolante e rossastro fulgore dell'oro materno.

Ringrazio, per i loro piccoli o grandi aiuti sul lessico finanziario: Guido Brera, Vito Gamberale, Gaetano Di Giandomenico, Paolo Molesini, Mauro Di Napoli, Pio Benetti. Per le notizie sulla "zona grigia" tra finanza e criminalità ringrazio: Gianluigi Nuzzi, Nicola Gratteri, Roberto Saviano, Gian Gaetano Bellavia, Luigi Magistro. Ringrazio Chiara Valerio per avermi spiegato qualche elemento di statistica e probabilità; Ferdinando Taviani e Domenico Starnone, loro sanno perché. Ringrazio Michele Rossi che ha gettato il primo seme di questo libro facendomi leggere le deposizioni di un noto pentito di mafia.

Indice

Questo libro è stampato su carta certificata FSC,
che unisce fibre riciclate post-consumo a fibre vergini
provenienti da buona gestione forestale e da fonti controllate.

Finito di stampare nel dicembre 2013 presso
il Nuovo Istituto Italiano d'Arti Grafiche – Bergamo

Printed in Italy

Libri

ISBN 978-88-17-07233-5